目 录

卷三　尘埃

我亲眼所见，真相已埋入尘埃。

我推开窗，风涌入屋内，变成了2006年秋天那一只只变化无常的手。

而我身后，先前铺在地上用鹅卵石压住的纸，此刻正如一群踟蹰的鸟儿，一张一张地朝着墙壁飞去。在石头滚动的那一刻，似乎有一个故事也随之浮出，连同故事中所有出走的人。

所以，现在这栋房子也不过是一个故事罢了。

此时，无论是这件黄色的旧毛衣还是这条黑裤子，都不再适合我。我从头到脚都穿着别人的故事。我感觉自己业已化作了一颗随风滚动的石子。现在，我要开始讲这个故事了。

我亦可以化作尘埃了。

卷一　你们

01

六月的骄阳挂在黎巴嫩山上。当它从哈利萨山上巨型白色圣母像的手间冉冉升起时，贝鲁特[①]变得光芒万丈。据说当年，圣母在内战那段最血腥的时期曾背对着这座城市哭泣。只在一次次短暂的和平时期，圣母才对它展露笑颜。尽管其他城市早已变得像现代影片，但生活在这里的人们却仍被困在20世纪70年代纪录片昏黄粗糙的光线里，这让他们的睡眠并不那么安稳，不时地会受到一些干扰。他们极度渴望周日早上能多睡会儿懒觉，于是便拉上了阳台的窗帘，不假思索地关上了百叶窗。屋顶上一个个砌成杯状的水槽里，水正悄无声息地热起来；与贝鲁特分享这份宁静的是这一年——也就是2000年——步入更年期的女人们，她们大清早就窝在阳台上，想吹吹清晨的凉风，此外还有那些每到周六晚上便喜欢独

① 译注：黎巴嫩首都，有“中东巴黎”之称。（本文中若未表明“译注”则为作者原注）

来独往的人们，他们早早地溜到大街上，生怕来一场毫无爱意的晨间“活塞”运动。那块巨大的“睡得香”金属广告牌——尽管更像是对贝鲁特人的一种玩笑——却在历次战争中顽强地幸存了下来，在城市中心拔地而起，并随着阳光的逐渐加强变得轮廓分明，仿佛让这座城市睡个安稳觉也是有可能的。就在此时，在这座城市阿什拉菲赫边缘、盖特维山顶上，有个人站在一幢充斥着怪人怪事的公寓楼的入口处。在贝鲁特没有人知道他是谁，他也不认识任何人。一切，都从一扇被甩上的门开始。

“耶勒[①]！你今天放假！”

门“砰”的一声关上了。泽娜卜的话被卡在了门口，她的最后一个字飘落在公寓楼的入口处，落到了贝鲁特东部阿什拉菲赫区盖特维医院旁边的陡坡顶上。

“耶勒！”

在清晨的静谧中，这个女孩听着甩门的回声渐渐变小，直到能听见自己的呼吸声。

她想跑进屋里，拖拖地板，扫扫厨房，擦擦厕所，接着煮点儿吃的，把水和樱桃酒分别给哈迪和泽娜卜送去，然后就回到阳台。整

① 译注：耶勒（yalla），在阿拉伯语中，意为“赶快”“走吧”。

个月来，她每夜都为自己做过的事和担心的事哭泣。她想走到餐桌边上，以前她没事可做的时候就会坐在那里发呆，听着电视机里她听不懂的阿拉伯语，两眼呆滞地盯着蓝色的桌布。她就像个行尸走肉，在屋子里飘荡，直到有人叫她才会回过神来。这个充满了各种命令的家没让她感觉多少自由，却也没让她感觉多么拘束。

心跳声涌到了她的嗓子眼里。她拖着沉重的脚步，艰难地一步步从水泥楼梯上走下来。在这个城市里，她不知道有谁说着和她一样的语言。

她对自己说，不要害怕。一个星期前，她发现，当人们独处的时候就会在内心中虚构出另一个人，那个人会告诉他们要勇敢。此时，她心中的那个小人就在对她说，你那么大老远地从马尼拉来到这里，自然也可以一个人过个星期天。

她从四楼走下来，特意放轻脚步，生怕哪扇门听见她的脚步声后就会自动转开。此刻，她就像一座半塌的雕塑，站在楼前那辆破旧的绿色梅赛德斯后面。街上空无一人。她告诉自己，不用着急。你没有什么事要做，所以你可以在这里待一会儿。

她紧紧捏着挂在肩上的白色塑料袋，袋子里的纸沙沙作响。这是一件好事，因为沙沙声能盖过其他所有声响。于是她捏得更用力了，手心开始流汗。一滴汗从她细细的手腕流下来，滴到地上。她想，如果这里没有人经过，我就在这里待一会儿，然后再回屋。她

的汗不停地滴落，一滴接着一滴。

“咳咳咳！”

突然，一阵剧烈的咳嗽声在水泥楼梯里响起，就像狮子的一声怒吼。随之而来的是一连串下楼的脚步声，不过在看到门口的身影后它们就都停了下来。“咳咳咳！您要打的吗，哈比提[①]？”

正当纳赛尔准备将自己的语言改成英语说话时，一个声音从他嘴里传出，就像揭开卡住的盖子时发出的那种声音。听到那个声音后，虽然他的脸上还挂着笑容，但嘴却紧紧抿了起来。不过还没等那温暖黏稠的痰块滑落喉咙，他便叫了起来：“啊！你就是那个菲律宾女孩，在泽娜卜家干活儿的那个，是不是？你叫什么名字？”

和所有中东人一样，纳赛尔相信，如果他把话说得清楚一些，动作做得夸张一点儿，外国人就会更容易听懂他的话，于是他一边说话一边不停地挑眉。纳赛尔长着一张中年人的脸，脸上刻满了因日晒而长出的皱纹，此刻正做着欢快而又夸张的表情。他操着一口蹩脚、含糊，还带着巴勒斯坦口音的英语，尽量放慢语速，以便她能听懂。“我是纳赛尔，你楼下的邻居。纳赛尔，出租车司机。你，你叫什么，什么名字，哈比提？”

“菲丽宾娜。”她嘟囔了一句，话就从口中蒸发了。

---

① 译注：哈比提（habibti），在阿拉伯语中，意为“我亲爱的小姐”。指男性时，用“哈比比（habibi）”。

“菲丽宾娜？这算什么名字！来自菲律宾的人吗？哈！”

纳赛尔喋喋不休，他的热情终于打破了菲丽宾娜的防备。她甚至还浅浅地笑了笑。

“和我说说，你准备去哪儿？菲律宾来的菲丽宾娜。”

菲丽宾娜闻言皱了皱额头，眉头紧锁，抿了抿嘴。此时，她看起来一副快要哭出来的模样。

纳赛尔没办法，只好假装没看见。“慢着，”他似乎想到了什么，“我知道了，你要去哈姆拉街，一准没错！你们国家来的人都去那儿，那里有一座圣弗朗西斯教堂。一到星期天那里就坐满了菲律宾女孩。我说得没错吧，去哈姆拉？”

菲丽宾娜点点头。此时，并不适合告诉他自己不信神。

纳赛尔为自己的废话连篇感到惭愧，而这又让他更加笨嘴拙舌了。他感觉，如果自己再说下去，从女孩脸上滴落至地的悲伤也许会和噪音一起四散开去。

“来，上车。你很幸运，我刚好也要去那里。不过我们得先到波吉·哈穆德加点儿柴油。你可能从未去过波吉·哈穆德。它在和亚美尼亚交界的地方。哈拉姆[1]！难道他们从来没有带你出过门？”他带

① 译注：哈拉姆（haram），在阿拉伯语中为感叹词，意为“信仰不允许这么做！”。

菲丽宾娜去乘客座时，手轻轻地碰了下她的肩，然后用同一只手打开了车门。“我真不敢相信这些人！你一个月挣多少？200美元？然后大部分肯定还要付给把你带到这里的那些人渣吧。这些人自称‘对外劳务机构’，实际上他们就是逼人为奴的狗东西，那才是他们的本来面目。以前他们把埃及人带到这里，如今则轮到了你们。”他等菲丽宾娜在车里把白裙子整理好，才关上了车门。然后接着骂道：“该死的！小姐，你也是中东的奴隶。不过，你还是幸运的，好歹泽娜卜是个不错的女人。这也算是不幸中的万幸了。”

说完，他也钻进车里，一屁股坐在驾驶座上，摇下了车窗。他点了一根烟，叼在嘴里，又把烟盒递给了菲丽宾娜。菲丽宾娜没有接，只是抬了抬眉毛。

“你好年轻啊！多大了？很抱歉，我猜不出你们那里人的年龄。我跟你说啊，你也算是幸运的了。斯里兰卡人挣得比你们更少，而埃塞俄比亚人工作基本上只能填饱肚子。”

他松开手刹，打开广播。他快把肚子里的话都说完了，可菲丽宾娜还是没有一点儿要开口的意思。

“你知道吗？其实他们现在已经开始引进尼泊尔女孩了。我很好奇她们会去哪儿。让我们来想想看啊。她们都是佛教徒……哦，我的天哪，这个城市里不会还有座寺庙吧？这里什么该死的玩意儿都有。这个城市啊……”

菲丽宾娜任由这个勉强能把自己塞进紧身衬衫里的中年男人滔滔不绝地说着，如此便打破了沉默。就像要哭的孩子看到五彩斑斓、会发出声音的东西便忘记了哭泣一样，此时的菲丽宾娜也忘记了心中的恐惧。她看着仪表盘上的那些表，指针在里面颤动着。

纳赛尔一搜到新闻频道就鼻孔微张，眯缝着双眼，像是一只嗅到一丝血腥味儿的野兽。

安瓦尔是一名来自巴勒斯坦的男孩，每天干十二个小时的活儿，挣得比其他孩子多，却也只能拿到三十美元。他说自己十四岁了，是成百上千个偷渡到加沙和埃及之间的地下隧道里干活的孩子中的一员。他向我们讲述了两个朋友的故事，他们都死了，就在埃及当局在一次反走私行动中往隧道里灌气之后……

新闻里的故事仍在继续，但纳赛尔却脱下了欢快的面具，变成了另一个人。那是一个要么想去杀人，要么准备赴死的人。他盯着远处，仿佛身陷埋伏。这个老兵心中的枪已经上膛；他想起了自己是谁，但并不打算告诉任何人。他调整好射击路线，却发现自己的怒火没有什么有意义的目标。可当他瞥见后视镜中自己的脸后，他的神情便恢复如初了。他转过身看着菲丽宾娜，后者还一直沉浸在那几十个大大小小的仪表中。

“你喜欢这些仪表？”

“车上怎么会有这么多仪表？”菲丽宾娜开口问道，因为她不知道还有什么别的可说。

纳赛尔的脸上头一次出现了他这个年纪该有的表情。他收起了声音里的漫不经心，开口了。他的声音真诚，听起来若有所思又模糊缥缈。

“我会告诉你的，女孩。”他的声音听起来好似加沙隧道里的回音，“以后我会把关于它的一切都告诉你的。咱们走吧。”

纳赛尔换了个频道，里面正放着一首混合着打击乐和铃鼓声的歌。“出发，欢迎来到贝鲁特，菲丽宾娜！”

菲丽宾娜艰难地咽了一下口水，说道：“我不想去教堂。”她看着纳赛尔的脸，用她能用的最坚定的声音说，“我要去沙提拉难民营。”

纳赛尔扭头朝她看去，力道之猛，使得汽车尚未发动，表盘上的所有指针却都疯狂地转了起来。

02

“女士们、先生们，晚餐已经准备好了！”

在教育学监前前后后派他手下的工作人员去了三次一楼后，身穿黑色礼服的男男女女们才不急不缓地朝着那张大型实木餐桌款款走去，还互谦着让对方先走。每个人都瞥了一眼桌上的名片，然后根据身边贵宾的兴趣默默地在心中列出了一张张可供讨论的话题列表。那些将坐在欧洲研究中心主席菲利普·史密森两边的人，在大脑中迅速搜寻自己读到的有关努力扩大欧盟的最新文章。而那些坐在中东研究中心客座教授——一位来自埃及的学者旁边的人，则立即调出可能涉及的最复杂而他们又知道怎么回答的问题，即那些关于穆斯林兄弟会的。不过最为难的是那些被安排到研讨会嘉宾身边的人们，今天的主题可是“欧洲对伊斯兰的认识”。从他们的行为举止明显可以看出，这些人正在搜肠刮肚，想要记起哪位曾出席过哪项活动。这些杰出的学者来宾们默默地把他们感觉最幽默的笑话

排好顺序，诸如“可怕的牛津食物”这些，虽然他们早已讲过不下百万次。只有那些被安排到与他们专业没什么实际相关之人旁边的人们，才会真正关心晚上的菜单里有些什么。

院长迟迟不肯落座就餐，站在各自椅子后面的人们只好打起精神继续闲聊，因为此刻表现出一丁点儿急躁或者兴奋都会被认为是不当的。最后，他们终于宣布晚宴开始，人们便开始坐下就餐。这顿饭的第一个灾难是那道开胃菜，别致的外观掩盖的是它的平淡无味。每个来自该学院的中年侍者们，看起来都拥有三个博士学位的样子，提供的葡萄酒口味却根本不适合这个高贵的场合。他们端出一瓶瓶酒，各倒出一些，作为选择的样品，似乎这样便可以为现场营造出一种法国氛围。

那些第一次受邀参加这种没有邀请函便无法进入高端晚宴的人，都尽量保持和其他所有人一致的速度吃喝。事后则会违心地极尽夸大之词。在主菜上来之前，白色的桌布干干净净，没有任何东西泼溅出来。烛光自天花板上那高高悬挂着的枝形烛台上倾泻下来，投照到银质餐具后又反射回去，整个房间光彩褶褶，掩盖了食物本身的糟糕性质。

正如小时候虽不知其意却照样能把那些阿拉伯语祷文熟记

下来一样，丹妮丝对在这样的场合该做什么烂熟于心，因为拥有这种长时间陪人坐着大吃大喝，却不讲一句真心话的能力是牛津当地的重要传统。这些年来，她想尽办法让自己变得和这些人一样，并在为此经历各种煎熬后，她发现，唯一的办法就是将注意力全部集中在天花板的某一点上，从远处观察一切，同时降低自己的存在感。再说了，也没人要求她人到心也必须到。

没有人会指望从在场的任何人身上探知真相，听到真实的故事。

这些人都无比清楚，他们此生至多只能在这难以操纵的巨幅知识卷轴上添上只言片语，也很有可能还没来得及做成功就先死翘翘了。从前，丹妮丝以为牛津人闭口不谈真实的自己，是因为它最终可能导致这一悲剧的发生。但这一段时间以来，她不再相信这个理由。甚至她对自己盯着天花板看的眼睛也即将失去信心。

这正是丹妮丝与亨利·史蒂文森——伊斯兰研究中心的负责人，讨论在牛津建一所清真寺这件颇有争议事情的过程中分神的原因，她一边尽力去想相关话题的信息，以延长谈话，一边却回想着当年她还很小的时候，是如何在不会说英语的情况下为迈克尔·杰克逊的歌编歌词的。能想起这段荒唐事还多亏了坐在她旁边那位带有希腊血统的学者，丹妮丝对他说的每一个字都没听懂，所以她只

好像以前听《比利·简》[1]的歌词“我和烤箱！我和烤箱！”那样听他讲话。

那时候她对这首歌的歌词进行了重新创作，整得面目全非后再背下来。即便后来学了英语，她还是听不出它们原来的意思；她因此相信了一点，那就是知识只能靠孩子的死记硬背才能攻克。“我和烤箱”甚至完败了牛津英语。

史蒂文森的声音里带着浓重的布鲁克林口音，让人不由得感觉他绝不会遭受机场的“随机”行李检查，但这一点却和他那标志性的穆斯林大胡子，以及他谈论的话题很不搭，这让丹妮丝几乎无法相信自己正在听一个穆斯林讨论有关伊斯兰的事情。

“似乎从前也有过一场关于清真寺能否建得比牛津大学新学院大楼还高的论辩。对此，我想借用先知穆罕默德的话——愿主赐福之，我觉得你会感兴趣的……”

丹妮丝用一口优美圆润的英语，开始发表自己的意见：“在我的国家，”说完却停顿了一下，想让自己说的话听起来更有学术的味道，“您说得对。”她换了个说法，说完这句在所有明智的牛津人心中无比神圣的、表示认可的话后，她才接着道：“在我的国家，人

① 译注：*Billie Jean*，发行于1983年1月2日，迈克尔·杰克逊谱写。

们赋予了一条法则至高无上的重要性，那就是宣礼塔的高度不能超过政府建的非宗教纪念碑。实际上，正因为如此，近些年他们才在伊斯坦布尔到处建些难看得令人发指的纪念碑，用以怀念阿塔图尔克[①]，夺走几百年来属于清真寺宣礼塔的华光。”

史蒂文森一直在等着上主菜，闻言发出了一声轻笑，笑声很短，声音不大，尚可忍受。他问道：“你是土耳其人，对吗？”

“请不要说我是土耳其人，”丹妮丝笑着说道，“还是简单地说我来自土耳其就行了。”

史蒂文森听完眼神呆滞，立马将他土耳其数据库里的信息梳理了一遍。“哦，好的，”他应下丹妮丝的话，“我相信土耳其就像德国一样，正面临着国家身份认同的冲突。我没有说错吧？”

关于这个问题，丹妮丝早已和外国朋友讨论过很多次了，以至于她能非常熟练地讲上一段简短的话，并美其名曰“论土耳其知识分子对民族主义的质疑”。于是，她立刻一口气把它背了出来：“没错。为了抵制国家成立之初便已存在的民族主义战略，以及为了回应国家施行于其众多民族之上的毁灭性政策，土耳其知识分子都宁可说自己来自土耳其，而不愿称自己为土耳其人。”

史蒂文森模仿着学院里很流行的一个姿势，将两肘撑在桌子

---

① 译注：凯末尔·阿塔图尔克（Kemal Ataterk，1881—1938），土耳其共和国的第一任总统。阿塔图尔克是土耳其国会赐予他的姓，意为“土耳其人之父”。

上，两手在身前交叠，抬起眉毛，表示对丹妮丝所说的很感兴趣。他嚼着一小口食物，慢慢地点了点头，好像在说："是的，我明白，很有趣。"但实际上，他自然一点都不觉得有趣，当然了，他将会讲几句能得到同样礼貌回应的话来应和。

他接着问道："不知你对这种情况下伊斯兰教能如何起统摄作用有什么高见？根据你今日那引人入胜的介绍，我推测你希望将伊斯兰运动与中东的贫穷挂上钩。您把伊斯兰教的崛起和贫困的加重联系在了一起。这真的是很有趣。"

丹妮丝知道，在牛津，"有趣"的意思分为三种。第一种意思是，"这一点儿也不有趣，不过既然我们不得不彼此交谈，那我们也应该对彼此礼貌些。"第二种意思是，"你刚才在说什么，我根本就没听懂。"但是只有那些醉醺醺地对着牛津的调酒师吐出自己整篇论文的人有可能听到这个反应。第三种意思是，"你这纯属无稽之谈，但我还没有失去理智到会让你认为我没有学术修养。"此刻，史蒂文森所说的"有趣"肯定属于第三种。在牛津待的这三年半里，丹妮丝至今还没有听到过这个字用于表达它的确切含义。

"当然了，我还在写论文。"她回答道。

史蒂文森已经回过头去奋战他的食物了，只偶尔朝丹妮丝点点头表示他在听。同时，他还对着那烤得极干的牛肉皱起了眉头，以示自己对她所说的并不认同。而此时，丹妮丝已经开始一边说话一

边手舞足蹈。当她注意到这一点的时候，已经太迟了；于是她开始规规矩矩地说话，尽管并没有人要求她这么做。此刻唯一一个和她面临相同窘境的是欧洲研究中心的弗朗西斯卡。她最近离婚了，光上个月就长了7公斤。她已经喝了太多的酒，肯定早就忘了自己能在这里出现只是因为另一位客人无法出席，以及她还对一个巴勒斯坦博士生大谈自己关于男人的名言警句。

丹妮丝将手放在腿上，成功地按照自己预想的那样结束了她的演讲，然后问道："那您对这件事又有什么看法呢？"

史蒂文森放下手中的刀叉，脸上带着属于一个宗教徒而非学者的严肃。他直了直衣领，转向丹妮丝，问道："你是一个信徒吗，丹妮丝？"

他问这个问题的时候正好上了鲜奶油草莓。紧接着便是院长的致谢辞，他特意等到每个人都感觉更为放松的时候才说，还在其中穿插了几个无伤大雅的笑话。丹妮丝被这个严重悖离牛津礼仪的问题震得不轻，因此当大家都被院长的演讲逗得捧腹大笑时，她唯一能做的只有扮鬼脸。她想史蒂文森定是担心在这八卦闲聊中会被人抓住政治上的把柄，并给他在大学伦理委员会中造成麻烦，才会有此一问，因为直到院长结束演讲，他都没有流露出任何想得到答案的迹象。

丹妮丝拿起叉子拨弄奶油，把它变成各种造型。她把草莓在盘

子里拨来拨去。回想起当初祖母对自己进行过的另类宗教教育，以及当时信奉着的那个矮胖、滑稽、长着一把大胡子的上帝，她有一种想哭的冲动，而这种冲动与她在哪儿或她正在做什么无关。她吸了一口气，转向已没在听她说话的史蒂文森，说道：“我也很愿意信仰上帝，史蒂文森先生。有些时候，人真的很想得到原谅。”

史蒂文森再次把胳膊肘撑在桌子上，两手交叠，已经开始点着头，准备说“有趣”了。丹妮丝很有眼力地吞下了剩下的话，并为此感到苦涩的自豪。她原本还想说：“因为就在前天，史蒂文森先生，我堕胎了，虽然我不想那么做。”

1982年7月7日，贝鲁特，沙提拉难民营

我心爱的女儿菲丽宾娜：

给你写这封信的时候，正好是我决定要把你送到你在菲律宾的外婆家里的那一天。这也是为什么，尽管此刻你依然在我桌边的摇篮里熟睡着，我却写着这封准备寄到地球的另一边，寄到遥远未来的信。

你看上去那么像个好玩的小肉球，所以营地里的每个人都亲切地叫你“可贝[①]”。但我知道你将来会成为一个美丽而又富有同情心的女人。因为你看起来很像你的母亲，虽然你长着一双巴勒斯坦人的眼睛。有一天，甚至你自己都会为自己的眼睛感到吃惊。

把你送走，我感觉就像是从我身上挖走一块肉，因为我即将送到世界另一端的不仅是你，还有我在这场战争中逃难的所有回忆。可我还是得这么做，因为这里每天都有人死去，仿佛他们的存在就是一个个错误。你这么漂亮，不该成为一个错误。

如今，我所能给你的只有一个故事。假如有一天，你诅咒自

① 译注：可贝（kibbeh），羔羊肉饼，中东国家里最受欢迎的食物之一。

己出生的那一天，而那时我又恰好不在你身边，你要知道你还有一个故事。我看过很多美丽的人死去，于是我明白了，不管你做了什么，你能留下的，只有一个故事。那个故事，在你和别人分享时，感觉就像一个谎言，又像一场幻觉。

噢，菲丽宾娜，我美丽的可贝，还记得那是1979年的冬天，你的母亲来到了这个国家。有几个人能告诉你她为什么来这里，她又为什么，以及是如何离开马尼拉的。说实话，我不是很了解她的过去。我们是如此相爱，恋情急速升温，所以我们都没有时间去纠结过往。这就是我要告诉你这个只有我们三个人才知道的故事的原因。

我可口的小宝贝，和其他许多人一样，你母亲是到这里来打工的。我觉得她曾在一个基督徒家庭里当过佣人。因为她跟我说过一次，“我想我唯一能从这个国家带回去的就是钱了。我只想和其他人一样，挣口饭吃。”但你母亲并没有像其他人一样。或者，谁知道呢？也许这座城市早已把她变成了一个女英雄，就像它对我们其他人做的那样。这也是每个人都会爱上这座城市的原因，菲丽宾娜。贝鲁特就是有这种让人们变得比实际上更加英勇的魔力。

你母亲到达的时候，这个城市已经一分为二，分裂为贝鲁特东、西区了。基督徒生活在贝鲁特东区，那是一个玫瑰色的世界；而在贝鲁特西区，也就是我们住的地方，则战火连天。当某一天，你长大了，看到一张世界地图，看到地中海海岸上那个名为贝鲁特的小

点，你可能不明白这块小土地是如何分裂成两半的。没关系，那不是你的问题。因为毕竟从来没有人真正明白过这里到底发生了什么。

随着城市的四分五裂，我们也跟着遭殃。疼痛折磨着人们的身体。等到疼痛消退，他们的身体也萎缩了，有些人甚至永远无法回来。不过奇怪的是，尽管在我们这片土地的历史上这种事不断上演，却没有人告诉他们的孩子，这些事总有一天会发生在他们身上。灵魂就是这样表达哀悼的——离开那具身体。不过它最终还将归来，不是因为痛苦的消失，而是因为没有其他地方可去。沙提拉的人没有家，没有国，有的只是这副皮囊。

我们所有人都聚在这里，观察着周围和自己身上发生的一切。我们看着自己早上起来，将浓缩酸奶抹在面包上，欣赏着橄榄油流过酸奶时在上面留下的明黄色痕迹，看着自己啃面包，看着自己吸气呼气。然后，我们听到了一阵嘈杂的声音。我们不相信这一切，但我们依然看着自己来到了避难所。有时候，我们甚至远远地看着我们的梦想。我们早已说完最后一句能安抚自己身体的话，只能无声地尖叫着。

但是有一天，你的母亲从天而降，出现在了我们这里。

你妈妈被带到沙提拉的时候，身上穿着一套血迹斑斑的粉红色女仆制服。关于她，我最先记住的，是她凌乱的头发下那双带着恐惧的明亮眼眸，她请求那些女人给她拿些换洗衣物来。她讨厌那身

制服，而且我觉得她最初是喜欢沙提拉的，这个慈悲和残忍并存的地方，因为这里拯救了她。她还没有带她进来的男人们手上的卡拉什尼科夫冲锋枪高，但后来，她对沙提拉的所有人都满是愤怒。巴勒斯坦人枪杀了黎巴嫩长枪党[1]的一个家庭，那家人住在国家博物馆附近的巴比尔检查站，而她之前就在那里工作。当时我们中的一个人紧盯着你母亲，声称“所有受压迫的人都是兄弟”，然后就把她带到了这里。

富人们有一个奇怪的习惯，菲丽宾娜，他们喜欢穷人穿上制服。我想可能是奴役别人的做法让他们觉得不安，于是他们尽量让他们的管家看起来不像人类。这就是制服的作用。因此，永远不要忘记这一点，也不要穿制服。

我厌恶这场战争，也不喜欢这座城市。正是这股恨迫使我给你写这封信，告诉你现在发生的一切。

我将自己的灵魂送走，送得远远的，甚至必须比别人的还要远，这样我就可以成为一名医生，为营里的人们包扎伤口。也许，我也是在通过写这封信召回自己的灵魂。

在这场战争仍未结束之时，我竟能够把自己关在诊所里写信，对此，大家都很吃惊。我认为，给你写信可以帮助我的灵魂找到一

① 译注：黎巴嫩长枪党，正式名称为黎巴嫩社会民主党，属基督教。内战期间，他们和左派以及巴勒斯坦作战。

个安身之所，我这副躯壳之外的家，一个干干净净的、没有被伤害的家。因为我再也不想成为任何东西的附属品了。我不想卷入战争，也不愿成为希望的一部分；我不想属于任何一个民族，也不愿参与哪一段历史；我不想变为我们至今保留在手上的钥匙中的一把——那是我们在以前的国家的房子钥匙，也不愿置身于这无尽的炮火中。对我而言，菲丽宾娜，这场战事已然结束。接下来我会告诉你这是怎么回事。

我的菲丽宾娜，你现在还太小，不适合听这个充斥着死亡的故事。不过你要明白，死毕竟不是一件多么可怕的事。事实上，你见过的死亡越多，死亡就会变得愈不重要。甚至连你自己的死也变得无关紧要了。告诉自己："如果很多人都能做到这一点，那么我也行。"这一招我是从你母亲身上学到的。那时，在你开始挤压着想要穿过她的子宫颈，导致她子宫紧缩的时候，她说："既然这里的所有女人都生过了孩子，那么我也能。"于是，她便看着别人，借此获得力量，无论是在她生孩子时还是死去时都是这样。她是对的：如果你记得看看别人，那么你便不会再害怕了。

菲丽宾娜，我亲爱的可贝，我和你妈妈的故事，以及后来你的故事，都开始于沙提拉难民营。这个难民营，纵使它以血肉为墙，街道上塞满了一个个豆芽菜般的孩子，房子里住满了无家可归的人，也仍是你的第一个家。

03

正如它的同类——它们仅在夏季数月便在贝鲁特增加了数百万，以至于成为了该市主要话题之一——一样，它对它们所住的大楼、用钢筋混凝土打造的内部构造早已烂熟于心，而且对阿什拉菲赫城区边缘盖特维山顶上的公寓大楼的裂缝也有了广泛的了解。因此，当它在穿越一条条裂缝过程中稍作停留时，并不是因为迷了路。

它的触角一动不动，直到确信没有人在跟踪它。只有在确定没被人跟踪后，它才继续快速地朝着那个秘密的地下会议奔去，此时它已经迟到了。赶到洞口的时候，它再次停了下来，环视了一下四周，圆胖的身躯微微颤动。它几乎控制不住内心的恐惧。然后，它等了深吸一口气的时间便消失了，扭动着身体，钻进了墙上的一条裂缝中。

毫无疑问，在它们召开的这次旨在筹划今夏主要行动的会议上，总有人会听从它对头号政治议题的意见，那议题也是一个令本

国头痛的问题，即：国防战略。经过一整夜的考虑，它决定：如果到时候没人听，它便会用年纪和体形坚持己见。无论如何，总得有人来制止那些潮虫的乖戾冷漠和没有灵魂的蚂蚁们的贪得无厌了。它们必须对这个功能失调的系统进行整治，现在里面的每个成员都只想着它们自己的那一支派系。是时候让它们听听蟑螂的声音了，这一刻来得太迟了。

“每个人都会得到它应得的那一份，”它说道，“但是谁能保证，倘若我们一起涌上街头，我们不会像去年夏天那样，再次遭受那样的大灭绝呢？”

“我倒要看看，谁能回答这个问题！”结果回答它的是一片沉默，在这片沉默中，它的话触动了所有昆虫的心，于是它大声疾呼，“难道我们流的血还不够多吗？请问各位，难道我们牺牲得还不够多吗？”

如果它们还是反对呢？光是想想都令它的触角愤怒地颤动起来。假如出现那种情况，它会毫不犹豫地提高声音，坚定地宣布：“我们不能因为彼此的分歧和对权力的欲望，而再受束缚了！”

让它们了解新的权力结构大有裨益。自从那只该死的猫走进这栋大楼，吃光所有老鼠后，它现在便成了这片楼群当中资历最老、知识最渊博的了。于是它宣布：“难道你们还不明白！门卫马文的公寓很大，足够我们大家住的！”借此强调了自己的重要性。

当纳赛尔那辆在内战中幸存下来的梅赛德斯，带着肺结核病人咳嗽般的声音轰隆隆地开到公寓楼前，又往盖特维山下开去时，马文还没有起床。此时，他那一个又一个黑暗的想法正骑着蟑螂的触角，在天花板上穿行。如果他眯起双眼看，那因霉菌长出的青苔如网般分布在墙上，就像他儿时贝卡谷地[①]上那一座座连绵的山峰。他的思绪在睡梦中时进时出，游移在这场由他虚构出来的昆虫大会和他睡前看的政治新闻之间。半睡半醒中，这两个场景重叠在一起。藏在他四面大墙内的大批昆虫和贝鲁特各政党合二为一。他兀自笑着，重新回到自己的幻梦中。

鉴于其实力和资历，蟑螂应该是基督徒的代表——奥恩将军[②]。再考虑到它们法西斯般的行事方式，让蚂蚁担任萨米尔·贾贾[③]的追随者角色便是正确的。至于那些一被碰到就马上蜷成球的潮虫们，哈里里及其政党再合适不过了，想到这儿他慵懒的笑意扩大

① 译注：贝卡谷地（Bekaa Valley），位于黎巴嫩东部，是该国最重要的农业区，也是黎巴嫩、叙利亚、以色列常常交锋之地。

② 译注：奥恩将军（Michel Aoun，1933— ），黎巴嫩军队前司令官，他也创立了“自由爱国”党派，该派是最大的基督徒党派。

③ 译注：萨米尔·贾贾（Samir Geagea，1952— ），“黎巴嫩人军团”执行主席。

了。不过，他其实不必那么麻烦地给每个族群和政治团体找出相对应的虫子。但根据他那荒谬绝伦的推算，他家的波斯猫就是那真主党。真主党总是玩弄着昆虫，但又不杀死它们。

马文默想，这些人需要的其实是一次来自以色列的炸弹袭击。他的睡意慢慢消失，想起一件事，趁今年夏天真正到来之前，我得赶紧打电话给驱虫队。想到这儿，他的嘴角咧得更大了。如此一来，那些虫子们或许就会像贝鲁特人一样明白过来，他家的蠢猫才是有史以来他们所碰到的最好事物。

在叙利亚的占领结束后，贝鲁特人突然充满了爱国热情，憎恨起叙利亚人来，既然马文也是被憎恶的对象之一，他便在自己的幻想中为自己安排了一个讨喜的角色：他变成了叙利亚，继续维持其对黎巴嫩的影响。

马文把自己那两条又黑又瘦的腿裹进白色的床单里——这条床单早就因为他掉的胸毛和腿毛变成了灰白色，在床中间皱成一团——他伸了个懒腰，动作带着铁腕外交的神气，感觉自己就像是中东地区那最难对付、最为神秘的政府，心里很是愉快。他将头埋在枕头下面，寻找着梦境的足迹，希望能多统治几分钟。一辆辆梦想的马车从他的眼前朝着两个方向飞奔而去，但他却无法找到合适的时机跳上其中一辆，躲开爬进他这个门卫住的公寓里的日光。

就在他跌跌撞撞地爬上那辆和他童年有关的马车时，他的猫跳

上了床。那只猫睁着一双大眼睛盯着他，把马文吓得跳了起来，惊声尖叫道：“你这神经的恐怖分子！疯狂的游击队员！这大清早的你又想要我干吗？”

好容易他冷静了下来，看着猫，心里有一种很模糊的感觉，他不确定是悲伤还是快乐，昏昏欲睡还是清醒。他抚着猫的毛皮，闭上眼睛，发现了眼睑下伴他渐渐进入梦乡的那句话：“要是她也能那样看着我该有多好。”

于是，前天早上的那个场景在他紧闭双眼的黑暗中变得清晰起来。当时，他正在爬楼梯找猫，那家伙跑上了顶楼，喵喵地大声叫着。“你这只疯猫，”他抱怨道，“声音简直就像有谁在杀什么该死的东西呢。”但紧接着，他听到了泽娜卜的门在吱吱响，不由愣了一下，接着他又继续爬他的楼梯，没有发出丝毫声响。当时他听到了自己的心跳，“怦、怦、怦……”。为这一刻，他已经等了整整两个星期了。

两周前，茉莉花的一条条嫩枝缠绕在阳台的栏杆上，就像一个个无助的祈祷者。马文相信这个世界上必有上帝！要不然，他为什么刚好会在那一刻抬头看向泽娜卜的阳台呢？可鬼使神差地，他就

是那么做了，那时，他看到了茉莉花蔓间的一个纤细的身影。光看她的头发就知道她在哭，她满头秀发先是垂到额上，然后朝向阿什拉菲赫最陡峭的山，最后隐匿在黑暗中。那一夜，他第一次见到了那个菲律宾女孩。

女孩的脸在黑暗中变幻莫测，就像一个答了一半的填词游戏。第二天晚上，他带着连自己都无法解释的决心，鬼使神差地，走到了公寓正对面的工地上。当她出现在阳台上的那一刻，他马上掐灭了手上的第四根烟，这还是他小时候就学会的一项战争技能。

女孩又哭了，接着她扒拉着干枯的茉莉花叶。她已经好几个晚上都这么做了。她脸上的神情每天晚上都不同，让人看不懂；每天晚上他都能看到她脸的不同部分，但从来没有看到过她的整张脸。马文忍不住不去想她——她的手那么纤细，她的手腕则更细。她皮肤白皙，这点他倒是能看得出来。她全身素白。

马文长得又黑又丑。相对于他的手臂来说，他的手过大了，而他身上的衣服让人看不出他的胸围有多少。他有很多话想说，可惜他的头发太油腻，没人愿意给他这个机会。关于女人和怎么追她们，他知道得不少，可凡是见过他那干裂下唇的人都不会这么认为。但是他有一双漂亮的眼睛，实际上，那是他身上唯一的亮点。

马文好奇她的眼睛是什么样子的。

终于，在一个月圆之夜，他再次熄灭手中的香烟。那天晚上，

女孩没有哭。她只是点了一支烟。可是他发现，她甚至都不知道该怎么抽。真可笑!

才吸半支，女孩便把烟灭了。她朝山下海边的公路望去，看着海上星星点点的光，然后便转头朝黑魆魆的建筑工地望去。她的脸上没有丝毫表情，就像在照镜子一般。她抓起头发很快地在脖颈上方扭出一个小发髻。马文依然安静地站着，仿佛是一面镜子。在她抬手的时候，他看到了她纯白的腋下。结果那天晚上，他做了一个“湿梦”，醒来后大喊：“她的眼睛真美！”

马文悄悄地爬上楼梯，动作如此之轻，以至于当他停下来看着她时，菲丽宾娜都还没有发现他在那里。此时，一只猫正在她家门口的台阶上哀声叫着，她弯下腰，坐下来盯着它，仿佛可以理解它的困境，能让这一切好起来一般——她似乎正在研究这小东西的本质。

看起来她似乎愿意为这只猫做任何事，包括抱它，抚摸它，保护它免受任何伤害。就像你发烧的时候，妈妈彻夜坐在你床边，在你陷入那地狱般漆黑的睡梦中时，能感觉到搭在脚踝处用醋泡过的冰凉毛巾，让你知道她还在那里。她一直摸着你的额头，带你走向甜蜜的梦乡，还不停地在你的耳边低语，保证第二天早上你睁眼就

可以看到她，并且感觉好多了。所以当你醒来，因为流了一个晚上的汗，人变小了，身体变轻了，睁开眼睛，看着母亲俯身对你露出的笑脸时，你会感觉生病也不失为一件好事，然后便再次无忧无虑地进入梦乡了。

站在楼梯上，马文心中此刻只有一句话，这句话像电流穿过铜线般流遍了他全身，那就是："要是她也能那样看着我该有多好。"

心里冒出那句话的第二天早上，马文还在他那饱受战争摧残的门卫公寓里，一直不想醒来，假装没听见虫儿们爬动的沙沙声，任自己沉浸在充满新鲜面粉香味的美梦中，泽娜卜的声音早已从上面呼啸而下，在他的门上震荡了很久："马——文！面包——树！"

04

此刻，丹妮丝在家。

这天早上，她像往常一样按部就班地做好了所有的事。唐奇前脚刚走，她便四下看了看，确信自己的确是独自一人后便立刻下了床。衣服没有必要换，她这一整周都穿着同样的运动服。这就像一条卸掉了货物的船只，减轻了她的负担，让她得以从穿衣打扮这个复杂的世界里解脱出来，尽情沉醉在带点儿变质蛋奶糕味道的懒散生活中。她取下睡前戴在手上的橡皮筋，胡乱地把头发一扎，接着便拿起了昨天放在桌上的咖啡杯，仔细地看着咖啡在杯里留下的一条条粗线。越往下，这些线条便越粗，一圈圈地直达杯底。她把杯子冲洗了一下，往里倒了不少咖啡，直到把那些印记全部盖住。然后从客厅里的绿色沙发上拿了两个大靠枕，带到厨房里，搁在靠墙那张桌子的两侧。接着，她抓起自用的不加线条的纸和绿色墨水的钢笔，放到桌子底下，趴下身子，匍匐向前爬去，再蜷起身子，把

自己缩起来，进入她在那里搭建的小窝。此时，她才觉得自己真正回到了家。万事俱备，她便动笔写起信来。

亲爱的希拉：

每段感情背后都藏着一座坟墓。一旦其中一人开始独自探访这座坟墓，那就意味着不久之后，这段感情也将走到尽头。

按理，正常人是不应该给自己即将结婚的妹妹写这么一封信的。但她一周前就开始写的这封信变得越来越长、越来越散乱，信的空白处还附上了她们的童年照。她希望把它做成一份结婚礼物。但她越写越感伤，就像咖啡杯上的那一条条印痕；最后它变成了一篇她大吐苦水的持续膨胀的论文，她已经酝酿了很多年，要把自己的感悟写成一篇学术论文。

千万不要独自去那个坟墓。无论如何，都要把你的男人带上。否则……

否则怎样？和唐奇在一起的那些日子浮现在她的眼前，然后又像泡泡一样破灭了。她还依稀记得他们当时争吵的情景，可最后都无果而终，因为在他们吵得快要打起来之前，他们的声音就会带着

疲惫和愤怒，慢慢地弱下去了。那时唐奇总会躲到外面去散个步，然后再回家，和她扯一堆毫不相关的东西，努力让她忘记双方那些不愉快的回忆。这时，她突然发现，每一次争吵过后，她总是独自一个人在家。

否则，总有一天，你会孤零零地在那墓地里长眠。

于是，她在桌底为自己建了这个“家中家”，因为这个公寓让她想起一座竖着很多无形墓碑的墓地，每一块都代表着她和唐奇曾经一起制订的计划——可是却被他们的争吵一个一个地扼杀了——还有他们一起拥有的过去，那段“美好的时光”，对对方的猜疑越深，他们越是频繁地追忆那段日子。不过这一点，她不打算告诉希拉。

还记得我以前帮你做的那个小房子吗，希拉？因为爸爸妈妈为了追求他们那崇高的政治理想，总是不在家，把我们扔给对政治毫不关心的奶奶和外婆，所以我们给自己建了很多的家。噢，上帝！我还记得那些年，我们“频繁购买点心的日子”，而每当我看到窗户上映出自己两条肥硕的大腿时，我就诅咒土耳其极端民族主义者。你想想看：柏林墙倒了，苏联解体了，但我们对碳水化合物根深蒂固的政治喜爱还是顽强地活着，而且还活得好好的！

我们之所以会有那个规模的臂围，一方面要归功于奶奶和外婆对两个没有父母伴着长大的女孩的无助感，另一方面则要多谢她们因为这种无助感给我们烤的所有蛋糕和薄饼——这样说来，我们还要间接地感谢1980年的那场政变。于是我们建了那些房子，想要逃离这两样东西。

我还记得我总是那么焦虑。我必须得给你一个家，而且要快。作为姐姐，我觉得我必须通过过家家加快生活的节奏，让日子变得不一样。也许是因为盖那些房子耗尽了我的气力，所以我都没有建立一个真正的家。不过不管怎样，你总是扮演家庭主妇，这一点我记得很清楚。你从来都不会将现实的东西和我们想象中的家庭用品搞混。我们那时候已经够小了，但我们还是弯起手臂和大腿，甚至还压低了声音，让自己变得更小，这样我们就能钻进那些小房子里了。

以后再也不要把你自己缩成那样，硬挤进一个家里去了。

最后那句话才写完一半，她就把它划掉了。没必要因为自己的恐惧而把这封信弄得更混乱。

你知道，我还记得你长大的那一天。你把祖母给我们的巧克力留了下来，一天，我们去探访妈妈——还是爸爸的时候，你把它们藏在了毛衣里，一起带去了，偷偷地把已经融化了的巧克力带到探

视的房间。那就是你长大的那一天。

“你看，妈妈！警察都没有搜我的身。”你这样说。

就是在那天你展现了自己在政治上的成熟，我亲爱的妹妹！

至于我呢，在我成立了“进步儿童组织”，被住在五楼的法西斯分子尼亚齐上校打了一巴掌后，我猜你可能会说我因折磨留下了心灵创伤。如果你问我的话，我想没有人可以因为我们提前结束了自己活跃的政治生活而批评我们吧。

虽然我已经整整一个月没有给妈妈打过电话了，但在过去的那几天我很想念她。

最后那句话基本上是它自己冒出来的，丹妮丝写完这句话后便停下了笔。她咽下内心翻腾着的那股想哭的冲动。所有她只想告诉母亲一个人的话，现在却告诉了所有人，唯独没有告诉母亲，这些话如毛线团般卡在了她的喉咙里。这么长时间以来，她头一次想要抽烟。她抬起手，在面前挥了挥，看似在扇去烟味，实则想要挥去心里那种恶心想吐的感觉。

我们都知道，女人一旦说起话来就没完没了，对吧？我相信这些天来你一直想和她说话，我也相信听完你的故事后，她会给你讲更多扣人心弦、很有意义的故事。她已经六十岁了，直到今天，每

当我想在电话里告诉她一些事情的时候，她还是会说：“先告诉我结果。”所以，她一辈子都摆脱不了当记者的职业病了。

我一直在想：我之所以会成为一名学者，或许正是因为不想像她那样沉迷在那些故事里？恕我直言，她一向爱那些故事胜过爱我们。为了它们，或者说因为它们的缘故，她一次次地抛下我们。难道就是因为这股子怨恨，让我把自己关在这座名为“学术界”的牢笼里，一个没有人在乎别人说了什么的鬼地方？还是因为，我下意识地想证明一直相信的一点，那就是我永远不会成为一个真正的学者。这也是不无可能的。

前几天，正当我认真思考这一切的时候，爸爸打电话来了。自从他决定成为一名嬉皮士，亲爱的妹妹，我想他对权力的这种狂热是无药可治了。他不停地大声唱着一首阴阳歌，声称“我的‘生命之源’正在日渐干涸，我‘必须让它流动起来’。”最后，正当他为“阿富汗低劣的能源”而感叹的时候，我以为不会再出什么幺蛾子了，却听到他说，“我一直在拜访通晓前世今生的治疗专家。”

我们的父亲大人相信自己能解决世界遗留下来的种种问题的自信竟是来源于此——拜访通晓前世今生的治疗专家！

我觉得这就是我们家的毛病所在了，希拉。除了你之外，我们都把自己看得太重了。你要结婚是正确的，至少你可以建立属于你们自己的病理档案，还都是第一手的！哈哈，我和你开玩笑的啦！

这时候，丹妮丝觉得希拉可能对这封越写越滑稽的信感到无语了。她在信里大吐苦水，早就超过二十页。所以，她考虑着要不要把最后一部分给删了。这时，电话响了。

她刚拿起话筒，她那个巴勒斯坦朋友莉玛的尖叫声就穿透话筒而来：“你看见骆驼没有？牛津街上有一群该死的骆驼！”

她倾身去挂电话的时候，沙发靠垫微微动弹了几下。外面的天渐渐黑了。

1982年7月15日，沙提拉难民营

我亲爱的可贝菲丽宾娜：

你知道吗，当我们在一个人身上可以看到通往另一种人生的大门时，我们会爱上这个人。他们吸引我们的，并不是他们的幸福或者痛苦。我们所说的爱是指：一个人能在另外一个人的身上看到一栋神秘的房子。在你母亲身上，我就看到了这样一扇门，这么一栋房子。

我叫哈姆扎。在沙提拉难民营，我被称为哈姆扎医生。不过不要被我的名字给骗了，我一直是个矮小的男人——就像一根干瘪的胸骨！而你妈妈呢，则看起来像还没来得及长好就被逐出母亲身体的孩子。这样看来，人好像都喜欢那些受过同样伤害的人。

把你妈妈带到这里的突击队员们问我："哈姆扎医生，我们应该怎么处置这个女孩？"

你妈妈闻言破口大骂。

作为一个男人，应该知道什么时候该和女人保持距离。我明

白这一点。我知道有时候，女人只能让其他女人去碰触。于是我叫来了一些女人，她们又叫来了另一些女人。这些女人围在你母亲身边，低声说着话。她们把她从一个人手上传到另一个手上，仿佛她们的手会走路，会翻滚，她们将她放飞了出去。

首先，她们给她清洗。她们解开她的头发，只见头发上沾了血，变得黏黏的，结成了一团。于是她们便用橄榄油香皂打出一些泡沫，抹满她的胸部，把她当孩子一样洗了起来。搓洗一番后拿来了一些水，倒在她的身上。她们嘴里说着她听不懂的语言，怜惜她，爱护她，让她重新展露笑颜。她们将一桶桶的水浇在她的身上，带着她穿过通向另外一种人生的大门。最终，她们齐心协力地把你妈妈变回了一个拥有丰满胸部的女人，让她重新活了过来。

起初，你妈妈就像一颗鹅卵石，而且是营里的人们从未见过的那种类型。她一动不动，甚至连血液也已经凝固了一般。女人们知道如何处理这类事情；她们用手温暖她的血液，让它再次流动起来。对此，她们并没有特意去学过——这是她们的手掌里生来就有的知识。这也是为什么小女孩们总是爱寻找可以照顾的东西。

洗好后，她们开始梳理她的头发。我觉得啊，菲丽宾娜，女人之间通过头发就可以抚慰彼此。她们把注意力集中到每一缕发丝、每一根发梢上，围成了一个疗愈的圆。我看着她们梳理你母亲那头乌黑的长发，轻柔地抚摸它，解开缠在一起的毛发，仿佛要把她所

有的顾虑一并梳去。纵观历史，也许这就是为什么，女人若要摧毁别的女人，都要从剪掉她们的头发开始。因为她们知道，一个秃顶的女人无所依靠，自然也无法再成什么气候。

她们给了她一条还带着肥皂香味的黑裤子，还有一件黄色的毛衣，这些衣服原是一个刚去世不久的年轻女孩的。那裤子很大，松松垮垮地挂在她的大腿上，毛衣则是一边长一边短。但那一天，我感觉一个女人身上再没有什么比她湿漉漉的头发更诱人亲吻的地方了。刚刚梳过的秀发，因为刚洗过而闪着亮光，自然地垂落在她脸颊的两侧。也就是在那一天我第一次意识到，自己对战争有多厌倦，成千上万的病人从我的诊所进进出出，这就是我见证战争的方式。

你知道吗，菲丽宾娜，人只有躺到了医院里才会真正理解何为战争。那里不是战士们的前线，而是失败者的战场；不是人类的避难所，而是断肢残腿的回收站。触目皆是惨景，不是因为大大小小的伤口或者抛洒的热血，甚至也不是因为绝望或者在没有给他们止痛药的情况下便切开的创口，而是因为这里的人都无法再战斗。对上战场不再抱以希望的人远比战士们更让人畏惧。他们赤身裸体，不着鞋袜，还有一闭上眼便缠绕着他们的梦魇，这些都让医院变成了战争中最可怕的前线。在我看来，若是能让他们穿着军靴战斗到筋疲力竭才死，他们或许还会感到更欣慰些。可是在这里，最后能感觉到的只有痛苦，这里才是战争中最为血腥的地方。相信你不会

想看到这一幕的。

在这里，这个他们努力想要恢复的地方，比起那个你死我活的前线，他们叫得更加大声。我就是这个战场的将军：哈姆扎医生将军！而我麾下的士兵不是缺条胳膊就是少条腿。

第二天，当你母亲出现在这个奇异战场的门口，对我说“早上好”的时候，我很想笑出来。因为，菲丽宾娜，你妈妈说英语的时候就像一个巴勒斯坦人。她和我们一样，学英语是为了能够表达出自己的意思，也和我们一样属于一个从未表达出他们自己想法的民族。这就是她每次说英语时看上去都有些生气——也是她那天早上站在医院门口，说完“早上好”就直接蹦出一句“给我活干”时绷着脸的原因。

英语里的那些或微妙、或彬彬有礼、或客气的话时常让我们感到困惑不已。因此，在我们遇到来自同样为此事困扰的民族的人，并且他们还对我们努力用看似粗俗的话把外语中缺漏的内容进行填补表示理解的时候，除了爱上他们，我们别无选择。

我把绑纱布绷带的活儿交给了她。一整天过去了，她只抬头看了我一次。可是从她低头朝着绷带微笑的样子，我知道，她也在我身上看到了通往另一种人生的大门。

你母亲微笑地看着绷带的样子，让我开始和所有中东人一样，一旦发现某样东西很美，就开始担心会失去它。菲丽宾娜，我们就

是这样一个民族，在开怀大笑的时候却总是担心可能很快就会哭泣，于是就开始愁眉苦脸了。不过，你是不会那样的，因为你妈妈和我不一样。可是，她还是喜欢我这个类型的男人。没错，就是我，哈姆扎·阿布·沙尔，沙提拉难民营中被称作哈姆扎医生的一根干瘪的胸骨！

05

每天例行停电之前也正是清晨的凉意即将消退的时候，几个幸运的贝鲁特人会麻木地从床上爬起来，打开空调。再次进入梦乡时，他们会欣慰地想到幸好发电机上还有油；而此时，某个人则会猛地推开窗子，希望能写出歌词的初稿。于是只听见从盖特维山顶公寓顶层的某扇窗子里传来乐声——歌词一半是英语，一半是阿拉伯语……

他们是搞朋克的阿拉伯人！

这些话每出现在屏幕上，身穿奇装异服、面部表情更为奇特的年轻男女们都会重复一遍：

朋克、朋克阿拉伯人！我们都是阿拉伯人，朋克阿拉伯人！

小伙子们裸着上身，露出油光发亮的胸膛，穿着迷彩裤；年轻女人们抹得油亮的胸脯几乎要把迷彩胸罩撑破，他们围着一颗迫击炮弹跳舞，高呼：

我们不是恐怖分子！我们是酷——酷酷的朋克阿拉伯人！

视频中的画面跳跃变化着，挨个传递的手榴弹变成了卡拉什尼科夫枪，并带有情色意味地从嘴上降至胯部。哈迪越来越不解了。虽然他眼皮层层褶皱非常沉重，但他还是努力睁着双眼，希望能看明白些。他还以为战争又开始了，可是看着屏幕上闪现的那一对对乳房，他放松了下来，忘了自己正在思考的问题；他注意到那些卡拉什尼科夫枪，不由得看了看自己的手，想要记住现在的时刻。当他想起战争已经结束时，神情疲倦地吁了一口气，可是视频里卡拉什尼科夫枪每一次开火还是令他心跳加速。泽娜卜打开的供他消遣的流行音乐频道，就像笼罩在哈迪心上的一个噩梦，在他视线里时隐时现，令他的胸剧烈地上下起伏。他心跳加速，随即又放缓下来；甚至都不记得自己是怎么关掉电视的。他害怕了，然后又忘了自己害怕这事儿。

我们不要战争……性和舞蹈，才是我们想要的……我们是性感的阿拉伯人！

当视频里出现贝鲁特那一条条街道的时候，哈迪如梦初醒，心中的困惑如一块方糖般溶化，他露出微笑。他的内心突然有一种悸动，可是还未等他觉察到，这种感觉便已消失——它就像梦的尾巴一般从他的指尖溜走了。视频的图像不断消失，速度甚至比他遗忘的速度还要快。他刚刚看到的是贝鲁特吗？还是他在这些天来第一次想起了什么东西？

过来看看……女孩们都好开心，她们都玩疯了……我们永远不会索要你的身份，因为我们是朋克，朋克，朋克！我们是超酷的阿拉伯人！

突然，一群戴着黑白相间头巾的年轻小伙们开着一辆吉普车出现在了视频中。他们身上的喇叭裤，最上面一颗纽扣没扣的紧身衬衫，他们的胡须和眼睛，还有那胜利的手势和洁白的牙齿，看起来是那么旧派。当那些被晒得棕黄的“朋克阿拉伯人”再次开始跳起来时，哈迪想知道为什么这些黑乎乎的美国人要在战争时期跳舞，然后任由这个疑问如同小鸟的鬼魂般飞走。

其实真正困扰哈迪的不是那些被他遗忘的事情——那些事如一束束细光从一片黑暗消失到另一片黑暗中——而是记忆中那些随之而来的屈辱、幼稚的时刻。遗忘是一种悸动的、微温的混沌。然而，记忆是一个肮脏的休息站，闪烁着白色的荧光，严重妨碍他本就不深的睡眠。哈迪一直等着那道光从自己的脑海中离开。

女孩们则将一条条色彩鲜艳的头巾披在肩上，踩着光洁如镜的迪斯科球的影子舞动。在它投射出的那片细碎斑驳的光影中，哈迪差点儿迷失了自己。随着灯光靠近，迪斯科球影变得越来越大，接着，屏幕上出现一行字："这个视频上的每个人都是阿拉伯人！"哈迪突然恢复清醒。

这句话后还有用英语写的版本和标志。哈迪将这视为巴勒斯坦解放组织被赶出黎巴嫩后搬到美国的信号。虽然他还记得他看到过阿拉法特从贝鲁特港上船，可他已经忘了阿拉法特是谁。忽然，一些东西在他的脑中飞快闪过，大胡子边挂着的一缕微笑，一条整洁的头巾，一抹卡其色，但是很快又消失了。他还以为炸弹爆炸了。这时，一段新的视频开始了。

他从沙发上起来，想问问泽娜卜战争是不是仍在继续，可是当他站起来后，他又忘了要问什么了。哪一方获得了胜利呢——或者说有人获胜吗？

他从镜子旁边走过，却没有看自己。

他看到门是开着的。因为它开着，于是他朝它走去。因为他在飞机棚看到他的外套，便穿起衣服来，在身上披件大衣，扣上纽扣，穿鞋，系好鞋带，再慢慢穿上另一只鞋，穿衣完毕。接着他看到了楼梯，于是便走了下去。他听到一楼的门打开又关上的声音，便继续往下走。走到了大楼的入口，出了门，走到街上；然后，他就走了。

那些长着一口白牙、戴着头巾、坐在吉普车上的男孩是不是刚好在这儿？这些孩子是在酒店之役[①]后还是难民营之战[②]前经过这里的？这一次他不能弄错了，最近什么事都发生了。一定有人可以告诉他，他的儿子是不是还活着。因为他亲眼见过——一切才刚刚发生。如果他是唯一一个记得这些事的人怎么办？不过墙上有很多弹孔，它们必定是最近才留下的。大街上，每个人看起来都很痛苦，没错，痛苦。所以这场战争肯定还在继续。他得到绿线[③]上去。要是

① 1975年黎巴嫩内战期间贝鲁特首批“前线”之一。几家贝鲁特大酒店当时成为了巴勒斯坦士兵和基督教民兵组织之间战斗的“前线”。

② 1985—1986年，黎巴嫩伊斯兰什叶派组织围攻了黎巴嫩的巴勒斯坦难民营。

③ 内战期间将贝鲁特分为东西两半的分界线。

他能到贝鲁特东区就好了……还是他现在已经在东区了？到那时仗肯定已经打完了。否则，那些基督徒怎么会允许他这样的什叶派住在贝鲁特东区呢？但是也许可以……对，没错，他必须找到那条将贝鲁特一分为二的绿线。如果他能沿着一条线走，那么他就可以走向过去，走向最近的那段时期，最后找出真相。因为所有的事都才发生不久。他需要一条线——一条可以分割过去与现在、新和旧的线，一条能够昭示万物起源和终结的线。他还要找到一个方法来记住该记住的，忘记不该记住的。还有一条可以区分赤裸裸的羞辱和暧昧不清的友好的分界线。如果他可以沿着那条线走，那么，他就可以把那些胸脯和卡拉什尼科夫枪、头巾和迪斯科球灯各自分开，到那时，所有事情也就可以回到正轨。

他不确定自己会走多远。还是那样：在他似乎要心力交瘁的时候，他才到达目的地。这才是他忘记自己身处何时带来的最糟糕部分。身体忘了自己的岁数，只能用昔日的双脚，踩着所能记住的步伐前进。它们将他带回到那些老地方。于是，他在国家博物馆的门前停了下来，恰好就在那绿线上。

时间都去哪儿了？他看着自己的手。“现在”就在这里，满是皱纹。但时间呢，都跑哪儿去了？

“可是那些墙……”

绿线上传来炸弹爆炸并撞击博物馆墙壁的声音，它们在他的耳边回荡。可是那些弹孔在哪里？这个他是不可能记错的。可那些弹痕累累的墙都在哪儿呢？他又把一些东西给忘了。是不是他记得一些东西，但大家都已经忘了？或者忘记了一些每个人都记得的？难道没人记得，这些石头墙是千疮百孔的？

“但是弹孔在哪里？他们把弹孔藏在了什么地方？”

那个老人的声音是谁发出的？难道是他？他看着自己的手。没错，这是他现在的声音。“现在”就在这里，加深了他的皱纹，留在了他的手上，刻在了他的掌心里。

他看见楼梯，便爬了上去，看到门，就穿门而入。他不停地走着，因为没有人拦阻他。他径直穿过里面的门，并对已经忘记和悄然经过的人视而不见。

“这些是谁的？这些石头，这些坟墓和雕像……它们是谁的？”

那是他的声音吗？他看着自己的手。是的，这是他的声音。“哈迪，这是你的手。你依然在这里，因为看到了楼梯，你就上了博物馆的二楼。有人知道你在这里吗？”记忆如一只折断翅膀的鸟儿匆匆掠过窗口，穿过他的胸膛，貌似要想起什么的时候，这只鸟又消失了。

楼梯的扶栏做得多好，打磨得多光滑，弧线多么优雅啊！他停下脚步——应该是停下了——抚着扶手，思忖良久。当他看到自己搭在扶手上的手，他记起了自己的双腿，于是继续往上爬，来到了二楼。他没看那些保存完好的腓尼基[①]战争徽章，也没看那一枚枚刻着图案文字的银币、一把把黄金打造的斧头，更不要说那些穿着短裤、破坏博物馆古朴气息的游客们。宛若幽灵般，他悄悄而又坚定地走向那个玻璃箱。他的玻璃箱。他伸出双手按住了盒子的两侧。

一座……在内战期间……被烧焦的……女神雕像。

一个从史前时期幸存下来、却在最近……在1979年到1992年期间……被熔化的玻璃瓶。

还有所有那些不成形的玻璃、金属和黏土物件，它们已经胀大、凸起、拉长、破碎……这些东西都被袭击库房的炸弹在爆炸时所产生的热浪给毁了。

他将脸颊紧紧贴在玻璃上，伸展双臂拥抱它……突然，他注意到附近传来了焦急、抑制的低语，脚步声，还有不断向他靠近的深蓝色裤子……

“哈迪叔叔……好了吧……算了，今天就先到这里吧。现在别再找了。别找了，哈吉[②]……”

---

① 译注：古代地中海东岸的一个地区，范围接近于今日的黎巴嫩。

② 译注：哈吉（haji），对完成麦加朝圣的伊斯兰教徒的敬称。

看到博物馆年轻的保安向他投下那怜悯一次甚于一次的目光时，或许他应该……感到羞愧，还是应该生气？不管怎样，他现在是生气了。“可那些弹孔在哪儿啊？”

保安再次回答了哈迪每次都问的同一个问题。看着哈迪滑向冰凉石栏的手掌，他的声音断断续续地掠过了哈迪的耳朵。“我前几天不是告诉过你了吗，哈迪叔叔？他们重修了博物馆。所以现在这里再也没有弹孔了。”

他们走到博物馆门口，这时，透过门口的光亮，靠在保安胳膊上的哈迪瞥见了马文的身影。只见马文伸开双臂，身子融入仁慈的黑暗中。

他朝马文走去，嘴里嚷着：“带我回去。”马文以为哈迪指的是回那栋房子。

06

“每个人都肩负着国家的命运吗？还是只有我们？”

当丹妮丝被告知“有好多骆驼！快来！”并挂断电话，来到她被召唤的地方时，莉玛正站在玉米市场街和宽街的转角处。她一边盯着笨拙地坐在牛津市中心的那两只疲惫不堪的骆驼，一边说话，脸上没有任何表情，看起来让人感到滑稽。那双绿色的眼睛，和她的脸相比，平时看就觉得很大，今天更是大得让人害怕。

丹妮丝无语，只能说“别让它碰到你”。这时，她注意到莉玛的肩膀耸在她小小的身子两侧，看起来好像要跳出来似的。莉玛曾见过她自己父母的国家，巴勒斯坦，只见过一次——那还是去年的事，她在那儿度了一周的假。但是今天，面对以色列学生的独立日庆典——他们为此都鼓足了干劲，或许还忍了政府官员们几个月才得以把那两只骆驼带来——莉玛似乎把祖国的重担扛在了自己肩上。和所有从父母辈就失去国家的人一样，她只能把祖国藏在心

里，如同一个流浪汉小小的藏身之地。

“真是不敢相信！他们居然用鹰嘴豆泥来庆祝以色列建国，女孩子们还打扮成跳肚皮舞的。鹰嘴豆泥是咱们的，是个人都知道！它是咱们的！”

莉玛顶着嗓门吼叫，拍着胸，睁大着双眼，就像在捍卫自己的家园，而这一切全因那些供应仿制贝鲁特食物的黎巴嫩餐厅里的鹰嘴豆泥，当意识到了这一点时，她忍不住哈哈大笑：“天啊，这样做蠢死了！”

“确实挺蠢的。”丹妮丝表示赞同。她朝向她们靠近的那群来自土耳其和阿拉伯的学生点点头，他们手上举着标语，上面写着：“骆驼留在牛津！巴勒斯坦人待在巴勒斯坦！”

她们同时叹了口气，把手插进口袋里。

“至少我们知道他们在抗议什么，”丹妮丝开口道，“这些奸诈的犹太复国主义骆驼！”

莉玛眉头微蹙，噘起嘴唇，挤出了一个笑容。她们分别用阿拉伯语、英语和土耳其语同这些人打了招呼；大家暂时忘记了他们对骆驼的憎恨，互相说着“就这样行了！”“好的！”和“够了！”，不过他们很快又记起来了。选定几个短语后，他们就开始大喊口号了。

“巴勒斯坦，巴勒斯坦，我告诉你，入侵我们是犯法的！”

丹妮丝努力适应着自己的声音，因为她已经多年没喊过口号

了。她一边继续抗议活动，一边玩着自己的声音。她发现，当她小声地喊时，她可以更清楚地听到自己喊的东西，可是当她和其他人喊得一样大声时，她的声音就湮没在人群中了。抗议活动中的声音就是这样的。

只有在用尽全力大喊出来时，她的声音才不让她感觉到烦，甚至在它慢慢弱下去的时候听起来还挺可爱的。过了一会儿，她连那些阿拉伯语和英语口号喊的是什么意思都不在意了——有些东西从她内心释放出来了。她张开嘴活动活动脸，终于停止了对自身的思考。她顿时觉得自己轻松不少，安静地隐匿在人群中。

就在她准备自顾自离开的时候，她听到有人说："嘿，美女，你在干吗呢？"

莉玛碰了碰她的手臂，把她从恍惚中拉了回来。

"什么啊？我也是中东人啊，不是吗？"

"你能看看这个吗？这么说，这位小姐已经决定当一天中东人了。那好吧，那你先把这些小册子发下去。"

她把一些粉色、蓝色和绿色的小册子给了丹妮丝，并向"新成员"阐述了以色列人是如何偷了巴勒斯坦人的土地的。在那些以色列学生的摊位上，她们正把小册子或送或卖，或展示给那些敢横穿巴勒斯坦人群的人——巴勒斯坦人叫嚣着，早已封锁了牛津宽街。小册子上的内容，从旅游宣传册到果酱，从政治书到水烟壶，什么都有。街

头集市上矗立着一张巨大的虚伪笑脸，气氛因为抗议者而变得愈加紧张。可是，不知怎么的，原本剑拔弩张的双方达成了协议，故而在以色列乐队演奏的时候，巴勒斯坦人都静了下来；而在巴勒斯坦人又开始抗议后，乐队成员们也只是在一旁调着各自的乐器。

和所有第一次干这种事情的人一样，丹妮丝一开始颇感尴尬，因为人们拒绝收下小册子，然后渐渐地对他们产生了怨气。半个小时后，她冲他们怒目而视，算是提醒他们犯下了大罪。过了一会儿，尽管她以前从未参加过任何捍卫自己祖国的示威游行，但她没有再去想她这么热心地支持巴勒斯坦人的运动有多么奇怪，只是像其他所有愤怒的阿拉伯人和土耳其人一样分发着宣传册。

“你在这里干吗？”

她听到这个仿佛来自另一个世界的声音后跳了起来，手里那些粉的、蓝的、绿的纸撒了一地。此刻唐奇正面带微笑地看着她，那笑容说不清是震惊还是嘲讽。

“帮我一下。”丹妮丝说道，一边捡起了那些册子。

“我又看到你和这些阿拉伯人出来闲逛了。”唐奇低声说道。就在他弯下腰帮她的时候，他文件夹里的文件掉了出来，正好落在了那些小册子上面。

“……支持暴力运动，即极端主义者的伊斯兰运动……”丹妮丝看到了文件上用黑色墨水打印的只言片语。诸如“伊斯兰教的统

摄作用”“亲西方的穆斯林”之类的词语让这份文件变成了意识形态体系的红绿灯，充满了煽动性。

“那是什么，难不成你的智囊团又开始提倡温和的伊斯兰教了？”

“别说了，丹妮丝。这里不是说事的地方。”唐奇环视着四周，阻止她继续说下去。他看到了莉玛，便朝她笑了笑，挥了挥手。

他们把各自的文件收拾好，站起来，挑衅地看着彼此。

“这些文件是我带来给你的，”唐奇喃喃道，“是准备在巴黎召开一个会议的征稿启事……我想你可能会感兴趣……”不过他懒得再往下说了，疲惫地俯下身亲了亲丹妮丝，揽住她的纤腰。

“别这样！”

“怎么了？”

“我感觉自己变胖了。体重增加了不少。不过这和你没什么关系。”

“这是好事。这样你就有更多地方让我爱了。”唐奇说着努力挤出一个笑容，逗着丹妮丝，想让她重新露出笑脸。不过这招显然没什么用。没法，他只好说：“那么我先回家了。你可以到家再看这些文件。”

“好的。”丹妮丝回答道。于是，他们亲了对方一下，嘴唇只是蜻蜓点水般碰了一下，就迅速分开了。此时，她觉得手上的那些

小册子仿佛都变成了一堆没用的废纸，感到大家都在看着她。

“丹妮丝！过来！快点儿！”

莉玛再次觉得自己的眼珠要跳出来了。就在丹妮丝忙着捡起小册子、和唐奇斗嘴的时候，一群巴勒斯坦人到了，他们极有可能来自牛津的各个郊区。他们以家庭为单位，一家人挤在一辆车上，车上挂着旗帜和横幅，高喊着“以色列必亡”。抗议活动中原本属于牛津人的机智圆滑早已变成了对中东紧张局势的真正不安。英国警方迅速赶到现场，他们在宽街上拉起警戒线，将巴勒斯坦人和以色列人分开，并围住了巴勒斯坦那群人。莉玛把丹妮丝叫过来，指着以色列那一边，咬牙切齿地怒骂这群无耻狂徒，丹妮丝连说了三遍：“哦，我的天哪，不敢相信这真的发生了。”

以色列学生在警察身后拉起了自己的警戒线。他们都戴着以军青睐的反光镜面墨镜和供特勤服务所用的米色耳机。他们两两紧扣双手，并交握胸前，如磐石般站着不动，紧紧盯住某个地方，将以往学的军事知识运用得淋漓尽致。

莉玛难掩声音里的震惊和气愤，说道：“这些家伙都被摩萨德[1]洗脑了吧！”

丹妮丝两手插在口袋里，回应道：“这就意味着，我亲爱的朋

① 译注：以色列情报机构。

友，他们的命运被占领了。”

说完，她朝周围看了看。只见宽街上都是以色列人，而在拐角处，那些巴勒斯坦人前有以色列人的围困，后有警察拉的警戒线，已经被逼得只剩下一个狭小的空间。她对莉玛指出了这一点。

“是啊，”莉玛愤愤道，“牛津市中心都成了该死的加沙了！”

“还有那些骆驼，”丹妮丝急忙补充道，“别忘了那些该死的骆驼！”

她们谁也没有笑。莉玛终于对她所看到的一切厌烦透了，便凑到丹妮丝的耳边，在一片口号声中露出微笑，问道：“你想好把它埋哪儿了吗？”

1982年7月27日，沙提拉难民营

菲丽宾娜，我亲爱的可贝：

我想告诉你刚来这里时你母亲对沙提拉是怎么看的。因为等到你长大的时候，也许已经没有人会记得这个地方，或我们曾在这里经历过什么。假如战争还是像现在这样继续下去，恐怕就没有人能有幸活下来铭记了。

可爱的菲丽宾娜，这就是这片土地的现状。它所有的记忆皆与遗忘有关。每个人都忘记了自己的罪，却没有人会忘记身上的复仇大计。而中东充斥着各种罪——众神皆在这个地方诞生并非出于巧合。这里的历史悠久丰富，就和其武器存在的时间一样长。若你想了解它，那么，你将会被所有的故事湮没。这就是中东的诅咒：它诅咒不理解它的外来者，也诅咒抱有幻想、觉得世界上的其他一切都无关紧要的内部人。

关于这个在地图上看起来只有那么一小点儿，甚至有人可能会将它误认为是印刷错误的地方，我们挚爱的国家，你只需要知道

件事，菲丽宾娜，那就是——在这里，人们曾互相残杀。我想，那是这附近的所有人都能一致认同的唯一一段历史。

不过，亲爱的孩子，尽管如此，当你用心地看着这片土地的时候，你会发现它有一种难以名状的美。这就是为什么我要告诉你我所看到的沙提拉，以及我所看到的贝鲁特。

我的小可贝，你知道吗，在这里，建筑一栋挨一栋伫立着，就像跳狄布开舞[1]时双脚交错的人们。房子也是一座连着一座，就像正在悼念亡者的人们，紧紧依偎在一起。

这些建筑都是在充满怨恨的环境下建成的。灰浆中和着仇恨，沥青里搅着愤怒，灰蔓里掺着怒火。它们一点也不像西方的那些建筑，那么宁静、温顺，欢快地凝视着未来。而我们的建筑呢，就只能看着它们自己了，看看自己的粗糙破烂，看看自己不可避免的苦涩命运。把屋子建在这里的时候，他们就知道饱受伤害的子民会像爱自己残疾的孩子一样爱着它们——尽管心中难免失望和悲伤。

这些建筑内部的每扇门前很快摆满了鞋子——一双双沾满尘土的鞋子。它们的主人总是步履匆匆，所以鞋底都被磨平了。随着鞋子的增加，公寓也变得越来越差，开始散发出人的各种异味。鞋子后面的大门都紧紧关着，各种声音交织在一起，此起彼伏。当门半

① 译注：狄布开舞（Dabke），源自中东地区的传统舞蹈，在阿拉伯语中意为“跺脚”。

开着的时候，这些声音便回荡在楼道里。不时地，某个声音停了下来，接着便听到一双鞋子大声地离开公寓；不一会儿，又听到另一双愤然地跟在其后，朝复仇之路踏去。后来便是鞋子返回的声音，听起来很疲惫，被笨拙地重新放回到其他鞋子中去。实际上，通过观察他们的鞋子，你就可以了解一个公寓居民的生活。

你生来便不富有，菲丽宾娜。我早已说过，你所拥有的只是一个故事。可是千万不要忘记，贫穷就像战争。只有置身其外，人们才能看到它对人造成的伤害。所以不要抛弃穷人，菲丽宾娜。这就是我在这场战争中得以生存的法则——永远不离开它。我置身其中，为的就是不失去自己的理智。

我曾听人说过，孩子是最快忘记战争和贫穷的人，菲丽宾娜。在沙提拉，有很多供孩子玩耍的小块地方——都是些空空荡荡的无主之地，这在任何一座欧洲城市都是无法看到的。而中东有着一块块没什么价值的土地。你总会发现废墟，如今那些断壁残垣已变成了整个地区的标志。朝气活泼的孩子像包围沉船一样包围它，赋予它生命——他们就像水下的沉船上形成的生物，在废墟中茁壮成长。孩子们在这儿搭建房子，就像海底的鱼儿在珊瑚丛中打造它们的家一般，这一片成了庇护所。他们玩游戏，还发明了不少五花八门的东西。那废墟变得越来越漂亮，对住在里面的人而言，它这种残破的样子似乎就是最初的构想，好像原本就该如此。中东的孩子

爱自己的国家，菲丽宾娜，就像他们爱着这些废墟一样。他们在废墟中学会了爱。不过，这也是为什么他们长大后只能爱上心碎的人的缘故。

这些孩子看着泥土，就仿佛看到了人；看着鹅卵石，则仿佛看到了天堂。他们在一栋栋紧挨着的楼房之间跑来跑去，让本已狭窄的街道变得更为拥挤。孩子们在那里跑动着，也让那些墙不至于粘在一起。说来也怪，当楼房之间的那些狭窄街道没人打扰的时候，它们便封闭起来；但是当孩子在那里跑动，发出光着脚踩在地上的跑步声时，它们便再次开放。

我的女孩，你长着一双巴勒斯坦人特有的双眸，你要知道，无论战争还是废墟，实际上都没有那么可怕。关于这一点，我以后还会告诉你的。我会告诉你关于你母亲、关于战争的故事，还有她为什么要留在这里。但你要知道的是：最终，住在贝鲁特的每个人都会变得与这座城市相似。他们的一生只想忘记一件事，却怎么也忘不掉。

07

那个星期天早上，一些清醒到足以计划着准备一顿美味早餐来犒劳自己的贝鲁特人都在梦想着能吃上库纳法[1]，他们垂涎的样子定会让那些只将它当点心的国家的人吃惊不已。而此时，贾恩却在他位于盖特维山上的公寓二楼，将身子探出窗外，拿着一支早已化成灰的烟，满心烦躁，完全没有吃早餐的胃口。

他没心情告诉泽娜卜那个幽灵似的哈迪已经离开了房子。相反，他此刻只穿着一条CK内裤，站在窗边抖着第二根烟——他直接用上一根烟点着的，绞尽脑汁地想要记起正光溜溜躺在他床上的那个女人的名字。他知道她是个美国记者，因为最近部分外国媒体对真主党的好奇而来到贝鲁特的，而她之所以会在布拉格咖啡馆和他搭讪，仅是想听他回忆他在内战期间作为黎巴嫩长枪党一员的事。

① 一种甜点，将哈罗米芝士夹在两层粗粒小麦粉之间。

她不停地喝着某种像樱桃亚力酒的饮料，可到最后她连自己的名字都没有告诉他。他吸了一口气，郁闷地扯出了一个笑容。

也许是因为他整晚都在谈内战，所以当他看着床上的这个女孩时，他的脑中就闪过了这个早已在战争期间听过几十遍的问题。事实上，在二十世纪八十年代贝鲁特东区和西区之间的检查站，士兵们会将经过的女孩子们从头到尾检查个遍，不过他没有和她们发生过关系。但是，那些士兵想知道哪个女孩是他们可以睡的，就总是问同样的问题："你跟那个女孩是什么关系？"

他总不能说"我和女人上床只是为了不再想男人"吧。够了！不过现在就算要说实话也已经太迟了。

可即便到了现在，他也不能说出来。还是太迟了。他甚至在哪儿都不能说，无论是家里，在他那堆"鱼子酱左派[①]"风格的家具中，或是他在杰梅泽酒吧街开的最时尚的当代艺术画廊里，抑或布拉格咖啡馆里。谁说战争已经结束了？他还不是得继续"坚守他的岗位"，就像他15岁时接过一把枪，从此便不得不守卫在堆满沙袋的检查站。自从长枪党真正开始在山里对他们进行训练，他开始举着枪趴在沙袋背后起，真正的生活便开始了；而在现实生活中，一个人必须"坚守自己的岗位"。

---

① 译注："鱼子酱左派"（Caviar Left）和"香槟社会主义者"都是腐败的同义词。

一大清早的就被这个美国人拉回了内战前线，他很是恼怒。他抚了抚自己的眉毛，这是他每次生气时的一贯动作。他的鼻子里充斥着这一天所有难闻的味道：垃圾和恐惧，金属和湿气……当他认出这些气味都来自于城市北边那个被称作卡兰提那难民营的废物堆时，他松了口气。因为这意味着他还没有太失去理智。不过很快，他的思路便被楼上那对年轻夫妇做爱的声音打断了。

那个淫荡的亚美尼亚人瑟坦妮可又干上了。他真希望这个美国女孩能赶紧起来，马上离开。但女人总是喜欢谈谈。他讨厌所有为了故事而来到这里的外国佬，他们在意识到那些故事有多么曲折后，还是任由自己在贝鲁特的夜生活中放纵。

这个女孩说了什么来着？“我是一个被放逐了的人。现代的流浪汉。而贝鲁特就好像是专门为我而建的！这里的每个人都有点儿无家可归的感觉，不是吗？”

他记下了那些话，没有这么回敬她：“好吧，哈比提，咱们走着瞧，看看在这个该死的城市耗尽你的钱财、榨干你的血后你会怎么想。”而是这样答道：“是的，我们都和你一样，哈比提。”

那女人的身体映在床脚下的大镜子里，放大了一倍；而贾恩的肚子则变得有两倍那么大。他到现在还是想不起她叫什么。

他想，要是马文能在这个女孩醒来之前出现就好了，想到这儿他

又伸手抚了抚眉毛。自从纳赛尔把泽娜卜家的那个菲律宾女孩带上出租车，哈迪也离开公寓一如既往地消失了以来，大街上连一片打转的树叶都没有。他决定，等那个女人醒来后，他就立刻把她送走。

马文提着几个塑料袋出现在大楼前，而且，还有一股橘子花香往贾恩的鼻子里蹿，似乎马文从橘子树下走过，惊扰了满树的花香。贾恩这儿嗅嗅那儿嗅嗅，希望能闻到马文皮肤的味道。

“早上好，贾恩！”

贾恩闻言立即在窗边站直了身子，仿佛又回到了15岁在检查站时，后背被一颗从沙袋缝隙飞来的子弹击中的时刻。那个女孩已经醒了。屋子里充满了她可怕的、电台播音员一般的美国口音，听起来就像是有人打开了喜剧频道。她为了表现甜美又开始改说阿拉伯语，他知道这将是一个漫长的早晨。他摸着眉毛，开口冷冷地用英语打了个招呼：“早上好。”

“黛布拉！”

“什么？”

这个女人使出了最甜美、最大度的声音，把她的名字嵌入贾恩刚才的回答中：“早上好，黛布拉！”

贾恩一言不发，转身回到窗边，继续去看马文。沉默中，他能听到那个女孩苦恼于不知道该做什么，接着便决定继续保持她的甜美可爱，可最后还是犹豫了一番，不知道这么做到底好不好。她很

可能还裹着床单。难不成她以为她还得像演法国电影一样做那些事情吗？她肯定在脑袋里模仿着一些电影，就跟所有女人一样。他也像所有无助的男人一样。

“那个人在做什么啊？我不明白。”女孩黛布拉从贾恩背后伸出手来，抢走了他的香烟，把烟伸出窗外晃啊晃。

贾恩再次抚了抚眉毛，从窗边退回一步，不想让马文在听到她的声音后抬头看到自己。“他在做面包树。”

“雅呢[①]？”

他真有种把这个女人掐死的冲动。所有来到贝鲁特的外国人都记着那么几个词，那是他们从几本介绍本市的英文书上学来的。他们相信，学会了这些就足以在这里生存下去，更何况用起“Yani，Khalas，Inshallah，Habibi……[②]”时，他们会感到非常特别。

“你听我说，安布尔……”

话音未落，这个女人迅速变成刚被甩了一巴掌的小女孩的样子——一个完全国际化、不带任何口音的小女孩。霎时，贾恩被吸到了一个时光真空地带，回到了很多年以前。

---

① 译注：雅呢（yani），在阿拉伯语中，意为“我的意思是”“你知道的”。

② 译注：四个词分别意为“你知道的”“可以了”“如果神允许”“亲爱的”，在本书中分别对应的翻译为“雅呢”“够了”“印沙安拉”“哈比比”。

那时有三个人，他们是朋友：爱德华、沙迪和贾恩。当时他们还只是三个男孩。战争愈演愈烈，他们的家便搬到了山上。他们住在库拉的一个村子里，沿着山路一直往上便可以找到。彼时长枪党已经控制了贝鲁特港，在那里售卖各种各样的货品。“他们那儿绝对有吉他。我敢肯定！”他们在长枪党的一个兄弟肯定会为他们找到一把吉他的。于是，在这场战争进行到最严峻的时期，他们决定在某天早晨五点就出发。那年肯定是1975年。绝对没错。不过也可能是1976年。三人打算组建一个乐队。而他，则无可救药地爱上了沙迪，这也是为什么他要非常努力地尝试和一个女孩打情骂俏的原因。对了，那个女孩叫什么来着？

五点的时候，爱德华出现了，但沙迪还没有到。他们打算给乐队取个名字，就叫“无名”。可是沙迪还没出现。贾恩是在跟他们出去看电影《梅丽塔》那次，无意中看到沙迪在市皇宫博物馆里自慰的那一刻爱上他的。

“唉，要不还是算了吧，哈比比！毕竟巴勒斯坦人一直都在港口攻击长枪党人。他们是不会放我们进去的。我改变主意了。我不去了。”对爱德华说这些话的时候，他脸上的表情肯定和这个女人的如出一辙。

“听着，安布尔……”

“我不叫安布尔，我叫黛布拉。”她的声音像被打破的温度计上的水银飞溅出来，一点点散落在家具中，然后在家具底下消失不见。

“对不起。那个，黛布拉，我得出去了。如果可以的话……”

就在他说话的时候，她已抓起胸罩和内裤匆匆穿上，动作笨拙，就像一个已经不再在乎男人对她怎么看的女人。接着，她开始抱怨，声音颤抖着，有股隐隐的怒气，大致内容是：“可是昨天晚上……”

从检查站和那堆沙袋记忆中走出来的贾恩立刻像个瞄准了正在等候绿灯的车的神枪手一般，张嘴便堵住了她的话：“欢迎来到贝鲁特，黛布拉！在这里，你会发现任何东西到了早上，都和你前一天晚上离开它的时候不一样。”

女孩“砰”的一声甩上门，走了。贾恩探出窗外，又点了一根香烟。明明没什么必要，却要表现得残忍，这让他感觉有点于心不忍。

他想起了沙迪死去的那一天。他们在长枪党屋子里举行烈士仪式，他的尸体静静地躺在桌子上，手臂上夹着一把卡拉什尼科夫枪，一颗子弹永远留在他十六岁的脑袋里，贾恩感到如释重负。他很高兴，因为他爱的那个男人死了，死在了“那些想把黎巴嫩从我们手中夺走的该死的巴勒斯坦人以及他们奸诈的支持者”手上。他的罪，他的内疚，还有他心中那口爱的幽井都被战争给掩盖住了。从贾恩十六

岁那年开始，残忍便一直在他的心头酝酿，遍布他的全身。

当那个叫安布尔还是黛布拉的女人走下楼梯时，马文拿着塑料袋跟了下去，当然，他是去送她出去的。这个浑蛋！外面传来他们的说话声，“去哈姆拉吗？雅呢……该怎么走啊？雅呢，出租车？”那个女人肯定是在向马文打听怎么出阿什拉菲赫，因为他看到马文先是指了指这条街，然后告诉她要走的方向，同时却像X射线般打量着她。在这个女孩扭着屁股下山的时候，马文不经意地抬起了头。贾恩站在窗前来不及躲闪，被抓了个正着，只得不自信地朝他可怜兮兮地挥了挥手和笑了笑，那句“早上好”则被他吞回了嘴里。对此，马文只是回敬了一个他能做出的最下流的表情。

就在马文转身把袋子的提手都绑在一起的时候，楼上的贾恩离开了窗边，抚着眉毛。

“他还没有忘记，那个肮脏下流的叙利亚人！他还没有忘记那一天。”贾恩不屑地嘘了一声，接着把苏阿德·玛茜[①]的CD放进了立体声音响中。他还是和以往一样，表现得好像什么事也没有发生过。

① 译注：苏阿德·玛茜（Souad Massi）是一个极富天赋的吉他手和创作歌手。她1972年出生在阿尔及利亚，现在在巴黎发展她的歌唱事业。

08

为什么我一定要告诉那个笨蛋彼得呢?

丹妮丝对自己感到无比生气，以至于她的五脏六腑都颤动起来，相互磕着碰着。羞愧和愤怒不断地撞击着她的身体，就像车手骑着一辆辆摩托车从她身边疾驰而过时，在她脸上震起层层皱褶那样。

“嗨，丹妮丝！你去哪儿？”

她本想说她要去图书馆或者学校的，但她选择了说实话。这倒不是因为她被问得措手不及，或者出于教养良好的孩子不可以随便撒谎的顾虑——特别是在学会说话前要动脑筋之后。这一次，她只是没由来地害怕撒谎被当场抓包。

她气得要命，心里又浮现出别的惹她生气的事情。自然这是因为所有闹心的事都挤在一块儿了。这就是所谓的“东方人心态”，对此至少她那个无所不知的论文指导老师崔波西小姐就是这么说的——想起她，丹妮丝的五脏六腑又开始四处乱撞了。

“是的，我亲爱的丹妮丝，他们先把所有的事情绕成一团纱线，然后再千方百计地寻找出路，这就是东方人的思维方式。而西方人的思维不同，他们会尽力从一个问题的方方面面来思考。东方人不会去想解决问题的方法，这点和西方人不同；对东方人而言，生活并不是一个需要解决的问题，他们只需静观其变，顺其自然。”

丹妮丝继续往前走，闭上双眼，摇了摇头，想要甩去脑袋中那万花筒般的可怕碎片。鉴于唐奇昨晚的表现，当她重新睁开双眼时，她把他也归入了彼得和崔波西小姐这一类中。

“丹妮丝，如果因为手术的缘故你还是这样的话，我们可以谈谈。”

她突然想到，“手术”这个词是一种可以将问题分割成“西方碎片”的方法。她的身体，以后可能会有的孩子，各种关系……从所有这些“碎片”中，唐奇选择提取了一个名为“手术”的问题。他们的谈话不停地在她脑海里闪过，就像一个出了故障的无线电连接系统。

“丹妮丝，如果是手术……”

“不要再提那个了。我都打算忘了它了。”

“可是忘记……”

“你也忘了吧，以后不要再提起它了。”

她为什么非得告诉那个该死的彼得啊！她真想直接把那用纱布包着的脐带从口袋里拿出来，就扔到小克拉伦登街上的一个垃圾桶里去。可她考虑再三，还是决定采取别的做法，她之前已经那么干过好几次了，也就是带着她妈妈几个月前在机场塞到她口袋里的那根脐带——她不记得这是属于哪个男婴或女婴的了——直接走到欧洲研究中心把它埋掉。每个人都想让她帮忙把婴儿的脐带埋到牛津，这样孩子们长大后就可以上好学校、获得成功；不过他们都没有指定要哪一个大学或学科，而这个重要的决定就落在她身上了。既然父母们要的只是为了让他们的孩子能够远离中东的混乱，过上欧洲那种清爽的生活，那么就没有什么地方比欧洲研究中心更合适的了。无论如何，对于伊斯坦布尔人来说，“牛津”这个词就足够了。这便是她对人们不停地在电话里半开玩笑地提出的问题——“丹妮丝，脐带埋了没？”——的最终回答；另一个中东人的生活将得到解救了！可是她为什么要和彼得解释这一切啊？

想到这个荒谬的话题必定会出现在崔波西小姐为她的博士们举行的下一次茶话会上，以及他们到时会如何援引一个个历史典故和各种潜台词来围绕这个话题进行讨论，她便顿感无力，想直接坐到马路中间去。至于彼得则肯定会进一步“研究”人们对脐带的这种疯狂。她甚至可以想象他会这么说：“他们肯定相信人的身体有某种

记忆。这种观点源自异教。肯定是这样。因为，据我研究，在伊斯兰教里没有这种说法。那么丹妮丝，你说他们认为脐带能把人召唤回来，是吧，还是有别的什么原因？”

她仿佛已经预见那一幕：他们同时端着茶杯，把还在滴水的茶包无耻地搁在茶托上，弄得杯底也开始滴水；他们吃掉三明治的中间部分，只留下边上的面包皮；他们在散发着牛奶气味的会上，感怀寄宿学校的生活；还有从那一个个她一直感觉不够干净的咖啡杯后面，以及完全混乱的情况下，突然出现彼得那张好奇的脸……

他站在街道中间，一手捏着下巴，另一只手撑在腰下。他问道：“有没有可能有人写过这个？”丹妮丝一听，满脑子的想法便都以光速消失了。

她倒是希望自己能够做到。为了牛津的人们，她希望能够成为所有中东人各色民间志异的杂糅版本，拥有无尽的异域风情，不会给人带来厌恶感。

“好吧，彼得，”她说道，“祝你今天过得快乐。”

这句反驳，打断了彼得对脐带的提问，也意味着她牛津人的礼仪慢慢褪去，即将消失殆尽——她一直看着它们一点一点地消失。

当她惊恐地意识到这一点并礼貌地点了点头时，唐奇重新出现在了她的眼前。

“与其选择忘记，或许我们更应该找出真正困扰你的东西。”

“每个人都忙着记住周围的一切。在这个该死的国家里，任何人都不允许遗忘任何东西。他们怎么敢这样？我在问你话呢，唐奇先生！”

“我没听清你问了我什么。我们谈到哪儿了？”

“我们谈到了瓦片。”

“什么瓦片？”

“所有的，尤其是屋顶上的那些。几个世纪以来，人们带着恼人的耐心，把它们一块块摆好，一块叠着一块。他们都坚信这些瓦片不会挪动。否则，为什么大家会这么有耐心！不过，他们是如何得知的呢？怎么会有人敢相信这世间有东西是永远不会脱落的呢？这就是我想知道的，唐奇先生。”

“你为什么这么生气，为什么现在谈这个？”

“算了吧。”

“我觉得你还是先考虑考虑这次巴黎的事情吧。”

她被自己的怒气弄得精疲力尽，用眼角的余光看着自己从那些瓦片边走过。

她对这个城市的一切都感到恼火。这是一个“问题重重的首都”，每个人都讨厌这里的天气，不过她却很喜欢——可对这里的建筑、书籍她都有气，还有所有爱打听的居民。

她讨厌这里质量差又难煮的蔬菜；看不惯这里总是穿着不合脚的鞋子的年轻女人；看不惯这里因过分暴露而使得身体毫无价值的女人；讨厌这里为在偷瞄女人的时候不被抓包而把自己弄得毫无男子气概的男人；讨厌那些无家可归却很有礼貌地站在街角，对没有买他们手里《大问题》杂志的行人仍体谅地说着“不管怎样祝您有美好一天”的、没有表现出丝毫阶级仇恨的人；讨厌每个星期天都捧着地图搜寻《哈利·波特》的拍摄地——历史系大楼的那些日本游客；看不惯那些脚穿价格不菲的新鞋子、手握最新款手机、总是结队而行的阿拉伯男学生；看不惯那些穿来穿去就那么几件衣服的学者们；看不惯那些羞怯地走路的亚洲女学生，好像她们犯了什么错似的；讨厌导师崔波西小姐总是想方设法地在她们谈话的时候夹带一些贬损的话语；讨厌那些没一个人玩得开心却把大家都搞醉的聚会；讨厌在她连一个人的名字都没记住的时候，其他人却都牢牢记着别人的名字；讨厌那些脚注；看不惯弄虚作假地增加参考书目；讨厌在所有的公告里无一例外地加上英语“幽默”；讨厌崔波

西小姐那超强的自信，信心足得简直可以把基督教堂上的石块给割下来；看不惯冬天的时候英国女人让孩子穿得太单薄，而中东妇女却保护过度，把她们的孩子给捂出病了；讨厌一直吃那些马苏里拉奶酪和番茄干三明治；讨厌每次谈话的时候崔波西小姐都要撇着下唇说“就是这个样子啦”；讨厌满大街的人说着“对不起”“谢谢你”；看不惯那些看起来就像从美国健康杂志里跳出来的赛艇队学生；讨厌因为那些身在英格兰而想要掩饰他们拖长语调的美国学生；看不惯那些被修剪得变态齐整还禁止通行的草坪；看不惯大家为了政治正确，装作什么都没有考虑过的样子……因此，尽管她如此愤怒，那她为什么依然要留在这里呢?

她留在牛津的原因无法仅用这句简单的必要性来解释：这个由规则构成的城市，比外面无限广阔的世界更为温暖。

忽然她停了下来——她看到一个很久没有看到的东西。还来不及多想，话便脱口而出：“好漂亮啊！”

只见一堵堵砖墙，恍若那无尽的博莱罗舞曲[1]一个个永不休止的舞步，定格在了某一刻。而位于她左边的断壁残垣，看上去则像一个刻在这座城市心上的美丽伤口。

---

① 译注：Bolero，西班牙舞曲名，通常以四三拍子、稍快的速度、以响板击打节奏来配合。

项目名称：雷德克里夫天文台。施工负责人：牛津市政府。项目负责人……项目负责人的电话号码……如果联系不上负责人时可以打的备用电话……以防那个人也联系不上时用的邮箱地址……为了防止牛津市民们对这个裂缝感到恐慌，担心这座城市即将在他们头顶崩塌，平息他们过分的好奇心，上面为他们提供了远超出正常数量的信息，其中电话号码就不止三个。

这一面面塌陷的墙壁像是从一本描绘某个遥远星球的小册子中给剔除出来、困在伍德斯托克街中央似的。虽然城市里的那一栋栋高大完美的建筑提醒着人们光有它们就足够了，但是这堵墙似乎在祈求怜悯。在牛津所有那些得到人们交口称赞的墙壁中，这块断壁看起来就像一群正常人当中的残疾儿童；它似乎希冀人们能在人群中发现它，可怜它如今弯曲破损的模样，进而许它一个动人的故事。因为该市将这废墟视为耻辱的源头——视为一个错误、一个粗陋之物、一种误差，于是人们便将它圈在一个明亮干净的屏障里，并在工地入口处的两间警卫室上挂了牌子，上书：“行人和车辆：进入时请出示通行证。”

丹妮丝把两个警卫室都查看了一番；此时，那些警卫一定是去

午休了。她沿着一条崎岖不平的道路往前走，一种久违的熟悉感传至双脚，仿佛她正在寻求某种难以名状的冒险，不过那也仅仅就是感觉的一层面纱。她的手回忆起了一些举动，那些还是它们在她小时候用手抠膝盖上的伤疤时的动作。她伸手在泥地上刨了起来，这么多年来指甲缝里第一次塞满了尘土。突然，她感觉自己离开了这座城市，进入了自己的内心世界，来到一个只属于她的地方。

她把那根脐带埋进了这片废墟里，低声念着轻柔、曲折的祷告词，非常复杂难懂，她没法再重复一遍；祈祷的内容与这片废墟、坚持自我的重要性、命运和忘却相关。其实，祷告本身便是一片废墟，支离破碎。

此刻，她的心里升起了一种完成一件独一无二的、英雄壮举般的自豪感。她拍了拍手，尘埃粒子便在阳光下以数千倍的数量飞舞。

在这个城市里，尘埃就像来自另一个星球的一种异物，是从沙尘星球上意外坠落此处的一种化学物质。尘埃会糊弄人，它会把人们的脸孔隐藏起来，使之无法辨认，让人们搞混名字，让一切看起来好像发生在很远的地方。而对丹妮丝来说，它则是从那个星球寄往她所属星球的一封信。正是这种模糊的想法使得一切变得清晰起来。

她将手连同上面粘着的尘土都塞到口袋里，开始往回走，但是很快她又停了下来，回到刚才的那个地方。她从口袋里拿出一小张正方形的纸，然后看着它。纸上画着一个弯曲的脖子，而刚好在脖子弯曲的地方，有一条曾被撕裂的细微痕迹。她把纸弄皱，重新挖开了她刚刚埋脐带的洞，把纸放在脐带的旁边。当她再次把土掩好的时候，发现手上有一些黑色的斑点，那是从她黑乎乎的子宫内部照片上沾到的墨迹。几乎是孩童时便留下来的本能反应，她马上往手上抹了一把泥，把这些超声波的墨水污渍擦掉。她搓着手掌，直至灰尘搓掉了她手指和掌心的每一个小黑点。灰尘带走了墨渍，也洗净了她。

回到家后，她在给希拉的信上写道："对女人来说，时间不会流逝。所以，倘若有一天你受到了伤害，绝不要相信时间可以治愈你。"以此结束了这封信。

在人们能改变由他们的脐带带来的命运之前总得发生些什么。一些奇怪而又强大的事情。于是，他们不得不将锚抛向另一种人生，顺着绳子从一种人生滑向另外一种。就在她想着这个城市里从没发生过什么奇怪的事，因此她在这里便永远无法治愈身上伤口的时候，门铃响了。

1982年8月3日，沙提拉难民营

菲丽宾娜，我亲爱的可贝：

我要跟你讲讲你母亲变得和贝鲁特相似的那天。那一天，一个失去双腿的12岁男孩，用手撑着直接冲进了一片枪林弹雨中。然而此时，另一人则推翻了贝鲁特原本为他们安排好的命运。

这是战争最仁慈的一面。它对那些寻求解脱的人们总是张开双臂。战争是一个熊熊燃烧的怀抱，它像睡梦一般甜美，又像血液一般温暖。它像一个看不清真实面目的灰色坟墓，对那些想要消失在那里面的人们毫无所求。

但你老爸我的工作则是固执地让人们活下来。可是对于那些除了死便没有地方可去的人，在他们决定踏上那温暖旅程的时候，我认为我们必须保持沉默，尊重地在一旁看着即可，即使要离开的还只是一个孩子。

我们做了所有的“动作”来救他，菲丽宾娜。我们就像那些为了一个愚蠢的观众而表演了一个愚蠢节目的愚蠢演员。妇女揪着自

己头发号啕大哭，男人则弄出很大的声音和夸张的动作，而我则伸出手，模仿着试图采取点什么措施的医生。一颗子弹在他的脖子上撕开了一道深深的伤口。那还是一个细小的脖子。这个脖子和其他孩子的没什么两样，脆弱得让人想放声恸哭，中间还有一道软槽，像极了一条早已干涸的河床。除此之外，我们在这孩子身上就再也看不到别的什么了。他的脖子一直往下垂，仿佛一个精疲力竭、极度渴望睡眠的士兵。

我们爱这个孩子，菲丽宾娜，却只能眼睁睁地看着他死去。不过，在这片土地上，我们无法悄无声息地做任何事情，所以有点吵。最终，他死了，我却觉得松了一口气。

菲丽宾娜，你知道吗，无论我怎么努力，也想不起那个男孩的名字。但我记得他是谁。作为一名医生，也许我应该记得的是他失去那两条腿的故事，可偏偏我记住的是他上半身的故事。这个男孩有一个叔叔。当然，我也不记得他叔叔的名字了。但是我认为他是1948年第一批离开巴勒斯坦的。这个男人是一名水手。他只来过沙提拉一次，还从西班牙给男孩带来了一个玩具——一只会跳绳的黄色塑料熊。一种要装电池的东西。

你应该知道，菲丽宾娜，我讨厌那种东西。永远不要从国外给我寄那些昂贵的玩具！那些来自遥远的、富裕国家的礼物太令人痛苦。这样的礼物会剪断那些贫困家庭的翅膀。对他们而言，那些礼

物似乎比屋子里的任何东西都要贵重——有时，他们甚至把它们看得比任何人都值钱，因此它们会掐灭那个家的所有光亮，只创造出一丝亮光照亮它们自己。这样一来，屋子里的其他地方就变暗了。最重要的是，每当一个孩子拿起玩具的时候——我很想知道，这种情况是不是只在这里发生？——就一定会有人对那个孩子发脾气，并尖声叫："小心！小心！"

人类正在互相残杀，而这该死的玩具似乎显得比其他一切都更贵重。这就是为什么我不喜欢那些昂贵玩具的原因。而且，它们还不停地贬低孩子。它们时刻提醒着那家子他们的厄运，好像除此之外它们就没有什么更好的事可做似的。这封信是不是写得太过消沉了？不过即便如此，如果你问我，我还是要说，是那只熊杀死了那个孩子。

记得有一次，那个男孩坐在诊所前面的石头地板上，还把他的熊拿给我看；它的腿很短，短得几乎都要看不见了。就像那个孩子的一样。男孩很匆忙，因为他知道，如果妈妈发现他把熊带出屋子了会很生气。也许他认为，如果他把这个可笑的玩具给哈姆扎医生看了，那他就有了把它带出来的正当理由。一根金属绳从熊的头上绕到了它的脚下，绳子向下熊便跳一下。男孩是把熊揣在毛衣里带过来的，因为他用手走路，便先把手掌在身上擦了擦，然后才去拿那个塑料做的东西。当那只笑嘻嘻的熊开始跳动时，小男孩便把半

边身子侧着躺下，用手托着脸，看着它。我在他身边躺下，腿长得让我感到有些羞愧。过了一会儿，那个男孩突然跳了起来，睁大眼睛，仿佛做了一个噩梦。他看着我，问道：“如果电池耗尽了，会怎么样？”

菲丽宾娜，我的可贝，假如在那一刻，有人给这个男孩电池来取代他的腿，他也会接受的。

我想，当他失去双腿的那一刻，他的心里就住着一个大人了；这个大人告诉他，他们会“解决”电池的问题，于是男孩便把脸颊重新放回手掌心。熊还在继续跳着。但这个只有半个身子的男孩却在我的眼前老去。然后他说：“我……”想了想又马上纠正道，“我们永远去不了西班牙，对吗？”

我可以对大人说谎，但是对着孩子……我不知道能不能做到，因为这么做很有罪恶感。我是不信上帝的，菲丽宾娜，但我信任孩子。

他看着我，就像一把还不知道自己锋芒的刀。他看着熊，熊脸上的笑和他永远也不会拥有的飞机票有着相同的形状。这只熊就是一口命运之井；我看见它正把男孩吸到里面去。我看见他被淹死在里面。他抓起那个塑料玩具，把开关扭到“关”，动作有点粗暴，好像在打它似的。他心中的大人直截了当地告诉他，他是永远也不会去西班牙的。

“哈姆扎医生，给我一个好彩头吧。”他说。我发誓我会给他

的，此时，我们三个，都是那么悲伤。那只熊看起来很像空中飞人伯特·兰卡斯特[1]从空中坠落后变成的小丑。而我们两个则是……巴勒斯坦人。

男孩把熊塞回毛衣里，开始整理自己的头发，弄了很长时间，就像没其他什么事情可做而只好梳头的老人家。他把自己收拾干净，并悄悄地用眼神告诉我，他要走了，而我没法起来，因为之前出于羞愧，便将腿蜷在身下，结果它们就麻了。接着他就用手走回去了，每一个动作都如此迅速，快到足以刺穿一个肩膀、一块骨头和他的皮肤。那只熊从他的毛衣里凸起，就像乞丐们故意展示出用来赚钱的肿瘤。

我亲爱的可贝，男孩因为那只熊死了。每走一步，熊冰冷的金属绳便要和他的皮肤碰触一下，提醒着他：他哪儿也去不了。男孩用那个半圆形的金属绳索钩住了死神温暖的怀抱，把自己拉向了长眠。

“纳吉，”你的母亲说，“男孩的名字叫纳吉。”她知道我记不住。唉，有谁知道我当时在她面前看起来有多么糊涂呢。她手上拿着纱布——那个依旧是她唯一会用的东西——装作正在做事，就像我们其他人一样。男孩死后，她抱了他。她抱着他，仿佛他是自

① 译注：伯特·兰卡斯特（1913—1994），美国电影演员，曾出演《空中飞人》。

已生的，然后把他的半个身子放进水槽里，为他清洗。男孩蜷成一团，像一只因牙齿破碎而枯萎的蚕。我曾经见过一只这样的蚕。它无法吃桑叶，所以当其他蚕变得白白胖胖的时候，它却枯萎了，变成了一个又干又黑的虫子，死了。

你母亲把纳吉的头发整理了一下，就像纳吉平时做的一样。她用指甲轻轻地刮去了他身上早已干涸的血迹，吻了吻他的额头，接着用一块干净的薄纱裹尸布将他裹住，交给他早已哭倒在地的母亲。此刻，男孩变成了一个毫无生气的白色包裹。

你的母亲是后来才开始哭的。她崩溃了，仿佛被人抽去了脊椎，就像人们处理鱼骨头那般。

在一个没有人会说你说的语言的地方，要哭出来很不容易，因为没有人能够用你能听懂的话让你安静下来。当一个人哭成那样的时候，想用外语安慰他们是不可能的。于是你妈妈就一直哭，停不下来。

那晚，纳吉的父亲来到了诊所。他向我点头致意，然后拉着你母亲的胳膊让她起来，就像拾起一片羽毛。我们去了他们家。你妈妈仍在啜泣。他把我们带到屋顶。阿布·纳吉是一个块头很大的男人。

我们站在屋顶上，看着营里闪烁着的点点灯光，我不禁想：女神还是怜悯我们的，她把自己的婚纱抛向了我们，把她所有新娘的光芒如金子般洒向了营地。我们站在那里。阿布·纳吉从黑暗的

地面上捡起一块阴影。等到那个东西靠近光线，它变成了一把卡拉什尼科夫枪。他拿着枪向你母亲走去，说道：“打几枪吧。那样你会感觉好些。”你母亲一连打了两个嗝，然后接过了那把步枪。她伸直手腕，那双我以为甚至绑好纱布绷带都有困难的手腕。接着阿布·纳吉便指着枪管教她怎么用：“好，现在朝着天空开枪。就当是为我开的！”

你妈妈抬起枪。“嗒嗒嗒嗒！”

此时，她的脸上一半是恐惧，一半是渴望，眼中满是沙提拉的万家灯火。“嗒嗒嗒嗒……”又是一阵枪声。

随着那升向天空的声响，另一个声音自地上传了出来——那是一个温暖、细长的声音……那天晚上，你母亲诅咒了上帝，并用卡拉什尼科夫枪杀了他，而且，她还尿了裤子。我看到了，阿布·纳吉也看到了。

她是另一个将永远忘不了这个男孩身体的人！

下楼的时候，我听到了尿液在你妈妈鞋子里哗啦哗啦晃动的声音。她拉住我的手，而我没有放开。

她跟着我回家，清洗完毕后就睡在了我身边。那天晚上，我第一次碰了这个代我们用一把卡拉什尼科夫枪结果了上帝的女人。

第二天早上，你妈妈事发后第一次开口说话。说实话，她从未真正停止过改变。她从一只长着破牙的蚕变成了蝴蝶。而现在，她

成了废墟中的小人物。她用一把卡拉什尼科夫枪杀死了命中注定的自己。

勇于做一个无名小卒，菲丽宾娜。那就是故事开始的地方，在牙齿破损的地方……

09

即便是在不属于任何特定民族、政治或宗教团体的社区，发生心理或身体暴力的概率仍然相当高。不过，来自亚美尼亚的瑟坦妮可和巴勒斯坦逊尼派[1]的维萨姆之所以能够睡在一起——在盖特维山顶上的公寓大楼而非阿什拉菲赫基督教社区的任何地方——是因为这条又短又小的街道是这一片唯一一个具有世界性的地方。但因派系之间关系紧张，他们仍要小心谨慎，所以瑟坦妮可一听到泽娜卜对马文吼叫便倏地睁开了双眼，然后发疯似的重复泽娜卜的话：“哦，天哪！面包树！”

瑟坦妮可从床上跳下来，朝厨房跑去。然后以同样快的速度把吃剩的面包塞进了一个塑料袋里，接着她一丝不挂地走到门口，把耳朵贴在门上，听外面的动静，听到外面没有人后她便偷偷打开

① 译注：伊斯兰教两大分支之一，通常被视为正统派。

门，将袋子放在了家门口。正待把门甩上，她看到哈迪那上浆熨过的裤管正从楼梯上下来；他的动作悄无声息，安静得就像个幽灵。她犹豫起来：该把这事告诉泽娜卜吗？

反正他们会找到他的，就让他出去一会儿吧。她用指尖一拉，把门关上，朝床跑去。跑的时候，她瞥见了自己在镜子里的臀部，看到它们是那么丰腴，她感到十分满意。

她的身体搜寻着前一天晚上抱着维萨姆后背时自己的臀部在床上留下的凹痕。辗转反侧间，她碰到了一个硬邦邦的东西；原来是一个红色的塑料小丑鼻子，是他们最近表演时用的，不知怎的跑到了床上。她异常缓慢地把身子挪过去，一把抓起它，把它戴在了维萨姆的鼻子上，然后偷偷笑了。维萨姆的睡颜无比严肃，眉头紧锁，对自己嘴角流下的口水和那个大红鼻子全然不觉。瑟坦妮可交叉两臂，盘着两腿，端详着他。

她爱这个男人。真的很爱！她凝视着维萨姆，慢慢地把塑料鼻子拿开，回想起了自己最初爱上他的那一天。那天，大约是在一年以前……

“你们疯了吗？”

闻言，整个剧组的人都以同样古怪的表情看着瑟坦妮可，仿佛这是他们排练过的某个场景似的。

“你们一定是疯了。否则你们为什么不来！”

此时，大家眼光中的排斥意味已经变得十分强烈，瑟坦妮可尽量不让自己的声音颤抖。“这么说来，诸位都愿意给达耶[①]地区难民营里的孩子们表演节目，”她说，“却不愿成为他们生活中的一部分，是吧？那你们给他们表演节目的意义何在？”

“冷静点，瑟坦妮可。”有人劝道。

另一个人补充道：“我们也是没有办法。”

他们争先恐后地接着另一个人的话，甚至对方的话音还未落下他们便接着往下说了；他们都想说服她，让她不要去希业姆监狱，因为以色列正准备从黎巴嫩南部撤军，并打算释放大批黎巴嫩囚犯。

“很危险，你难道不明白？不光是以色列人！他们的同伙，黎巴嫩南部的军队在撤退的时候可做了不少丧心病狂的事。他们就在昨天轰炸了泰尔市[②]。再说了，谁知道你们这些家伙会做出什么事来？纳斯鲁拉[③]曾说，‘除非黎巴嫩南部军队中的每个人都杀一个以色列人，我们才能相信他们不是叛国贼。’那儿可是有私刑和其他

① 达耶（Dahye），贝鲁特南部的一个社区，受真主党控制。

② 译注：泰尔（Tyre），黎巴嫩南部城市。

③ 译注：纳斯鲁拉（Nasrallah，1960— ），黎巴嫩真主党总书记。

东西的。”

瑟坦妮可听完异常气愤，喉咙仿佛被人扼住了一般。她痛心疾首地说道：“难道你们这些人不知道珂赛特也被关在那个监狱吗？她也是你们的朋友。这个可怜的女孩已经被关在那儿整整九个月了。我告诉你们，我们必须去那儿一趟。所以，你什么意思？我们这么做只是为了好玩？”

面对她的愤怒，有人反驳道：“这儿有电视啊。你可以在电视上看看都发生了什么。”

“电视！”瑟坦妮可尖叫道，举起了胳膊，“你刚说电视？”

她像个精神失常的女人一般讥笑着这群人。难道这些和她一起演过《尤丽黛丝的手》的人中，每一个她爱过的、每一个她视作兄弟或姐妹的人中，就没有一个愿意和她一起去探望珂赛特和其他获得释放的政治犯吗？

“什么电视？难不成我们生活在世界的另一端？那里是贝鲁特的南半球？”

她狠狠地将这十个人挨个瞪了过去，注意到其中有九个都是双手环胸站的。看他们那交叉着的一双双手臂，她就知道自己打的注定是一场失败的仗。

“听我说，瑟坦妮可，”有人开口了，试图让他们的声音平和下来，“你这么做会把这件事儿闹大的。你现在被愤怒冲昏了头

脑。最终，我们……”

瑟坦妮可已经分不清他们各自是谁：“我没法相信你们这些人！”

当她听到一个人轻声说“算了，随她去吧”后，忍了三天的眼泪再也憋不住，“唰”地流了下来。

“我简直不敢相信。反抗军①为这个国家赢得了第一个真正的胜利，而你们……”

这时，人群中响起了一个对她的眼泪无动于衷的声音：“他们并不是为了这个国家——而是为了南部！”

等那个声音落下，她仿佛成了一个旁观者，远远地看着自己的一举一动。

“臭婊子！”她尖叫道。她一边拽着汉娜的头发，一边看着其他人试图把她们分开。那些人的反应是如此迅速，让她意识到他们肯定早就猜到了她会这么做。“臭婊子！”她接着喊道，“如果你的黎巴嫩只有基督教社区，那你为什么还假惺惺地装作在乎？你是什么意思？难不成我们是贝鲁特的北半球？还是说我们是这个城市的圣日尔曼？你个贱人！”

当他们终于把她和汉娜拉开时，她扑倒在地，号啕大哭。

---

① 真主党支持者对真主党和那些帮助它对抗以色列的人的统称。

“呃，算了吧！把瑟坦妮可交给我，”有人随口说道，仿佛他们在争论不休的是该去看哪部电影，“我会照顾这个疯女人的。我到哪儿都带着我的母亲。她已经十五年没有见过那住在南部的妹妹了。还有，珂赛特出来的时候……反正不管怎么样，我会带上她的。嘿，瑟坦妮可！以色列飞行员都知道你是亚美尼亚人，对吧？我看上去不像巴勒斯坦人，可那些浑蛋只要用鼻子嗅嗅就能认出我们来。”

就在这个人还在滔滔不绝地说话的时候，瑟坦妮可虽然还在地上痛哭流涕，却也明白了自己并不是孤军奋战，所以并没有完全失去理智。

“最不济，我们也能夺下老真[①]的几面旗混入人群里。要是愿意的话，你们还可以戴上头巾。是吧，瑟坦妮可？喂！我在跟你说话呢。所以，振作起来吧，姑娘。现在你们该走了。”

那一天，他们一行数百人去了希亚姆。他们看着自己黎巴嫩大学新闻系的同学——珂赛特从监狱里被放出来。在一片喧闹和混乱中，瑟坦妮可心中默默记下了珂赛特牢里并排放着的两本书：一本是《悲惨世界》，另一本是真主党的基础读物——《赛义德·穆罕

① 真主党的绰号。

默德·侯赛因·法德拉拉之教义》。她看着孩子们像蝴蝶一样在人群中穿来穿去，试图融入大人们的欢乐中。他们也是那么地渴望得到爱啊。于是，就在那一天，她和维萨姆下定决心，要为孩子们组建一个小丑剧团。

维萨姆晃了晃脑袋，仿佛在寻找通往清醒的那扇门。他看着瑟坦妮可，咕哝道："你什么时候醒的？"

维萨姆好奇地眨着睡意蒙眬的双眼。瑟坦妮可见状恨不得让他立马醒过来。

维萨姆大笑着说道："昨晚你又和纳斯鲁拉一起出现在我的梦里了。这些真主党的东西老出现在我的梦里做什么？这都连续好几天了。"

瑟坦妮可戴上那个红色的塑料鼻子，睁大眼睛说："哟，还不是因为我的男朋友嫉妒我和纳斯鲁拉！"

维萨姆闭着眼睛大笑，把瑟坦妮可揽向自己："过来，你这个又矮又胖的恐怖分子！"

"不要再说我又矮又胖的！"

"行行行，但是我叫你一声恐怖分子没问题吧！放心，我一定会把这点转告给你真主党中的伙伴们的。"

接着他们便开始做爱，一整个过程都笑个不停。瑟坦妮可并不

确定自己是不是爱上了这个男人，或他们在一起的这种生活，它尚未写入他们任何一方的命数中。就在他们仍然气喘吁吁的时候，他们听到一阵砰砰砰的敲门声。

“哦，糟糕！”

“我们迟到了！”

10

“牛津猎鹰队？”

“是的，小姐。”

丹妮丝粗略地看了下手中的警务公告，轻声地笑了起来。这时，一道戏谑的阴郁目光从那个黑黑的年轻警察眼中迸出。显然，他的父母都来自中东那些被诅咒的地方，不过他迅速蹙起的两道黑眉马上提醒了双眼，要维护英国警察的威严。

“小姐，我们正在进行一场大规模的缉毒行动。如果您看到任何可疑人物，请拨打公告下方的号码。”

丹妮丝审视着这个警察，他身穿亮橘色背心，单手撑在自行车上，头盔的扣带在下巴处扣紧，这减弱了他表情中的严肃。“一次行动，嗯？一次大规模的行动！”

她脸上那抹似笑非笑的笑容，透露出了她们国家的人对欧洲人总是一板一眼照章办事的鄙夷——那样未免有些幼稚。她觉得，倘

若他能放松放松那因制服而变得僵硬的肩膀，他便可以让自己露出东方式的灿烂笑容；可惜他并没有那么做，而是用带着点阴郁的英国口音说：“没错，一次行动。有什么事请打给我们。”

她的揶揄永远不会给英国人造成什么困扰，不过她看得出来，这让他心烦意乱。即便有白得如奶油冻般英式口音的掩饰，一个黑皮肤的男人也无法在被一个有着相同肤色的女人嘲笑时，表现得若无其事。他飞快地将自行车掉转了个头，朝街上驶去。丹妮丝决定多看一会儿这只“牛津猎鹰”，看他如何从一个犯罪现场赶往另一个犯罪现场。

当他从沃尔顿街拐向小克拉伦登街时，这位年轻的军官伸出右臂，对某个胆敢藐视这个国家法规的女人，从背后看着他的行为大为恼火。他猛地将车斜向一侧，马上回头扫了一眼。没错，她正在看着自己。丹妮丝朝他挥了挥手。他转身继续骑行，脸上挂着微笑，一边却咒骂着，和他家乡的那些孩子没什么两样。

要不是手机响了，丹妮丝还能给自己找点乐子呢，可以整天监视着邻居们，看着他们站在各自的家门口，手里拿着公告，盯着对方，凭着那种“要出大事了”的感觉，猜测着谁是可疑人物。那种感觉是受“牛津猎鹰队”的人影响而来的，那些人在附近搜索了一刻钟。对丹妮丝而言，她觉得他们所有人都非常可疑。

“喂？”

“丹妮丝吗？”

“我是，怎么了？”

“我们在那里碰面吗？你能自己到那儿吗？”

从唐奇的语气中不难知道，现在再问“要是我今晚不能来会怎样？”已经太迟了。不过，她还是需要多一点时间来平息一下自己，在感觉她能和唐奇的同事们一起到他老板家共进晚餐之前，得把他们关系里的一些小皱纹给熨平。“我会在那儿等你。”她说道。

“好的……对了，你不要穿……”

“不要穿什么？”

“没关系。你想穿什么就穿什么吧。”

“好的，谢谢！”

唐奇指的并非她那套连穿数日的运动服，也不是那头又硬又卷、不加梳理便随意扎成一束马尾的头发，而是她的脸，那张万年不变的、介于微笑和皱眉之间的脸。为了避免在这些既沉闷又乏味的晚宴上出现更多的穿衣事故，唐奇早已帮她买好了一件紫色的紧身礼服。她穿上礼服，把头发扎成马尾。当她见到一直候在门口、准备在进去之前再将她好好检查一番的唐奇时，尽管她一直用脚趾往下扯，丝袜上的拉丝还是一寸一寸地移到了脚上。

“你的丝袜勾丝啦！”

“哦，肯定是来的路上勾破的。”她那冰冷、严酷的眼神很清楚地表明，那拉丝从一开始就在那儿了。不过当他们进屋赴宴的时候，丹妮丝还是放松了自己的脸部肌肉，看起来每个人都对宴会上那种紧张、文雅的礼节颇感自在，除了她之外。

大家天南地北地聊了起来，从天气到最新的伊拉克爆炸事件，从阿什莫林博物馆前没完没了的施工到新加坡证券交易所，各种话题均有谈及。来宾们不断变换话题，生怕一刻的沉默便会将气氛破坏殆尽。唐奇的同事们，当初为了赚取更多的钱，放弃了各自在英格兰和美国最好大学里的学术生涯，加入了这个牛津智囊团，而此时正一个接一个地介绍着他们手头上的最新项目。他们老板罗宾斯先生的妻子弗兰是一位故纸文献考证工作者，这时终于把烧烤用的肉和凉拌卷心菜端上来了。

“这是我们刚入手的，丹妮丝。”

很明显，今晚的惊喜就是为了让大家目瞪口呆，于是弗兰端着的桌面烤架受到了如同新加坡证交所、伊拉克炸弹袭击的同等重视。接着，一种胶状物质被倒入架子底部——“看，丹妮丝，我们有这么多燃料，够烤一整个夏天了！”——当烤架变热时——“很

有意思吧，丹妮丝！”——大家开始各烤各的肉。

“呀，太不可思议了！真是太棒了。”丹妮丝立刻回答道。在每个人都对这个设备大大地赞赏一番后，他们便开始吃这顿每人只分得三块肉的晚餐。各种声音此起彼伏——“丹妮丝，知道你们要来，所以我们就没有买猪肉”“我们也吃猪肉的，不过还是很感谢大家的体贴”。呵呵，嘻嘻……烤的过程中，每个人都提心吊胆的，不是担心自己的肉碰掉了其他人的，就是担心没烤熟或者烤过头，还担心将油溅到别人身上，最后又担心把整个烤架弄翻了，不过个个都烤得不亦乐乎。

“那个，丹妮丝，你的论文写得怎么样了？”

故纸文献考证工作者弗兰问的这个问题，好比往这种类似恐怖电影里的场景火上浇油。丹妮丝头都没抬一下便开口了。“呃……这个嘛……呀，亲爱的，我好像没法将这牛排翻过来……呵呵……好吧，呃……我差不多写到最后一章了，不过……”

“就快写完了。今年夏末她就能完稿。是吧，亲爱的？”

闻言，丹妮丝恨不得将唐奇那张看起来就像嘟着嘴、当众管教孩子的老妈子的皱巴巴的脸揉碎，然后塞到烤架里去。

“嗯，是的……呵呵……实际上是的，毫无疑问的……”

丹妮丝叉子末端的肉笨拙地在烤架上滚动。大家都微笑地看

着烤架，笑得如此有礼貌，还时不时抬起头来同情地看她一眼，唐奇肯定觉得很丢脸。老板罗宾斯先生见状提议道："你不妨这么做……"并开始对她施以援手，可惜已经太迟了；餐桌上的每个人都出奇默契地同时抓紧了各自的叉子，好像在搜寻最合适的解决办法似的。

丹妮丝看着这些围在吱吱作响的燥热的烤肉周围的人们，头一次对他们有了不同的看法——这一次不同于以往的愤怒或排斥，而几乎是带着同情。在座的每一个都是个人物，并正努力成为更了不起的人物。他们努力博取名望，拼尽全力，力争成为有头有脸的人——首先，要成为能够在人前大摇大摆的人；然后，如若可能，变成令他人闻而生畏的人。此时，如果她把耳朵贴近这些人的灵魂，她便能听到里边那肉噼啪作响的声音。他们将自己的事业架在烈焰上猛烤；终有一日，他们会变得举足轻重，而他们祖先所有的艰辛和牺牲也将达到顶峰。

但是，随着一个人变得举足轻重、身居高位，一个痛及灵魂的问题也会随之而来：他们会失去一般人的逍遥自在。他们太过严厉，无法忘情地对待彼此，也不能尽情地享受生活。这也是为什么他们都揪着丹妮丝的肉这事儿不放，希望拖得越久越好的原因。他们都没有注意到自己如此小题大做是因为，这一次享受到了做回自

己的乐趣。如此说来，他们也是值得同情的。

“噢，不！当心！噢，不！”

在弗兰的大呼小叫声中，任劳任怨的烤架终于不堪那些叉子的重负，翻了。烧得正旺的燃料洒在了桌上，于是桌子也烧了起来。弗兰立即跑开，拿来了一个灭火器；她用力捏着压把，直到把桌子喷成了一堆与火焰极不相称的巨大泡沫。丹妮丝手中的叉子漂浮在桌子上方，她继续观察着周围的人们。他们脸上都挂着抹微笑，脸色发红。他们都不想错过这一刻。这些人觉着反正那火会自己熄灭的，便拨弄着它，就像孩子们逗弄着一只快死的苍蝇——一直逗着，精力充沛地。他们似乎都拼命地想守住那团火。在火焰消失的时候，每个人嘴里都说着这一切有多么可怕，可是看起来却有些失望。他们还想让这个突发事件多持续一会儿呢。或许他们永远也不会知道，他们通红脸上的那抹微笑都源于这么一个事实，那就是，有那么一刻，他们忘了自己是谁，也忘了他们本该扮演的角色。

“噢，亲爱的内奥米，是不是我们把你吵醒了？”

这就是罗宾斯先生向宾客们介绍他八岁女儿内奥米的方式。她拿着一只巨大的发饰，睡眼惺忪、摇摇晃晃地从楼梯上走下来，却不小心绊了一下，滚了下来。丹妮丝“嗖”的一下从座位上站了起

来，想去扶那个女孩，可是弗兰却一把抓住了她的胳膊，把她按回了座位上，紧张又不失优雅。

“内奥米，我的宝贝，你还好吧？”

女孩的头被撞了，眼中迅速盈满泪水，可是她的母亲说：“没事了，亲爱的。起来吧。”

丹妮丝满脸恳求地看向弗兰；她想用眼神征求允许，去看看小女孩的头，但弗兰只是安抚性地露出了她的第17,863次微笑。

“这一说到孩子啊，丹妮丝就完全变成中东人了。还记得我们到这里后的第一个冬天，她甚至还想数落那些没给孩子穿上厚袜子的妈妈们呢！”唐奇的话让一桌人又如共谋犯似的笑了起来。见状，他满意地在丹妮丝的背上拍了一下，继续说道，“亲爱的，孩子都会摔跤的。他们要学会自己站起来。”

唐奇一笑就仿佛变成了另一个人。当他嘴里冒出“亲爱的”时，就像死人长出了指甲。

内奥米对自己刚刚冒出的泪花满心羞愧，便跑回楼上去了。不一会儿，人们便把自己的盘子刮得干干净净。盘子里刚才盛满了一种点心，上面覆着一层奶油，没几个人见过。趁没人注意，丹妮丝偷偷地将一块面包藏于手心，不经意地问了一句：“洗手间在楼上，对不对？”便上了楼，并小心地放慢脚步，不让自己的担心泄露分毫。

此时，内奥米正坐在床中央，腿上摊着一本书，一边看一边揉

着自己的脑袋。

“哎哟，是《爱丽丝漫游奇境》！”

丹妮丝仿佛没有看到小女孩脸上那疑惑、戒备的表情，径自坐到了床边。“爱丽丝也摔倒了，不是吗？让我看看你的头。嗯……她摔下了一个长长的洞……刚刚是撞到了这里吗？她在追一只兔子，对不对？有一点点肿，不过……你喜欢爱丽丝吗，内奥米？还好，并不是那么肿。”

她把面包塞进嘴里。就在内奥米辩解说“可是当爱丽丝跌倒的时候，她一点也不疼啊”的时候，丹妮丝好奇自己为什么要这么做，甚至很纳闷为什么自己还记得这种黏糊糊的家庭疗法。

此刻，她又闻到那种面包的味道，那时她还是一个小女孩，不小心撞了头，妈妈和奶奶便用她们温润的唾液濡湿面包，敷在她头上的大包上。让孩子觉得好受些的念头会对她有所裨益，印象中这还是第一次。也许让孩子们脑袋上的肿块消下去的并不是面包，而是女人们用唾液安抚自己孩子的治疗过程。所以那混合着女人们慈悲液体的面团便是这世上最神奇的魔法了。这种魔法像肉和小麦一般真实。在那短短的一瞬间，丹妮丝突然有了一种感觉，觉得自己来到了一个由生面团做成的巨型面包球中，而那生面团里揉进了所有她爱着的女人们的唾液。她蜷成一团，安心地坠入梦乡。

她把面包从嘴中取出，一边说道：“你的头很痛，是不是？看

着，等我把这个放到你的肿块上……”

然而，内奥米一看到那块被嚼过的面包向她的头靠来，便立马发出一声尖叫：“妈——咪！”

在回家的路上，唐奇只开口了一次。他说：“丹妮丝，你去巴黎吧，或许那样对我们两个都好。”

丹妮丝感觉自己看到了一只野兔，它正凝视着在那片广阔、黢黑田野的某处，正紧盯着自己的猎人。她只想一头栽下去，落到另一片土地上去，甚至不在意这样做会不会伤到自己的脑袋。

1982年8月7日，沙提拉

亲爱的可贝：

我不知道当今晚的夜色退去，当我们期盼已久的战争结束的那个黎明真正到来的时候，我们该做些什么……我们只是这样一群可怜人，在一艘名为“国家号”的船沉没后，登上了一个被称作“战争”的岛屿，全身上下就仅剩下了一个目标。如果从这座恐怖岛屿上“被救”出去，我们甚至不知该为何而活。

今夜过后，男人们将无处安睡。他们将无处觅得庇护，亦无处获得心安。早在枪支和危险离他们而去的那刻起，这座城市的居民们看起来便好似一群毛头小伙，一群在清晨醒来见到他们前一夜所睡女人的真容后，便想溜之大吉的大男孩们。

战争造就了我们的魅力，菲丽宾娜。一旦战争结束，男人们就会变成月神公园[①]里那一个个支离破碎的珍贵玩具；我们破烂的塑料

① 美国纽约市布鲁克林区康纳岛上的大型游乐中心。

内里也随之暴露无遗。到时人们就都知道我们是塑料做成的了。女人们可以每天起床后便开始新的生活，但是男人……这儿的男人伤得那么深，菲丽宾娜，所以无论他们得到多少爱，这种伤痛也不会痊愈。

第一天早上，在你母亲尚未醒来，在我拼命地想要逃跑、装作什么都没发生过一样的时候，我想到了这一切。在战争进行之际，你可以直接走人，当作什么都没有发生。你可以消失，可以撒谎。

每个人都说自己痛恨战争，因为战争带来死亡。我亦讨厌战争，因为它把我变成了现在这个样子，放任我变成了这样一个男人。其实，对男人而言，战争是一个完美的地方，是懒虫和堕落分子的天堂。无论他们说什么，这就是所有男人都喜欢战争的原因。因为它给了我们一个让女人心碎的神圣借口。唯一能抚平中东男人那无法治愈的伤口的良药便是火药了。我们这些懦夫是那么地害怕女人，却又那么地渴望得到她们，于是战争便为我们提供了最好的迷雾，让我们把自己掩藏起来。

女人总是可以重新来过，菲丽宾娜，但是男人……没有战争，男人就像一只只拖着笨重的壳、向前爬的蜗牛。如果有人把我们的壳剥去，那我们剩下的便只有一条条虫身，在身后留下黏黏的痕迹。说不定他们还会将盐撒到我们身上，把我们杀掉，就像孩子们杀死蜗牛那样。我亲爱的可贝，如果你问我，我会说凡是见过战争的人都不应该再活在和平时期，因为这些人仍将战争搂在怀里。总

有一天，渴望再次变得英俊不凡的梦会无比诱人，所以这些人在和平时期是不可以信任的。

即便战争结束了，这些男人爱他们女人的方式仍会像在作战时期那样。他们把女人当作自己掠夺来的东西，就像那些战利品。

而这也正是这里的女人不开心的原因。她们每天都被抢来抢去的，也就不得不日渐冷酷无情，以保护自己。她们把自己封闭起来，因为她们知道自己身上有一种非常珍贵的东西，并知道一旦它被夺走，她们便会失去价值。于是这两方便达成了共识，菲丽宾娜。双方都知道对方的伤口在哪里，却都没有药膏来让它愈合。每个人都忙着让对方的伤口恶化，但因痛苦是我们最熟悉的一种感觉，于是我们便将这视之为爱。我们通过扒下对方身上的壳，揭开彼此的伤疤来了解彼此；我们交流了彼此的身体，然后就毫不留情地打败对方。

其实大多数时候，我并不了解女人，菲丽宾娜。我们对她们做了这样的事情，我不相信她们依然还会爱我们，还会将我们拥入怀中。我敢肯定，就算会，也是因为我们每次都能成功地让自己看起来像只受伤的狗。女人们要是不能把她们的怜悯表现出来，便可能会死，我想这就是为什么她们总是把我们带回来的原因。如果爱我们和我们本人有什么关系的话，这些女人估计早就离开这片土地了。

你知道我们的问题是什么吗，菲丽宾娜？那就是我们都梦想着长大后能为母报仇。每天晚上，一个个伤心的男孩在这该死的战

争中被抚养长大，身上满是灰尘和污垢，看着他们的母亲因为父亲而哭泣。他们的母亲是那么地爱自己的儿子，以至于这些男孩都没有发现，自己在不知不觉中变成了他们的父亲。甚至在他们还小的时候，他们便一天比一天长得更像他们母亲的丈夫了。他们一直相信，有朝一日他们会迎来一个女人，她将打破这种可笑的制衡局面。然而，即使她来了，我们也没有地方容纳她了，因为我们并不知道，该如何去爱一个不会像我们母亲一样哭泣的女人。

我们痛恨自己把她们惹哭，可是当她们停下来的时候，我们又告诉自己，她们并不像我们母亲那般仁慈善良。

然而我们要的是那些会揶揄我们的女人，会把我们早已不堪重负的壳打碎的女人。不过最重要的是，我们害怕被女人取笑。知道吗，我们都对面带笑容的女人怕得要死，菲丽宾娜。我们不能全心全意地恋爱，因为我们觉得女人们是因那华丽的外壳才爱我们的。但我们没有看到，她们为了忍受那些壳，每天晚上要流多少泪。

这就是为什么说战争对我们有利的原因，菲丽宾娜。叫喊声和混战，重要讨论和决策，尘土和子弹……我们无需谈论任何事情。在战争中，女人爱男人，因为男人们或许在下一刻就会死去。而正因为随时都有可能死去，所以我们才会魅力四射。

你母亲醒了过来，菲丽宾娜，笑靥在她脸上如花绽放。我很想逃。可是这时奇迹发生了。就在你妈妈从一个房间走到另一个房

间，准备咖啡，整理头发，甚至因为没有别的衣服而在八月这种大热天穿上了她那件黄色毛衣，然后嘴里咬着一个发卡照镜子的时候；在她转过身，看着我笑的时候……奇迹发生了。一道光照亮了房子。现在想想，我无法舍弃的或许不是你母亲，而是那道光。

我们便是那样地容易受影响；假如一个女人来了，还为我们的家带来了最微弱的光，我们便立刻感动了。我在床上看着她，心中却有个什么东西在涌起：一个坏脾气的小子在我胸口处踢来踢去，不让我有片刻安宁。他刺激我去毁了它，让我找个什么来发脾气。我突然有种想哭的冲动，或许是为了逝去的那一个个和今日迥异的清晨，或许是担心这样的清晨再也不会出现，抑或是因为害怕自己像只鼻涕虫一样被甩掉……我能应对悲伤，菲丽宾娜。在这片土地上，还没有什么恶事能让我流泪。但是美丽……我们的坚强、冷酷对此从来都猝不及防；在这之中我们溃不成军。

我不知道为什么那天我们没有互相残杀，没有抠掉对方的眼珠子，或者一枪把对方给崩了。我没去医务室，也没有人来叫我。我以为这是你母亲带来的好兆头。不过我还需要除我自己之外的别的东西来证明。你也知道，菲丽宾娜，我们男人在谈到这类事情的时候也是相当愚蠢的。而且我敢说，不单单是世界这端的我们如此，全世界的男人都一样。我不知道谁将会推动我们一直在探讨的那些改革，菲丽宾娜，因为当亲身经历的事变得合法并为世人所接受的

时候，我们这些老少爷们便高兴坏了。同样值得欣喜的还有我们的兄弟不排斥我们的女人，或她们婆媳相处得很好，或我们的父亲亲口说出“干得漂亮”的时候……要我说啊，如果真要发生什么变革的话，也会由女人们拉开序幕。我们这些大老爷们不可靠。第二天晚上，我第一次意识到了这点。

那天晚上，“我们”，我指的是我和你母亲被邀请去吃饭，我因为和你母亲表现得就像一对真正的夫妻而高兴得忘乎所以。我笑得简直就像个傻瓜。看来营地的人已经承认了我们的夫妻关系，我非常开心。记得当时你母亲努力地用手吃饭，努力把大米沾到面包上不让它掉下来，并和大家一起看着那些掉落的米粒发笑……餐桌上的人都没有说话，只是笑着为我们见证了这段婚姻。我的意思是，那晚，你妈妈成为了我的妻。事情的经过就是这样。你妈妈看到我那么快乐，便再次低下了头，笑了。在她的笑容里，我看到了自己——这个将要被嘲笑的自己。我喝着亚力酒，放声大笑。喝得越多，我便笑得越厉害，笑得越厉害，我便喝得越多，鬼使神差地，我喊了一句：“这个女人泡得一手好咖啡！”

我不知道自己当时为何要让她这么难堪，但那天晚上我和她做了爱，就好像她是我的妻子。真是种享受。我知道这样并不是很妥当，可是今天除了你，我找不到其他人可以倾诉。事后，我抱着你妈妈，仿佛她是我的妻，然后我们便睡着了。

接下来的几天都是如此，菲丽宾娜。那感觉是如此美妙。一道裂缝在战争内部悄然形成，我像是变了一个人。原来我的内心深处还住着另一个人，那人回首看着行走间留下的那道闪亮黏液，露出了笑容。我真的很喜欢这个被你母亲亲手从我心中拽出来的人。其实啊，我们每个人心里都藏着一个更优秀的人……

我很好奇我们是怎么活下来的，菲丽宾娜。也许橄榄油、青橄榄、鹰嘴豆泥或浓缩酸奶、芝麻酱里含有某些东西。这些东西组合在一起，必定产生了某种魔力，让我们这些流离失所的人能一代一代地生存下来。因为根据难民营里发生的一切，以及我在贝鲁特的所见所闻，我无法将我们得以生存的原因都归功于自身的坚韧。谁知道呢，说不定还有可能是我们都是用手吃饭呢——我们就着面包吃下了我们的一生，吃掉了我们和彼此碰触过的所有一切。或许这就是孩子们对这个世界变得百毒不侵的原因吧。他们从大人的手中吃下了战争，吞下了卡拉什尼科夫冲锋枪、沙袋、大麻、汗水和恐惧。这种免疫从人们的手里传至面包，从面包传给了孩子，再从孩子传到了突击队。否则的话，我们该怎么办？我们只能不断地提高自身的免疫力，来熬过这场战争。

那天晚上，你母亲和我们一起吃饭，品尝我们的手艺，在不知不觉中将我们和营地的人都拿下了。我一笑，她就会脸红。就这样，我们结为了夫妇，菲丽宾娜，倘若有人问起的话。

11

那个星期天的早晨，除了贝鲁特那些贫穷而又叛逆的小子们会翻过海边栏杆，跳到八米下的礁石上，然后跳入海水中，没有人会在这么脏的海里游泳。不过，很快还是会有些人会穿过盖特维山，去他们可以晒全天日光浴的海滨游泳池。然而，阿伊莎坐在她三楼的公寓里，可能听不到他们经过的声音。

她坐在电脑前面一动不动，怒气冲天，连纳赛尔什么时候走出门、发动出租车都没有察觉。她甚至没有注意到自己喊了句：“你这个笨蛋！你要去哪儿？喀布尔？”

当她意识到自己那双布满老年斑的手就要砸到屏幕时，她关掉了脸书，打开了视频网站。她在搜索一样能让自己平静下来的东西。等到那首歌响起的时候，她已经站了起来。

你就是舞后……只有十七岁……尽情地舞动，尽情地摇摆……

她看着阿巴合唱团在屏幕上舞动的身影，仿佛在看老朋友们的照片，然后打开衣柜门，盯着门上全身镜里映出的自己。镜子里，她那对丰乳没有胸衣的束缚，在紧身衬衣中微微颤动着。衣服上亮晶晶的词语——“我知道你为我而狂热！”此刻正随着胸部的起伏忽明忽暗。突然，她跟着音乐大喊了一声：“只有十七岁！”

阿伊莎侧过身子，费力地想把腰间的赘肉缩进去。可是不管她多么用力地吸气，她也只能将那有着四十高龄的腹部吸进去一部分。她咬着两颊内侧肉，噘着嘴，手指捏起了颈部松弛的肉，然后又松开。

都是因为那头巾，她暗想，也许自己不应该再将它像头巾那样绕在脖子上了，而是把它松松地系在下巴下面。她很想知道哪种系法会让她看起来更年轻。看来她得去达耶买一些镶在袖子里面的褶边，再用蕾丝好好地装扮下双手了。另外，她还得去做个法式美甲；纳赛尔喜欢红色的指甲油，但是在指甲尖涂点白边的话，看起来会更加干净。要是再在手指上罩上一层蕾丝，那看上去就更棒了。

将身体的所有部位都仔细检查一遍后，阿伊莎看着自己的眼睛，又生气了。“你这个傻丫头！‘基地’组织，哼！他们会教会你一两样跟战争有关的东西的。”她大声叫道。

当她看完侄女罗娜详述自己加入“基地”组织计划的加密脸书

信息后，她再次被激怒，但不仅是因为它的荒谬。去年，罗娜去学了探戈，而这个笨蛋似乎不知道这两件事之间有什么明显区别。

那首歌刚放完，阿伊莎便听到楼梯间传来一个女人用英语大声咒骂的声音。听着那个女人蹒跚的脚步声，她朝镜子微微一笑。她想，定是那个神神叨叨的贾恩又来了。

她一定会在纳赛尔到家的当天晚上向他倾诉。到时，他们会一起听乌姆·库勒苏姆的歌，一起喝亚力酒，一起沉醉于他们每周对“肮脏下流的长枪党”同性恋的讨论。在听完乌姆·库勒苏姆的《你是我的生命》后，他们说话的声音渐渐变得轻柔。夜色便在两具上了年纪身体贪婪的纠缠中逝去。她的大腿内侧隐感刺痛。为了分散自己的注意力，她再次打开了视频网站上的那首歌。于是，歌声再次响起：“你就是舞后……”

她还能这样跳多久呢？她站在镜子前，想到自己的臀部和手臂对这种舞蹈来说是那么不协调。透过开着的衣柜门，她那些黄色、红色和绿色的紧身衬衫一件比一件花哨，她的头巾和紧身牛仔裤则开始窃窃私语，对她展开流言蜚语，就像那些光靠眼神便能把人给杀了的贝鲁特女人。她真想对那些衣服大喊：“好啊，那谁来对逝去的年华负责？”

那也是他们第一次见面时她向纳赛尔提出的问题。那还真是一

种另类的前戏啊。阿伊莎一想起这件事便哈哈大笑。一开始，她就向他坦白自己从前是个武装分子，并对什叶派武装组织[1]1986年对沙提拉难民营发起的围攻有多么抱歉。接着，纳赛尔也告诉她自己最终接受了巴勒斯坦人已经变成雇佣兵的事实。貌似只有变回两个前武装分子，阿伊莎和纳赛尔这两人才能进行身体上的深入交流。那天晚上，他们抛开了对过往的絮絮叨叨，因为不管怎么说那些都已经过去了。于是这个话题就此打住，从此她便开始一门心思地让自己四十岁的身子恢复青春。她放下了过去的种种，忘记了战争带来的宿醉般的眩晕，穿起了愈加紧身的牛仔裤和越来越花哨的上衣，希望能让时光倒流。至于为何要包着头这一点，她不知该为自己那天作的决定痛骂一顿还是自嘲一番。因为一旦当她想到这么做的原因时——关于那个她深藏于心没有告诉任何人的小秘密，因为一旦没有人会相信她时，她甚为感激。遮住头脸让她变成“某个人物”，令她与众不同。这是一件好事，甚至纳赛尔还因此取笑过她。

亲爱的罗娜，事情不是按你自以为的那样发展的。它不仅仅是离开那么简单，它还意味着你得回来。一个人总是要回来的，年轻人！战争给了每个人发展空间，可是一旦战争结束……你就得找到

① 原为穆萨·萨德尔“被剥夺者运动”的武装组织，成立于1975年，现在是一个政党，而那场运动仍是黎巴嫩政治运动中的活跃身影。

自己的位置。

“可怜的孩子，”她大声说道，声音中满是怜惜，“他们全都在寻找能让他们投身其中的战争，就像寻找爱情。”

噢，小姐！你变成现在这样并不是你的错。这个世界把我们所有人都变成了一样的。我们都再也无法逃脱。我知道，它已经渗入到你的血液中去了——事实上，这场战争早已渗透进了每个人的血管当中。当我们发现自己的血液再也无处可流的时候，我们就会拿着烛光主动去寻找战争。不过那些日子都已经过去了，哈比提。

她得将这些告诉纳赛尔。说不定他可以找这个女孩谈谈。不过在想到他的时候，她忽然记起那天要做什么了——她还得去摘香橙花调制马扎赫尔①，抹到纳赛尔的衬衫领子上，还要给自己泡些白咖啡②。因为她在达耶没有找到香橙花，也就不得不推迟和罗娜的谈话了。她用香橙花作为借口，无限期地推迟了和那个疯丫头之间的可怕讨论。不过话说回来，要是罗娜打定了主意，谁又能阻止得了她呢？也许最好的做法便是顺其自然。关我什么事呢，她下定决心，

① 香橙花水。

② 一种用香橙花水冲泡的热饮。

她想干吗就干吗吧。

她想找一条头巾来搭身上宽松的上衣。可是她有些慌乱，心思早已飘到别处去了。

好吧，罗娜，你可以这样设想一下：我们假设你去了，你觉得接着会怎样？最终你会落得和我一样的下场。我说的都是实话。看看我现在算什么？那个曾经英勇善战的女英雄阿伊莎现如今正在做什么？说起来我算是幸运的了——我遇到了一个男人，感谢上帝。若是当初没有遇见像纳赛尔这样的疯子，我又会是怎样？你要知道，姑娘，在这一带，我们女人如果不是谁的老婆或闺女，我们甚至想都不用去想从政。还是老老实实待在家里做马扎赫尔吧，就跟我一样。总之，你最终只会是这样的结局，那又为什么要让自己累死累活的呢？你是不是以为，如果这世上什么都不可信了，那日子也就过到头了？唉，我亲爱的小傻瓜哟！实际上，生活只会继续——这是毋庸置疑的。还是说你就想冒次险？其实这个国家里的所有人都有过成百上千次的冒险经历。可这又带来了什么？有没有人谈起过它们？没有！你问为什么？去问问你的爹妈吧，问问他们为何从不提起。再问问1986年的时候他们在哪里。小姐啊，难道你以为我们所有人会无缘无故变成这样吗？

当她再次看向镜子时，所有的头巾都从她整理过的架子上掉下来了。她把它们捡起来扔到床上，坐下来，一条一条把它们折好。这是她想对自己好点儿时常做的事——折东西。有好几次，她把自己的内衣裤从抽屉里拿出来，叠得整整齐齐的，然后再放回去。有时她会折纸巾。折叠让她感觉很好。看着所有的东西变得更加小巧整洁，更加井井有条，她的内心就会得到平静。

她还记得罗娜用那十六岁的声音恳求道："您就告诉我您为什么要戴头巾吧，阿伊莎姑姑！您就跟我说说吧！"罗娜坐在餐桌边，抬着手臂，下巴向前伸。看着罗娜这个样子，她想起了十六岁时的自己，不由得眼睛湿润了。当然，她还是没有透露自己的秘密。她只挑了些必要的对罗娜说："因为，罗娜小姐，我只想当一个普通人。从前这里战火纷飞。可是现在……我想做一个普通人，这就是原因。够了！接不接受随你。"

没错，她得马上和这个女孩谈一谈。不过不能抬高嗓门，也不能冲她发火。她必须心平气和地谈。

她点击"播放"，阿巴合唱团的另一首歌随之响起。

宝贝我依然在等待……请给我一次机会……

12

一群打着赤膊的男人悬挂在一棵树树冠的枝丫间——是丹妮丝的那棵树。原来他们正在修剪林肯学院花园里的那棵巨大的无花果树，因为她正前去见崔波西小姐，故视之为一个不好的预兆。她一手护着从小克拉伦登街的冰激凌店买回来的咖啡，另一只手拿着要给崔波西小姐的那一章，目瞪口呆地僵立在草坪上。只见那些男人围着那棵树，仿佛正在进行着某种宗教仪式；他们顺着树干爬上爬下，从一条树枝跳到另一条，手里还拿着锯子——其实他们正在修剪树枝。

丹妮丝感觉他们一刀刀都剪在了自己的胳膊和腿上。还记得刚来牛津的第一天，她到处逛，最后走到了这个花园，停在了这棵树下。当时树下的长凳上已空无一人，像是为欢迎她的到来而准备的礼物。她坐在椅子上，对着树许了一个愿。在她看来，这棵树是那么古老、那么高大，足以成为神了。她祈求大树收到她的愿望后

能给她一个暗示，于是就像刚才那样，它在风中发出了沙沙的响声。丹妮丝将其视为大树大发慈悲给她的答复。过去两年来，每次她和教授见完面，或是晚上离开学院后想哭，想许个愿，要开始写论文的新一章，或是要感谢月经再次光临的时候，她都会来到这棵树下。可是今天，看到她的神被人修修剪剪……想到即将到来的见面，这还真是最不好的预兆。

“来吧，厄兹蒂尔克小姐，让我惊叹吧。”

崔波西小姐虽然嘴里这么说着，却没有任何动作，甚至连遮着她脸的《新闻报》都没有低下来一点。

周围愈加安静了。丹妮丝决定还是不愤然出声还击她。

这种安静持续了很久，久到崔波西小姐终于放下了手中的报纸，盯着丹妮丝看。然后她抓起一包烟，眼神没有离开丹妮丝。她那张瘦削阴沉的脸似乎已准备就绪，随时都可以开始一次充斥着无情嘲笑和优雅傲慢的会话。她把整包烟拿在手上，烟头朝下，往桌上敲了三下。然后，她慢慢地撕开包装，抽出一根放到嘴边，动作同样缓慢。烟雾缭绕中，她的脸色和那张巨大的胡桃木桌融合在了一起，桌后她瘦小的身影使得她看起来更加恐怖。而那被尼古丁熏黄的手指，则像一条条耐心的毒蛇，滑过她的论文。和往常一样，她在中指上戴了一个硕大的戒指。这次，戒指上镶着的是颗绿松

石，上面还刻着一行银色的字：“上帝是唯一的。”那些蛇不停地爬来爬去。终于，她的手指停了下来。“来一根？”

同一个问题她已经问了丹妮丝不下数十次，虽然得到的都是相同的答案。但每一次听到丹妮丝说“我已经戒了”，她都会心情愉悦；如此一来，崔波西小姐就能不断提醒丹妮丝她是多么遵守牛津的行事方法，从而不动声色地疏离了她。类似这样的招数她有无数个，而丹妮丝则烦透了这类把戏，她很讨厌大晚上的还得一次次礼貌而尖刻地反唇相讥；实际上，当涉及到这个女人时，她早就无奈地接受了自己的无能为力。不过今天，她格外没有心情应付崔波西小姐的这些花招。

丹妮丝仔细打量着崔波西小姐：一件绣着某种巴勒斯坦图案、并一如既往地在乳沟处解开扣子的浅色棉衬衫；古铜色的腿部肌肤；细高跟鞋；及膝的紧身短裙，开叉开到了她那娇小身体觉得舒服的地方，这样的裙子她有几十条……崔波西小姐也在盯着丹妮丝：那坐下时便向外凸出，叠成好几层，并从她那件缩了水的绿色高领毛衣下露出来的小腹；令她看上去比实际更矮的牛仔裤；那天早上她别无选择，不得不穿上的和黑色平底鞋配套的红袜子；那头正处在扎上去或放下来都很难看的尴尬长度的头发；那即便用蜜蜡除过胡须，但依然存留阴影的上唇……她们就像一个贵妇和她收养的孩子那样，面对面地坐着。当丹妮丝注意到自己的鞋子没有擦的

那刻，她心中所有的沮丧、愧疚和困惑便全面崩塌，压到了她的身上。不过转瞬，心中又突然充满了一无所有者不再害怕失去的那种豪迈情怀，于是她起身从崔波西小姐的烟盒里拿了一根香烟。

“哟，你又开始抽烟了啊！恭喜！”

丹妮丝咬牙切齿，含糊地说了声“谢谢”。她一边对自己的表现感到惊讶，一边跷起二郎腿，抬起头吐出了一口烟。

崔波西小姐将胳膊肘撑在桌子上，摇摇头，笑了起来。“不用客气，这是个好迹象，”她说道，“因为这意味着你的论文进展得很顺利，你真的开始写东西了。真是不容易！”

丹妮丝听完暗自发笑。她心里再清楚不过了，崔波西小姐的这种阴险笑容只不过是她对自己心脏做出最后一击的前奏。可惜现在已经没有回头路了；她只好用手臂环住椅背，把头再往上抬了抬，像行将就义的神风特攻队[①]队员一样，凛然答道：“的确是这么回事。”但是心里却很明白这么说并没有任何意义。

然而崔波西小姐却并不打算就这么放过她的猎物。她盘绕着，嗞嗞地吐着信子，然后咬下了那致命的一口：“不过，这些肯定不是你写的那些东西吧。”她的手落在丹妮丝论文的第三章上，仿佛毒蛇低下它们的身子，欣赏那些受害者的死亡过程。她接着把话说

① 译注：指（二战末日本空军中驾驶满载炸弹的飞机、做自杀性攻击的）神风特攻队。

完，就好像在舔塞在牙缝里的那些碎肉：“我们什么时候才能看到那些文章啊？当然了，前提是它们真的存在。”

和所有知道自己即将丧生的动物一样，丹妮丝也向她的宿敌投降了。“崔波西小姐，”她开口说道，并艰难地咽了下口水，“我觉得——要是你不介意的话——如果我跟另外一个导师的话，情况可能会好些。”

可就在丹妮丝说着那些对她而言有历史意义的话时，崔波西小姐却用手托着下巴，咬着小指头的指甲，凝视窗外。“厄兹蒂尔克小姐，”她忽然问道，“你看到这些人了吗？”

丹妮丝原本还觉着自己的措辞太宏大，从她的嘴里说出会不会不合适，闻言便缩回去了；那感觉就像一个正在放气的气球，发出一种奇怪的声响，然后那声音一点点地弱了下去，直至最后消失无踪。崔波西小姐慢慢地走到窗前，高跟鞋踩得山响，整个林肯学院都可以听见。她仅用一只脚站着，另一只脚则以后跟点地，悠悠地旋转着。“过来看看。”她唤道。

就在丹妮丝咬着舌头、努力将眼泪吞回去的时候，崔波西小姐正将视线投向窗外，望着笼罩着牛津的昏暗灯光。“厄兹蒂尔克小姐，你啊，就跟外面的那些人一样。你一直围着一棵巨大的知识之树绕圈。你一直在修剪这棵树，却不用你已经掌握的那些知识。因为你相信，只要你崇拜这些知识，早晚有一天它就是你的。对膜

拜着同一棵树的教授来说，你无疑是一个完美的学生。可对我而言……”

第一次，丹妮丝直视了崔波西小姐的眼睛；也是第一次，她发现自己其实是一只长着利齿的动物；亦是第一次，她觉得自己的眼睛拥有某种力量。“崔波西小姐，”她问道，“您真的认为这次谈话有必要吗？”

崔波西小姐倚在窗沿上。“厄兹蒂尔克小姐，有些事早在两年前我就想跟你说了。反正既然你就要离开我了……”

丹妮丝突然意识到自己的牙齿可能会引发伤痛，便像狮子幼崽放开了它的猎物那样松了口：“呃，我不是要离开您……”

“别打岔，先听我说。这两年来我一直在观察你，而以下便是我所看到的。你像水，害怕流动的时候撞上石头。你从事有关中东的工作，但你却从未踏足中东。你致力于伊斯兰的各项运动，但你却并不感到困惑。你投身于扶贫工作，但你却并不因此愤怒。为什么你会表现得如此接近一个西方人呢，厄兹蒂尔克小姐？就像个外国人一样呢？请你告诉我实话，你为什么要写这篇论文？”

丹妮丝挨着崔波西小姐坐到了窗台上。她靠过去，就像一只凶猛的小兽，即将依偎在它那凶神恶煞的母亲的乳房上。

“厄兹蒂尔克小姐……我还是叫你丹妮丝吧。丹妮丝，你是只杂交的狗——一只来自东西方正中心的杂种狗。看起来这好像是一

个优势，可实际上却是一种阻碍。人啊太容易陷入不属于任何地方的舒适地带了。貌似你现在就在努力忘记自己出身于那个地方的事实。你明白我的意思吧？”

丹妮丝唯有点头称是。狮子正重重地拍打着她，但是那些打击却反而推动着她，让她离母亲的乳房更近了。

“你以为，在足够长的时间里吃尽足够多的苦头后，你便解放了。或许你是对的。正如我所说的，或许其他老师也是这么想的。可惜你选择了我，丹妮丝。你知道你要面对的是什么。我的意思是，除非你的论文改到不能再改了，否则都不算完成。不是因为我，它才无法完成。它必须是不能被改动的东西，丹妮丝。我很抱歉。但这就是我。你也一样。或者说，你曾经也是那样的。后来……我是看着你转变的，丹妮丝。某一天，你就决定走人们认为该走的那条路了。这是为什么呢？”

丹妮丝眼中蓄满了泪水，但她却只能紧咬下唇，保持微笑。她只能看着。

崔波西小姐咧嘴笑了笑，好似这样就能减轻些伤痛似的，然后继续说道：“不过说句实话，刚开始的时候你是够优秀的。”她抓起窗台上的烟灰缸，把丹妮丝忘了抽的那根香烟头上悬着的灰掸了下来。“还有……我也是了解土耳其这个地方的，丹妮丝。人们对那儿的阿拉伯人成见很深。我很想知道，你心底里藏着的某种偏见是

否就是阻止你做这项工作的原因之一呢？”

“您一定是在开我玩笑吧！拜托！”丹妮丝说完，自己都觉得很惊讶，这还是她第一次这么放任自己，想说什么就说什么呢。

崔波西小姐大笑：“真是不容易啊，丹妮丝！我总算看到你有点中东人该有的反应了！虽然整整花了我两年时间，但我还是从你身上挖出中东人的影子了。”她咬着烟嘴，两眼亮晶晶的，就像一个淘气的小女孩终于得到了她想要的东西。这也是她第一次这么看着丹妮丝，就像一个小妹妹，一个朋友，一位母亲，最重要的是，像一个玩伴。她把脸凑近丹妮丝，轻声说道：“你知道我觉得你应该做什么吗？你应该去那里。”

说完，她哈哈大笑，双颊不断抽动，眼泪都笑出来了，而丹妮丝则笑得肚子上的肉微微颤动，还用袖子擦了擦鼻涕。

“我觉得你还是应该抽空去中东待一待。要不就去贝鲁特吧，丹妮丝。贝鲁特是最适合你的地方。”

“贝鲁特”这个词让丹妮丝的脑海中浮现出了一幅画面，里面有一张张泛黄的黑白旧照片，照片上是一群拿着卡拉什尼科夫冲锋枪的少年。“贝鲁特？”

崔波西点了一根烟，神情兴奋。“没错，就是贝鲁特。因为，丹妮丝，那座城市就是中东的潜意识。你可以从任何一个地方知晓中东发生了什么，可是至于事情为什么会发生……你就只能在贝鲁

特那里看到。丹妮丝？”

“嗯，怎么了？”

“我知道自己逾越了，不过我觉得你需要了解事情的真相。相信我，去吧。终有一天，你会得知真相，也会给自己带来惊喜的。”

丹妮丝看着树上的那些男人从一条树枝飞到另一条上去。他们看起来都很能干。就在他们不断飞起、落地间，树变得光秃秃的；而随着树枝慢慢变少，男人们开始变成趴在树上啃噬枝节的小虫子。从今往后，便再没有那么一棵树，能供她在底下坐着；而她曾经许下的愿望，也都随着那些枝丫一个接一个地落到了草地上。它们被生生折断，散落在地。于是，在树的位置上，慢慢出现了一片光秃秃的地方。一个无用之地，亦是一个错误……

“崔波西小姐，你知道吗，或许我是该走一趟。也许我该离开这里，立刻就走。”

1982年8月17日，沙提拉难民营

菲丽宾娜：

在天空洒下第一缕阳光之前，各种组织的车便已来到营地，为所有人分发面包。而那个时候，我就会看着你母亲醒来，匆匆忙忙地赶出去拿面包，好像这事她已经做了一辈子似的。我看着她学着我们的样子用水，先将手洗干净，然后把盆里的水倒进马桶。还有，她总是用洗过菜的水来擦地板。

我看着她把每条街的名字都背下来；每一次在营地那一条条迷宫似的窄道上迷了路，她便更加坚定地要留下来。后来，她的身体便知道了怎么像我们一样通过那狭窄的道路。我看着她学习阿拉伯语，嘴里默默地重复每一个字，两眼睁得大大的，好像这样她就可以听得更清楚一些似的。我看到她用心地背诵那些组织及其领导人的名字，看到她努力地记住她所听到的一切……看着你妈妈的脸，我明白了为什么人们要去伤害他们最深的地方，并留在了那里。

看着你的母亲，我认识了自己。我明白了，为什么自己会放弃

巴勒斯坦基督徒享有的加入黎巴嫩国籍的权利，为什么自己会从哈姆拉的家里来到营地，为什么自己会不偏不倚正好停留在伤口的中心，还有为什么自己尽管有那个能力却从未选择离开……大家都以为我是回这里来治疗“我的人民”的。可事实上，我是来这里寻求治疗的，就像你妈妈一样。我们有些人就是这样，只有置身于伤口的正中心才能痊愈。

因为，菲丽宾娜，伤口是人身体中最活跃的地方。这也就是人们常说的运动不息生命不止。我们——我指的是，我们当中的一些人——就像血液。我们朝着伤口流去，却不懂怎么流向其他地方。对我们而言，那就是生命所在。无论世界的哪个角落，只要有伤害，那儿就是它的首都。

我曾答应过自己，不会在这封信里告诉你有关营地的任何细节。譬如那一条条遍布街道的蜿蜒窄小的排水道，或是医院底下我和营地里的居民共同修建的手术室，或是我们的轮式发电机，或者我那敬爱、勇敢的朋友，也是“学生旅”的领袖——阿里，或是那些AK-47、M-16突击步枪，或是那一颗颗火箭推进榴弹，或是沙提拉那挤得让人说“能请您挪开一些吗？我要开火了！”的种种情况，或是我怎么教护士弄清“盘尼西林、抗破伤风针、镇痛剂”的使用顺序，那还是我在黎巴嫩南部的时候，从一个非常棒的意大利医生詹尼那里学来的，或是突击队和长枪党共同拥有的一个习惯，

也就是每次他们之间发生小规模冲突的时候，他们都要指责一个“未知的第三方”，或是在教兄弟们怎样将另一个弹匣装到AK-47上时丢了双手的雷姆……因为我知道，要把这些都告诉你，那我就要跟你讲漫长而又复杂的故事了。不过，等将来真到了告诉你的时候，那些故事估计也不复存在了。

将来，我想人们还是会像现在一样，讲述着同样的故事。领袖们的名字和联合国的各项决议，战斗机和炸弹轰炸出来的开罗和巴格达的种种条约，领导人——那些总是面带微笑，然而彼此身后的属下却势不两立的领导人——之间的大小会晤……对于自己不知道的事物，人们也会有很多话可说，因为这样一来他们就可以避而不谈自己所知道的那些了。尽管他们各自的故事像一个个仍未愈合的伤口还在刺痛着，但它们终会被尘封在历史中。历史将努力地让这些伤口愈合。而那些尚未痊愈的故事，则将再次成为历史的身体上最活跃的部位。那儿，也是血液将会流向的地方。

菲丽宾娜，人们相信，是人让历史有了生命。因为是人记住了那些日期，将复仇的誓言一代一代地传递了下去……但事实上，是人们见证过的、经历过的，以及可能没有和任何人分享过的那些小故事，才是让人们得以生存下去的东西。

可他们并不知道这一点，菲丽宾娜。自战争开始到现在，已经整整过去了六年，其间我看到了人们想方设法地要离开贝鲁特。一

段时间后，其中的一些人甚至变得一心只有这个念头。而且他们中的大多数人都离开了。

你知道有时候我在想什么吗？观察着这场战争，我是这么想的：既然那些无法接受它的温雅灵魂都离开了，那我们留下来的这些人就都是鄙陋之辈吗？如若这个世界的历史从来便是如此，那么，我亲爱的可贝，或许我们就是自身这种类型最糟糕的样本了。我的意思是，在宇宙发展的进程中，如果那些最脆弱的都消失了，那么我们这些活下来的或许就是我们的物种中最凶猛、最粗野的代表。可是，菲丽宾娜，我们这些粗野、凶猛的人却明白：离开的人将比留下的人遭受更多苦难。贝鲁特会永远存在，他们心中永远流着血。因为没有什么比一个未完的故事更让人痛苦的了。

那些离开的人和我们不一样，菲丽宾娜。也许，到了最后，他们才是会讲述我们故事的人，谁知道呢？现实总是这样。真正经历过的人不会去说，那些离开的反而讲得绘声绘色。因为生活教会我们保持安静，而群居生活则教会我们共同保持安静。少说话，要开苦涩的玩笑。这就是我们记住这里的历史的方式——靠开玩笑……

你妈妈说了一句“我们去钓鱼吧”便下了床，她没有梳理，一身凌乱，疲惫不堪，接着又说了一句：“我们去钓鱼吧！”

于是，菲丽宾娜，在战争进行得如火如荼之际，在这段历史

的进程中，我们就这样用手里的鱼竿和突击队员们打着招呼，穿过“法卡尼之地”（我们为政客建在沙提拉外塔里克·艾尔–杰迪代街区的商业区取的别名）的一个个控制点。

我们走过哈姆拉街，来到滨海大道，到了海边。经过阿尔马纳拉灯塔的时候，你妈妈说了一句话：“它看上去真像一头搁浅的虎鲸……一头直立的鲸！”

接着我们便朝那些桶走去。一切都是那么正常，菲丽宾娜；不过我们很可能就此死掉。我那天甚至没有打听一下“安全形势”，按理我们应该每天都会知道“安全形势”的，就像关心天气预报或交通状况一样。我们需要认真听营地和市里的八卦，结交那些最值得信赖的发言者，凭着自己长时间培养出来的洞察力将信息筛选一番，并推断这一天会发生些什么。可当时我们只是无比滑稽地拿着钓竿，一步一步地往前走，神色如常。或许冥冥中有什么在守护着相爱的人吧，谁知道呢。我爬到海面上一个注满水泥的桶上，你妈妈则爬到了另一个桶上。我们在那儿坐了一整天。你妈妈钓了两条鱼，而我只钓了一条。那天，你妈妈没有看我一眼。她只是盯着海面，一动不动。后来我们便拿着鱼竿回去了。事情的经过就是这样；除此之外，什么都没发生。

但女人就是这样，你永远不知道她们何时在脑子里盘算着最危险的念头。譬如此刻，我们正要上床睡觉，她突然像早上提议“我

们去钓鱼吧”那样，用同样的眼神看着我，说：“咱们要个孩子吧！”

还记得那天是12月21日的晚上。我们决定在一年中最漫长的那个夜晚要你，而且我想你妈妈是那天晚上怀上你的。我觉得情况就是那样，因为那夜过后，你妈妈变得更加无所畏惧了。

怀孕的女人肯定生活在另一个精神世界，菲丽宾娜。怀孕的女人——至少有一部分人——似乎相信坏事都不会发生在她们身上。不过，在夜里听到远处传来的枪声时，你妈妈还是要我抱着她的肚子。她并不是害怕，而是好像想捂住你的耳朵。

只有一天晚上，当他们把受伤的人送到医院来时，你妈妈哭了。那是一个十五岁的男孩，因为他们像往常把伤者送来的时候那样匆匆忙忙的，没有抬好，所以他的脖子看上去好像断了。你妈妈哭了起来，纱布都掉了。那天晚上，我第一次对她说：“回家吧。这里的情形会越来越糟糕。这场仗不会这么快打完。走吧。”

“你就是我的家。”说完，她哭得更厉害了。

她一直在学习……慢慢学会了每天早上起来拿面包，学会了把水用两次，知道了给AK-47加外装弹匣时可能会走火，明白了人们在这里唯一的家就是别人。这就是战争的真面目，菲丽宾娜，人唯一的家就是别人。这也是为什么，当一个人在战争中失去了某个人

的时候，他失去的便不仅仅是那个人，还有他的家。

那些离开了战争的人也失去了他们的家，菲丽宾娜。这就是我和你妈妈留下来的原因。共同经历这些故事让我们变成了彼此的归宿。

13

星期天，大部分贝鲁特人家里藏着的武器就要拿出来擦拭干净、润滑和检测了。没人敢保证以后这些东西再也派不上用场，但还是选择将它们遗忘在角落，希望它们再没有用武之地。不过，住在盖特维山上那栋大楼顶层公寓里的泽娜卜年纪太大了，根本不用担心有一天她也许需要再用上自己的武器。至于怎么处理当前的良心危机，她还很是生疏。

“当然，如果她想的话，她可以去学阿拉伯语。”泽娜卜厌烦了尖着嗓子对马文大喊“面包树”，正准备着炒肝脏要用的肥尾羊油，穆安利姆·纳吉每星期天都给她带肝脏。她一片一片地洗着薄荷叶子，一边说服自己只要菲丽宾娜愿意，她就可以学阿拉伯语。“一周上一课。当然，是在周日。不管怎么说，在家里……我是说，我们也有交流的，不是吗？没错，我们自然会交流！”

这时，她才想起自己在家里很少说话。所以你看，她的家已

经正式成了一个老年人的住所。一个个折叠整齐放在抽屉里的塑料袋；虽已不再新鲜却还没有被扔掉的卡克糕饼[①]；从浓缩酸奶中分离出来并存放在罐子里的橄榄油；刮掉最上面那一层霉菌后继续在吃的无花果酱；因为不怎么吃而结成块的百里香粉……正如她吃东西的时候，食物艰难而少量地从她嘴里一口一口地向下移动，现在她说的话也是那么慢吞吞地从她喉咙里冒出来，而且还少得可怜。

“我要带上速度女王……或者，这星期我让纳赛尔把它开到机修工那儿去。我实在受不了机修工那傲慢又讽刺的俏皮话，‘您说这车是什么牌子来着，夫人？’就这么定了，我让纳赛尔去。”

她坐进老爷车，只露出自己根部已发白的黑发时，就像这辆车想愤怒地把她的脑袋发射出去。为什么人们此时对她的老爷车这么感兴趣呢？难道“速度女王”这几个字没有写在它背面？他们还想怎么样！她想起每次自己说出车名时，机修工的那些徒弟都会笑得很欢。人们对这辆车究竟有什么意见呢？不过不管怎样，她是永远不会再开了。对了，她最后一次把速度女王开出阿什拉菲赫是什么时候来着？

想到那个时候，她对着薄荷的叶子绽放出了一抹纯情青涩的笑容。那时，哈姆拉的莫德卡咖啡馆爆发起义。她的头发放松了下

① 一种糕点，在黎巴嫩大小街头都有卖，上面撒满了芝麻，里面包着奶酪和百里香。

来。年轻人抗议咖啡馆被一家破国际服装连锁店取代，店名叫什么来着，瓦罗……沃拉……想起来了，叫维莎曼[①]，他们看到她都很惊讶。“什么？‘我不能参加？’闪一边去，哈比比，要知道你还没出生的时候，我们就已经在莫德卡咖啡馆组织抗议活动了！”警察将维莎曼层层围住，仿佛正在捍卫黎巴嫩的领土，他们对突然熄火的速度女王所引发的交通混乱尤为愤怒。

她兀自笑了。曾经，她抬起手指，像个女英雄一般对那些小屁孩说道：“如果我们做一些小事就改变了世界，那只是因为这个世界已经变小了，哈比比，而不是因为我们有多少能耐！”

说完，她就把速度女王开进了哈姆拉，就像那些已进入贝鲁特的突击队队员[②]一样，横冲直撞。所到之处都是闹哄哄的，一片混乱！

她骂骂咧咧地点了一支烟，将手伸出窗外，打了个手势，好像在问：“你说什么，亲爱的？”然后就开回了阿什拉菲赫，回到那片沉默之中。回到哈迪的缄默中去，他忘了莫德卡咖啡馆，忘了突击队员，忘了自己，也忘了贝鲁特……

“那个懒虫马文把面包袋从人们的门口拿回来没有？我很好奇，如果他和菲丽宾娜……不，不会的。马文是个正派的年轻人。再说了，他能对可怜的菲丽宾娜做什么呢？她不过是个小小的……

---

① 译注：即Vero Moda。

② 巴勒斯坦解放组织游击队的阿拉伯语名字。

不过，不管怎么说，她看上去倒是一个聪明的女孩。在马文那样穷得叮当响的叙利亚人身上能看到什么呢？在叙利亚占领我们的那会儿，大家或许还把他当回事，可是现在，马文先生的肩章早就全部松开了……”

她为自己有这些想法而羞愧，于是抓起另一根薄荷，开始扯它的叶子。“管它呢，反正她周末要干什么都不关我的事。她想学习阿拉伯语就去学吧。反正还没学到ta marbuta[①]她就会打退堂鼓的。”

她在心里稍微计算了一下，把所有从公寓收上来的那些少得可怜的租金加在一起，再减去准备给菲丽宾娜的200美元。随后，她又从剩下的钱里扣掉阿拉伯语课程的费用，但想了想还是算了。“无论如何，我们都会给她这笔钱的。好了！”她把气都发到薄荷上，嘴里念叨着，“这也叫薄荷？叶子上一点味道都没有。要是我们有贝卡出产的薄荷就好了……”

有那么一瞬间，她的思绪飘回了自己在贝卡山谷里度过的童年，回到了薄荷园氤氲的那一片芬芳中，混合着父亲装满碎烟丝的水烟袋子散发出的味道，还有母亲手上沾着的橄榄油的香味；然后她回过神来。这薄荷都快要把她弄疯了。不过，她是不会承认自己

① 阿拉伯字母表中最难的一个，一般加在阴性名词后，发“啊”或“嗯”的音。

真正气的是什么，她的思绪早已飘到上星期天到杰梅泽郊游的情景去了。

“日安，哈比比！”

海湾阿拉伯那一家人，就是自从到贝鲁特以来就总是用法语跟每个人打招呼的那一家人，早早地就在保罗咖啡馆占了位置；他们闹哄哄地坐下来，说话带着粗俗的口音。大腹便便的年轻父亲摆着一副有钱人不耐烦的样子，不停地冲服务生大喊：“哈比比，日安！”

这些人就坐在隔壁桌，而跟菲丽宾娜一起从盖特维来到杰梅泽的泽娜卜，却找不到人来陪她说说话。

“这些服务生都感觉很烦躁，因为他们被逼着戴傻不拉唧的厨师帽。这也是为什么他们不想干活的原因。居然把厨师帽戴到了贝鲁特男人的头上！真是前所未闻。亲爱的菲丽宾娜，这就是殖民主义的问题所在了——殖民者离开的时候，把厨师帽落下了！”

看到大家都对自己讲的笑话不感冒，泽娜卜便讪讪地收回了脸上的笑意。正准备重新端起咖啡，突然隔壁桌有什么事引起了她的注意。只见那位身穿深蓝色紧身长裙母亲的斜对角，她那个体形庞

大的儿子旁边，坐着一个皮肤黝黑、瘦得皮包骨的女人——一个斯里兰卡女人。她就那么安静地坐在那里，可椅子对她来说太大了，让她看上去越发往里缩了。泽娜卜试图扭转头，看着自己面前的咖啡，不去理会他们，但眼睛还是不受控制地往那个斯里兰卡女士身上飘，后者似乎很怕放在她面前的一大杯果汁刨冰——都快赶上她的尺寸了，这是那家人帮她点的，点之前问都没问过她。那个斯里兰卡人很想弄清这饮料要怎么喝，便目不转睛地看着那位母亲，她正因儿子不肯喝冰饮而冲他大喊大叫。那个斯里兰卡女人个子比他们所有人都小，瘦得简直就像一把骨头，好像那家人都是靠吃她的肉才长胖似的。

泽娜卜瞟了瞟菲丽宾娜，屁股稍微往椅子里面挪了一点，然后朝服务生喊道："这里，哈比比……你应该吃点东西，菲丽宾娜……伙计，请给我们拿份菜单！"

那个斯里兰卡女人仿佛已神游桌外，沉浸在另一个世界里。她看起来就像一个玩具，早已被按下电源关掉了。她似乎有些心神不安，或许是不能运转让她感到不自在了吧。她看上去和阿尔马纳拉[①]一带的菲律宾、埃塞俄比亚和斯里兰卡女人没什么两样。泽娜卜想起了那些女人，她们把孩子带去操场，而孩子的妈妈们却待在家里

① 阿尔马纳拉（Al Manara），迪拜西部发展中的社区。

抽水烟。孩子们跑去玩后，她们的手臂便毫无知觉地垂在身侧，然后她们又抱臂，神情紧张，仿佛被丢进了一个空虚的世界，因为她们无事可做。她们茫然四顾，不知道该对自己做什么。泽娜卜对自己的记忆力感到惊讶。于是她打算跟菲丽宾娜多聊几句。

“菲丽宾娜哈比提，要是你真没什么食欲，好歹也吃点冰激凌。不要怕，吃点！吃个冰激凌，亲爱的！不好意思，哈比比，麻烦你把那些漂亮的水果味冰激凌拿一杯过来。再给我一杯土耳其咖啡，中糖。耶勒！”

这时，邻桌的那家人决定要在贝鲁特的保罗咖啡馆里拍张照。他们把男孩的手机交给了斯里兰卡女人。她站了起来；站在咖啡馆里，似乎有些不自在，好像每个人都盯着她看似的……

“好了，菲丽宾娜哈比提，告诉我你为什么要学阿拉伯语吧。”

就在菲丽宾娜小声地说着些什么的时候，尽管不想看，但泽娜卜却无法将自己的视线从隔壁桌移开。只见那一家人脸上全都挂上了大大的笑容，其中那个妈妈颤动着两片肥厚的嘴唇——那东西叫什么来着？哦，巴托克斯！——想把它们摆成一个优雅的造型。终于，在这一家子看上去都觉得够舒服、自然、高兴了，那爸爸便说：“耶勒！可以拍了。”他们笑得太卖力了，把斯里兰卡女人都逗

笑了。她为他们拍了照。拍完后，她刚点点头示意已经好了，那家人的脸便齐刷刷地恢复了之前焦躁、不满的表情，只有她脸上还挂着笑。随后她注意到了这一点，便立马把手机递还给了那个年轻的怪物，坐回座位上，迅速回归她的关闭玩具状态。泽娜卜愤愤不平地看着这一切，根本没听到菲丽宾娜说了什么。

“嗯，哈比提，如果你想学阿拉伯语，那就去学吧！我一样会付钱的！就这样了！”

这时，她看到了菲丽宾娜瞪得大大的眼睛，才发现自己把嗓门抬得太高了。

“不好意思，哈比比，请问你有烟吗？”

闻言，那个头发根根竖起的服务生拿了一根烟过来。泽娜卜撕开了这根好彩烟上的滤嘴，塞到她那两片干瘪的嘴唇中。“反正你周日都没有什么事。出去走走吧！你还年轻，要好好把握！”

泽娜卜完全陷入了沉思，结果扔到水槽里的薄荷叶子比她洗好的还要多。“如果我不需要菲佣的话，那我还要雇一个来吗？不过不管怎么说，我付给她的薪水是很可观的。我待她也很不错……”

这时，她听到了门吱吱响的声音，夹杂在从电视机里传来的奇

怪乐声中。她抬起头，看着自己映在橱柜窗户上的半个身影，听到有人把脚偷偷塞进鞋子并从衣架上把夹克拿下来的声音。她顿了一下，依旧盯着自己的半个身影，装作哈迪刚刚并没有离开。然而，她没有告诉自己，她曾经也这么做过。她抓起另一根薄荷，用更慢的速度将每片叶子都冲洗了一遍。她累了。

14

“我该把真相告诉你吗，唐奇？”

丹妮丝想好了自己想说的话，为此她准备了一整天——坐在孤零零的长凳上，面对着玛格德林桥下一块杂草丛生、干涸的河床。但她越发觉得这些话荒谬可笑，它们就像是一个忧郁的城市规划员留下的一份遗书。每当她说傻话的时候，她的声音听起来就会很飘忽。或者可以这么说，她所讲的东西听起来更蠢，因为她一直听着自己的声音。

唐奇慢慢地将脑袋从正在喝的啤酒杯里抬起，抬了抬眼皮，懒懒地开口道：“真相？这么说，我们终于要把你情绪低落的原因弄清楚喽？来吧，请讲。”

黑熊酒吧里人声鼎沸，充斥着客人们玩“问答之夜”的各种声音、众人的呼吸，还有啤酒那难闻的味道。多亏了那个要人们说出足球运动员和流行歌曲名字的问答游戏，大家都互相聊了起来，不

必刻意说些什么，声音起起落落，倒是一致。人人都在交流，甚至连那些忙着用黑莓手机找答案的人也参与进来了。

“我一直在想我们为了如今拥有的这种生活、这份安全和保障所牺牲的一切。那些我们……我所牺牲的……我一直在想……我们放弃了这么多，只为了能成为某个人物。我们没有什么传奇，我们只是尽一切力量维持现状。我们没有轻举妄动，这样一切才能按照它们应有的方式继续下去。”

唐奇无比迅速地作出了回答。他说得很快，神情有些紧张，努力想让丹妮丝的演讲变得轻松一些。“我也跟你讲一件事吧，丹妮丝小姐。”

“请讲，我洗耳恭听。”

唐奇看着丹妮丝，好像并不相信她所说的话。

“别这样看着我，我真的听着。”

“好吧。听着，丹妮丝，这就是你打从一开始便想要的。你就是这么个人，只想住在牛津的象牙塔里，把世界上的其他东西都抛诸脑后，然后进行思考并写些东西，其他的就什么也不管了。我说得对吗？”

“完全正确，先生！”

“可是这样的话，你的那些愤世嫉俗又是从哪里来的呢？”

“看来今晚我们要开诚布公地谈一谈了，是吗？”

“如果可以的话！”

“那，我就告诉你，唐奇。我受够了这里的中立态度。我讨厌在生活中不站边，受不了每个人都想成为大人物……我也讨厌你的做作，装得好像自己是在瑞士长大的一样……那么彬彬有礼，那么风趣幽默……我是说，大致上……”

“总之一句话，你就是感到厌烦了。”

“没有那么简单。”丹妮丝的声音听起来很沙哑，她双手握住啤酒杯，接着说道，“我们就像这里的所有其他人一样活着，这样，什么事都不会发生在我们头上。每天几十架飞机从头顶飞过，但没有谁真正去了其他地方。我的意思是……唐奇，我们并没有离开原来的世界，你难道还不明白吗？”

“所以，你的意思是你想和我分手？”

“不，我说的‘离开’，指的是人们哪儿也不去。谁都不会。外面有另一个世界……我觉得我们……我觉得自己更适合那个世界……我的意思是，这里的人没有一个是真正想到别的地方去的。好像因为什么都被发明出来了，便没有人愿意离开了。譬如脸书、谷歌地图，我不知道，譬如智囊团……”

“你又来了。你对我在那里工作有什么意见？”

“这跟你的工作没关系。我就是怀念那些早已破碎的东西。”

“你说你怀念什么？”

“没什么。我就是说如今一切都是那么稳固、那么安全、那么稳定了……既然一切都很稳固和稳定了，可我们……我们甚至不敢要孩子。唐奇，你不觉得有什么不对劲吗？”

说完，他们就那么用力地凝视着对方，很久很久。

“不好意思，请问你说的是土耳其语吗？”

唐奇闻言将身子扭向邻桌的那对老夫妇，丹妮丝则低下头，看着长袜上的拉丝。

“晚辈真是佩服啊。通常人们都以为是希伯来语呢。”

丹妮丝抬头打量着唐奇——看着那副嗓子、那张嘴、那双眼睛，他总是随时能说出一个恰到好处的笑话——只是那目光却越来越疏离。

“希伯来人比你更强调辅音，”那老妇人插进来说了一句，“而你说的时候却更重元音，因此我们才能看出不同之处来。当然了……”

说着她拿出了自己的餐巾；上面有一些字，是用墨水写上去的，斑斑驳驳的。丹妮丝盯着那些用英语抄录的字，磕磕巴巴地念道：“suh-kuhl-dum...gew-ven-dje...bee-ree...beh-beh-e...[①]”

---

① 译注：此处的土语单词意为“我感到烦躁不安……保证……某人……对婴儿。”

他们全都扬起了嘴角——丹妮丝念得就像一根被小孩打满了结的鞋带；唐奇则读得很利索；而那个男人和女人呢，则念得分毫不差。

“哈，我们是翻译专家。”

因为夫妻之间相处久了而产生的那种可怕的演变，那两人的脸变成了一副共用的面孔。那张脸非男非女，不美不丑，既说不上好也说不上坏——而是表情单一，有些显老，白里透红。此刻，那张脸上挂着同样的谦恭客气，等着唐奇和丹妮丝透露他们的职业。牛津就是一场大型的、无休止的鸡尾酒会；每个人都期待着能交流交流“专业领域”。可是当唐奇开始告诉他们自己研究的东西时，丹妮丝的脸却渐渐变得毫无表情，她内心里正对唐奇进行着一番探讨。

实际上，他什么都没干。这样已经有两年了。我不知道是不是牛津这个地方让他得意起来了，还是他一向如此，只是我未曾发现。天知道他为他热爱的智囊团写的报告是哪些投资者委托的；他总是在写那些该死的报告。他从来没告诉过我他在写什么，不过每写完一份，我们最后都会莫名地得到一大笔钱，然后发现自己到了巴黎、柏林，或者圣彼得堡。说句实话，涅瓦河游船上供应的鱼子酱味道确实不错。可是吃着那东西的时候，我却忍不住想到东欧各地颜色革命[①]之

① 译注：颜色革命，又称花朵革命，是指21世纪初期一系列发生在独联体国家和中东北非地区的以颜色命名、以和平和非暴力方式进行的政权变更运动。

后那些失业的人，以及上了年纪的工会会员们愁眉苦脸地想着他们有多么不想见到这种情形。

其实，唐奇只是一个微不足道的小人物；他不过为一个不完善的体系作了些小小的贡献而已。他的过错无足轻重，就像他自己一样；相比其他更大的罪过，它们也就可以忽略不计了。和其他所有的小人物一样，他也是“经手无错事”，并跟他们一样，无权作任何决定，但可以阻止他人作些更糟糕的决策！

没错，能在马德里喝上一两杯，庆祝我们这种放荡不羁的生活方式确实有趣又美妙，可是每次我们做爱的时候，想到他是如何闲坐着无所事事，跟那些居然说得出“贫穷是一种选择”的笨蛋一起说说笑笑，我便找不到感觉了。最近我就这事想了很多。每天，他都要告诉自己，还有我，他没有做任何不好的事情，他只是写写报告而已。他说，那些报告都是不偏不倚的，他不过是提供信息罢了。可我知道，某件事越是让他感觉不舒服，他就越是觉得自己没有过错。总有一天，他这种坚信自己不会犯错的想法会将他淹没，让他觉得那种不安的感觉是自己生来便有的。

我们总是在旅行，却从未真正去过什么地方。我们坐过无数次飞机，却从未移动半步。唐奇就是那么做的：他不用抬起一根手指，也不用把手弄脏，就能环游世界了；同样，他杀人了却什么错也没有。

我永远也忘不了他曾经参加过的一次会议，那次我也去了。那次会议上，他们要进行讨论，并最终决定某个国家的命运。讨论过程中，他们用的都是部长的姓。会上有人问道："我们在那儿的人……是个什么样的人？"唐奇则回答："他只是本月雇员！"众人听后都哄然大笑。接着他们便讨论起了世界银行和国际货币基金组织该给这些人多少钱。他们又该建议哪家银行给多少？他们开始就这个国家值得得到的支援数目进行讨价还价，并对应该由哪些金融机构提供这笔救援而争论不休。有的说几百万美元，有的则说要数十亿美元。这时，其中一人必定是觉得太无聊了，竟开始说起了他有一天在西班牙吃到的难吃煎蛋卷，接着另一个人吹嘘起自己曾在意大利抓过的巨型鱼。会上的人全都笑了起来，好像他们正在玩一个游戏。后来，唐奇解释说："假如我们不把它当作一个游戏的话，我们全都会疯掉。"所以，这就是他们清醒的状态，他们健康的状态。他们一边笑，一边在讨论着煎蛋饼和鱼等轶闻趣事的间隙，说着影响一个国家人民的命运的话。该死的我究竟是怎么和这个男人睡在一起的？试问有谁能一边做着爱，一边把世界丢到一旁？

那样是行不通的。实际上，人们做爱的方式跟他们过日子是一样的。如果你一边回想着煎蛋饼和鱼，一边决定着别人的命运，那就相当于你一边跟这个人做着爱，心里却亲着、抱着另外一个人。有谁能跟一个没有良心的人睡在一起呢，即便个中滋味也很甜蜜？

而且，如果把一切都当成了游戏，而我也是游戏的一部分的话……

这就是我们玩的游戏：我们收集肥皂——小块小块的那种，还有我们去过的所有酒店里没用过的小洗发水瓶。我们把这些东西摆在浴室里，一字排开，这样客人一去卫生间就可以看出我们曾去过哪些酒店和国家了。干净锃亮！我们俩都有各自的肥皂块；它们是我们所有旅行泡沫般的代表，那些甚至还没开始便已结束的旅行。我们不会去一些没有肥皂的地方。唐奇写着那些没有肥皂的地方的报告，让我想起了一些更重要的人来。一旦我们找到要孩子的最佳时机，我们就把这些小肥皂块给他们看。我们只有一个目标：希望能没灾没祸地生活下去！谁让我们两个公正无害呢……

“我？我目前致力于伊斯兰教的政治和贫穷工作。”

三双眼睛巴巴地看着丹妮丝，等着她作出解释，至少也要像唐奇一样详细。为了打破这种沉默，她点点头，只说了句“是的，就是这样”，便保持微笑，不再说话。

那对老夫妇凑近丹妮丝和唐奇，轻声说道：“我们要去趟洗手间。你们能帮我们看下东西吗？”

尽管丹妮丝和唐奇都不解地看着他们，那对老夫妇还是带着调皮的笑，顶着他们那张奇怪的夫妻脸，去了洗手间。

“不可能，”唐奇叫道，“我觉得是伟哥，不过……我的天！

在卫生间？真恶心！”

就在他们脑中这俩老人在酒吧卫生间做爱的画面让他们彻底恶心之前，在他们还没来得及用开玩笑的方式把那份厌恶充分夸大的时候，那对夫妇回来了。他们坐回座位，脸上带着愉悦的红晕。其中，那个男的笑得就像一个十几岁的小男孩，他指了指桌子下面。他手里正拿着什么东西，想让丹妮丝和唐奇看一看。唐奇率先看了一眼，便咧着嘴笑了起来，仿佛他也参与了某个调皮的恶作剧，又好像他刚刚没有表现得多大惊小怪似的。

“我们成功了。”老人激动地说。

唐奇让丹妮丝看，只见那人手上拿着一个小小的油壶。

“这件事我们已经做了两个星期了。”他说道。

那妇人则像个孩子似的又蹦又跳。“我们终于将这个酒吧那扇吱吱作响的门也上了油。这下全牛津的酒吧再也没有我们没上过油的门了。”她补充道。

唐奇听完大笑，好像他也全程参与了这个恶作剧似的。看到那个老妇人向她看来，丹妮丝也尽量挤出笑来，听她开心地说道：“我们能做什么呢？如果我们想改变这个世界，那我们就得从某个地方入手。”

哈哈哈，呵呵呵……此刻，他们这群人成了酒吧里的重要人物。他们的笑声汇入了酒吧的欢笑海洋。大家笑得那么厉害，以至

于唐奇没有看到丹妮丝眼底藏着的东西。

“唐奇……唐奇……是，是，的确非常有趣，你说得对极了……听着，我……唐奇！我要走了。”

“什么？天哪，这两个老东西真是疯了！你要去哪儿，亲爱的，去巴黎？”

“嗯。”丹妮丝脸上的笑容是那么完美，完美得令人感觉很不真实，“去巴黎。”

那天晚上他们和那对老夫妇笑了好久，以至于唐奇以为他们之间可以当作什么都没有改变。

从那以后，牛津的酒吧和饭店每一扇吱吱作响的门都会遭到一番取笑。丹妮丝起来的时候，唐奇还以为她要去洗手间，不想她走到了外面，向门口站着的阿拉伯男孩们讨一根烟。他们给了她一根，并帮她点上。这时，天空下起了雨。树荫下站着一小群人，都是些深色皮肤、瑟瑟发抖的人。还有一些拉美学生，他们正向那些阿拉伯学生打听真主党和哈马斯的最新消息，丹妮丝认得其中几位正是之前参加巴勒斯坦抗议活动的人。他们一边抽着烟，聊着天，认真听着彼此说的话，一边冷得牙齿直打战。这些冻得瑟瑟发抖的东方少年们，为了商讨他们遥远故国的问题，抛下了酒吧里那温暖的欢声笑语，此刻正无比认真而又辛苦地对一个美国学生说着什么。他们似乎相信，他们正把自己的想法转达至白宫，而他们国家

的命运也都取决于他们此刻所说的一切。

眼看这雨越下越大，他们中的一人便朝夜空喷了一口烟，然后大声喊道："这是哪门子的春天啊！"

"一个奇怪的春天。"丹妮丝用夸张的中东口音答道。要么是他们都体会到了凝结在丹妮丝嘴角那抹惆怅中的幽默，要么就是她的幻觉。树下的人没有一个问对方"你的专业是什么"，而且那里站着的每一个非美国人都变得悲伤起来。

1982年8月19日，沙提拉

就这样，菲丽宾娜，你妈妈决定种植橙树。别问为什么，因为我也不知道。而且我不知道她是怎么说服巴勒斯坦妇女联合会的头头雷姆的。反正，每次她们俩凑在一块儿的时候就会有怪事发生。远远望去，人们可能会以为她们俩正在吵架；因为每次她们没说两句话就变得冷冰冰的，可一旦她们分开，我们的生活中，或难民营里，就会有一些变化。记得有一次，营地里突然开满了茉莉花。我真心不知道她们是怎么做到的。还有一次，她们决定用石灰浆把房子刷一刷。这也是为什么我们家的房子只有一面墙刷过的原因。虽然她们找出了石灰，可我觉得即便是雷姆也无法解决水的问题。

我亲爱的可贝，当时是四月份。贝鲁特到处都是橙花的香味。那味道非常浓烈，甚至飘进了营地里。你妈妈——那时我是真的相信她已经疯了——没有告诉我就离开了营地，去看那些橙树。就算回来了，她也不在乎我有多么生气或担心。她只是坚定地告诉我：“我们需要种些橙树。”

“我们为什么要种那个，哈比提？”我叫起来，“这里连人都不够住了，更别说什么树了！”

“我们必须要种橙树，”她回答道，“因为我将要有孩子了，我想在肚子慢慢变大的时候看些漂亮的东西。”

看着她把手覆在腰上，语气很烦躁，我便决定先离开，到诊所去，以免伤了她的心。在接下来的日子里，关于橙树的话题就再也没有提起过。我以为她已经改变了主意，或者早把这个事给忘了。结果你老妈连同她那胆大包天的朋友雷姆，直接偷偷地把这个计划化为了行动：一天晚上，她们和两个突击队员一起出去了，那两个人是在她们鉴别橙树幼苗，将它们连根拔起再带回营地的时候为她们望风的。当然了，因为雷姆，那两个突击队员才答应帮忙实施这个计划，并不把它告诉我。

而她们还真的做到了，菲丽宾娜。直到他们每人手里拿着三株树苗回来时，我都还以为你老妈一直在阿布·纳吉家。我想那天晚上是我第一次也是最后一次冲她大喊大叫：“疯了吧，你这个女人！你这是要害死你自己跟孩子啊！”

她听完也头一次，不过也是最后一次冲我吼了起来：“没错，我就是疯了。这鬼地方早就把我逼疯了！你也该处理处理了，哈姆扎医生！要不然，就这样完了，这孩子还在我的肚子里。将来我会带着它一起离开。现在你给我起来，我们一起去种这些树！”

她哭了，但她毫不在意——我们俩都假装她没哭，然后一起把那些树苗给种了，一棵种在我们家前面，一棵种在阿布·纳吉屋子旁边的空地上，还有一棵则种在了营地的入口处。

就在我们把树种完往家走的路上，她拉着我的手，说："我决定以后教孩子们说英语。我的意思是，就在营地里，不到外面去。行了，我就是想让你知道一下。"

但是那天晚上她没有告诉我，或者说她从来就没打算告诉我，作为对英语课的交换，她准备去学怎么给枪装卸子弹，怎么修理枪支，如何瞄准，以及其他跟战争相关的技能。是的，亲爱的菲丽宾娜，短短几个星期内，你老妈就已经开始相信自己是里拉·卡里德了！我敢肯定，要是让她发现附近有架飞机，她肯定会把它给劫持了。才过了一个月，她就开始显摆自己熟记所有AK-47的型号。我不知道她是什么时候学会如何辨别各种炸弹和枪支的声音的，但我记得有一天晚上，她突然坐起来说了句："这是阿布·阿卜杜的声音！"

我亲爱的女孩，我想说的是，你妈妈不但认得各种炸弹的声音，她还知道它们的外号！在此期间，孩子们也学会了唱英语流行歌曲。菲丽宾娜，你真该看看孩子们带着他们的武器来上课的情景。你妈妈没有教他们如何打招呼，也不教他们怎么说时间，而是教他们怎样用英语讲述自己的故事。噢——还教他们走路！

我之前跟你说过，这个难民营非常小，人们都缩手缩脚的。住在这里的时候，你会感觉其他地方似乎都很遥远。为此，你妈妈经常让孩子们唱着歌从营地的一头走到另一头。我不知道是你妈彻底疯了，还是孩子们因为发现了新玩具而高兴过了头。他们偶尔会从窗前经过：

“宝贝我依然在等待/请给我一次机会/若你要将我考验/若你愿让我一试/我将全心把你爱/这绝不是谎言……”

那些日子里，我记得自己一直在想，这便是改变世界的意义。即使听到了营地部分人对他们唱这些“帝国主义歌曲”的不满，我还是会看看你妈妈，知道自己正在学习如何去改变这个世界。菲丽宾娜，我从你妈妈身上学得，当你在改变什么东西的时候，你也在冒着改变自我、迷失自我，甚至让自我完全消失的风险。你得让你帮助过的人反过来帮你把自己找回来。我的意思是，你必须找到一种平衡——完全的平衡。那时，才是人们开始改变，呈现出全新状态的时候。

就在你出生的时候，也就是1981年的5月，我们家前面的橙树开花了。每天早上，我都会摘一把橙花放在你妈妈的床上。也就是说，你出生的时候闻起来就像那盛开的橙花。后来，以色列战机夺走了我们的那棵橙树。而你妈妈，也和那些橙花一起消逝了。这事我后面会告诉你。现在，我有别的事要跟你讲。

15

这个星期天他不在这里。

他不是一个人，但他就像我们中的一员。他和我们一起住在公寓里，却好像又不在那里。倘若我们都聚在一起，我们也不能确切地指出他在哪里。他就像是我们所有人的总和，是我们对彼此亏欠的总和，是我们已经结束和尚未结束便夭折的全部战斗的总和。他一如深井，让我们把自己的罪恶和欢笑都倾吐其中。我们很少能记住他的名字。因为我们都知道自己在谈论的是谁。因为他是一切的缘由。

从最开始他身上就有大大小小的枪伤。下雨的时候，时光之沙便如淤泥一般从他的伤口中溢出。不过一旦你像我们一样习惯了，你就再也看不到那些伤口了。反正，不管怎样，最终我们都会变得

和他有些相似。从他身上，我们学会了让疼痛的地方彼此相贴，以此消弭痛苦。

若是你离开他，你就会感觉心里好像缺了一块，就好像你抛弃了一个爱慕自己的女人。如果你回头找他，他将会残忍地说：“谁叫你回来的？”

他就是那种人，在你信任他的时候背叛你，把你和你的盾牌扔在炎炎烈日下，让你看上去就像一个还带着武器却再也无仗可打的士兵。

他摆布着我们所有人。只有等你长大了，学会对儿时遭到的殴打释怀，你才有可能爱上他。因为，如果你要去爱他，你就必须要知道如何去恨。那些不懂的人，只能来了又去。他们从他那里得到了一个故事，明知不可言说，却一再对他人讲起。

你知道为什么他们会不停地来找他吗？这是因为，他每一次都能让他们重返青春。他有那种能力。认识他的人都这么说。或许他们说不上来，但这正是他们不断回来找他的原因——他让他们开口讲故事。你想不想知道接下来会发生什么？从某种意义上讲，他

会把你变成一个孩子。一个没有根、没有人愿意负责的孩子。一个只有明天而没有昨天的孩子。这也是为什么，当你和他在一起的时候，你会永远留在一个没有历史的时代。

他总是在说话，说个没完，说的时候还老是烦躁不安。他眉头紧锁，但不以为意。你会以为他一直在争斗。但一旦你生气了，那就糟糕了。你再也无法保持沉着，你将陷入那永无止境的愤怒。所以你要笑。他一生气你就笑，然后你会用恰如其分的语气说："别这样，哈拉姆！"

如此一来，他的怒火便会消失无踪。不管怎么说，难道他不是最清楚今夜不会有人回家吗？你要轻抚他的背，因为只有知道有人爱他，他才会变得温顺。这就是他的怪脾气。即使他攻击了你，可一旦知道你始终在那儿守候着他，他也会内疚哭泣。他就像一个小男孩，虽然也为自己的坏脾气感到不可思议，但却无法控制自己。

他能惟妙惟肖地模仿各种声音，还能将它们一一区分。他有这种能力。因为，实际上，他靠耳朵生活。他依靠声音做决定。他懂得各种鸟语，每种武器和人的声音。他的耳朵经过训练，可以分辨出阿拉伯字母的细微变化。他很清楚，如果他不记住这些声音，

他将无法生存。换句话说，他过得有点儿像一片森林。通过各种声音，他可以算出距离危险有多远，并借由它们知道人们的宿命。

听我说，他知道怎么给自己找乐子。在他面前放上一杯亚力酒，再来点可贝和薄荷，他就一直会乐在其中，还会感染你……和他待上一晚，亲眼去看一看。看看他会怎么试探你！估计你会将自己原本绝不会犯的罪全都犯上一遍，就像喝水和呼吸一样毫不费力。不用害怕早晨的到来，因为你是怎么也找不到他的。因为这个原因，你会想再试一次。你会告诉自己，你要带着恨和爱再尝试一把，想着“或许这次他会留下来”。可惜那只是你自欺欺人而已。他是最大的骗子。没有什么可以制得住他。

他有办法让你开口。他会让你说出所有准备烂在心里的事，让你的真心话从嘴里源源不断地吐出。正因如此，每次你都会焕然一新。没错，他是会告诉你一些故事，可他会从你那里套出更多。他一开口便没完没了，但你会精疲力尽。当你看到了自己的内心深处，你就会明白自己真的和他在一起。去吧，试着将目光转移到别人那儿去。可那不管用。你还是会回来。一旦你看清了自己的内心世界，你便成了自己的囚徒。你希望他再给你讲故事，这样你就可以忘却自己的内心。所以，你开始聆听。如今，能让你忘记自我

的，便只有他的故事了。你将总是希望在他面前看起来更漂亮，总是害怕他会不喜欢你。这将使你一直发生改变。

他总是把“雅呢”挂在嘴边，甚至是在不需要的时候。如果你问为什么，那是因为他觉得人们都不理解他。不停地重复“雅呢”是为了阐述他想要表达的核心意思。他的故事很复杂，加上你并未参与其中，所以他认为你不会懂。只要你试着去复述他的故事，它们就会失去光彩。你做不到的。

他总是说“我忘了”“我不知道”。然而，实际上，他什么都记得，这个流氓！他任何一件事都不会忘记。不过他知道人们没有时间，所以他也就没有把他要说的都说出来。他什么都记得，可他为什么要说出来呢？这么做有什么好处？“故事还没有结束呢。”他只会这么说。

他的气味是大家爱讨论的一个话题。而事实上，他身上有人的味道，只有人的味道，而不是别的什么。因为他跟我们所有人一样，只不过他比我们更漂亮。除了我们，他没有别人了，可他却根本不在乎我们中的任何一个人。他就像一个19岁的小伙子，撞到我们的肩膀，就那么走过去了。但我可以告诉你，他的实际年龄比我

们所有人都要大。

要是你问他有什么好的，估计没一个人能说得上来。就让我来告诉你吧。他总是给你一种背着你偷偷做了些事的感觉。而那也是大家对他痴迷的原因。因为他不找你你便无法找到他，你只能干坐着，猜他正在做什么。看不到他的时候，你会担心，会生气，可当他来找你的时候，你又会为自己再次深深地爱上他而大吃一惊，为自己怒火的烟消云散而讶异。和他在一起的时候，你会爱自己和他在一起时的那种柔弱。你会爱上他和你口沫交缠的时刻，他为你种下疫苗，让你变得和他一样。

他喜怒无常。当他大发脾气的时候，赶紧逃到地下庇护所里去。而他心情好的时候，不妨和他一起去滨海大道走走，在那儿，他会对着大海一口一口地抽着水烟，好像他并没有造成什么大破坏似的。他已抽得神志恍惚。否则，他会受不了自己。他会彻夜难眠。

他这个人长得又黑又瘦，为人热情，还有一头卷发。看着他，你会觉得他和什么都不像。直到他也看着你。一直望进你的眼睛里。那眼神仿佛在说，他从来没有像爱你那样爱过别人。他会神色哀怨地凝视着你，仿佛他一直在那儿等着你，要把自己的一切都送

给你，完全不在意明天会怎样……他会深深地触动你的心，让你开口说出："我竟不知我的心里还有这么一块地儿。"他会等着你打开心扉。这样，他就可以看着你脱下衣服，可以爱抚你，一直到腋下。这样他就能狠狠咬你那里了。切记不要太忘情了。因为那双眼睛以后绝不会再那么看着你。除非他自己愿意。而到那个时候，也不过是因为他又想看你的身体了，仅此而已。到那时，你要做的就是让自己重新振作起来。就是，脱光，抱紧自己；再脱光，再抱紧自己。他就是这样狠狠地摧残着人们。你会永远沉溺其中，不希望它结束。

你问为什么？因为我们内心深处有这么一个地方。我们想要迷失其中。忘记他说的话，我们想要的是牺牲自己。我们要痛着那痛，快乐着那快乐，投身到一场战斗中，成为故事的一部分。不然，我们自己都会受不了自己。而他是唯一一个知道我们心里那个地方的人，那个卑贱的盗命贼！

事实上，他早已支离破碎。他的心里全是玻璃碎片。这也是为什么有时候他看起来就像个万花筒，让你怎么看也看不够的原因。不过，那一张张色彩斑斓的图片之所以能形成，全是那些玻璃碎片互相碰撞、将彼此撞成碎片的结果。每破碎一次都会让他流一次

血。若是你认真地看一看，他其实是一个流着血的万花筒。因为每次那些玻璃碎片裂开，他的内心也会被割伤。

不过，至今还没有人知道，为什么他还要一次次地为自己打造出新的玻璃世界，仿佛什么也没有发生过，好像他不会再次破碎似的。或许，那是他可以忘却的唯一方法吧。为了记住自己是谁，他必须要忘记什么。别拿你的那些问题去烦他，他正努力地忘掉他所记得的一切。

他还不停地抽烟。估计他这辈子也戒不了。人们都说是因为他并不怎么把死当回事，但事实并非如此。其实他只是不知道该用那双手做些什么。要是他放任自己的双手，松懈了，停下来了，他就会堕落。所以，他只能不停地做着些动作。坐下来的时候，他会抖着自己的双膝；走路的时候，他会拨弄着那头乱发，把它绕在手指上，缠成一团。因为一旦松懈，他便会崩溃。

很多人都认识他，可他却不拥有他们中的任何一个。他是完全孤立的。似乎每个人都在想，换在另一个地方、另一个时代，他也许会是一个好人。但现实的情况就是这样，大家似乎都喜欢认为他总有一天会安定下来，虽然他们很清楚，这样会要了他的命……大

家都爱他身上他们自身经历过的体验。你去问一问，每个人都会告诉你，他们和他一起经历过了人生中最重要的时刻。因为他会带你远离俗世的所有人和事，让你面对自己。只有这样，你才会知道自己想要什么。他会让你对自己坦诚。

他就在我们当中，就好像和我们生活在一起，不过……如果你问他在哪里，没有人能告诉你。我们心中都有一个神往的地方。每当我们想起他的名字，说出“贝鲁特”的时候，那个地方就会隐隐刺痛。现在，让我们回到开头，再次解读他。因为，他甚至不是一个人，可是在我们当中，他却是最有生命力的那个。

16

在去伦敦的火车上，丹妮丝的座位背对火车前进的方向。

树木、田野、唐奇、她认识的人、书、笑容、崔波西小姐，她在牛津度过的所有时光都在缩小、消失，似被吸入车厢的最后一扇车窗里。随着记忆的画面被一一吞噬，丹妮丝感到身体里注满了新的活力。她只往手提箱里打包了四条低腰裤[①]、几条棉内裤、从旅馆拿的几小瓶洗发香波和她已经写完的几章学位论文，而现在，她觉得自己这般轻装简行未尝不可。

待到她在帕丁顿火车站下车时，距离去巴黎的火车到站还有好几个小时。于是她去了圣詹姆斯公园，在被围栏圈起来的、四周标示着“禁止喂养野生动物”的人造湖边的人群中吃掉了她的帕尼

① 译注：此处指sagging的穿法，即穿着裤子低于腰间，露出底裤。此着法源于美国的监狱，由于囚犯不得穿腰带，以致过松的裤子悬于耻骨以下。至20世纪90年代被嘻哈文化所推崇，并开始流行起来。

尼[1]，时间漫长得没有止境。

天空突然传来一阵轰隆声。接着有炸弹飞落、飞机飞过，机关枪发出嗒嗒的响声：“皇家空军英勇抗击恐怖……”

鱼儿被惊得四散逃窜，但当它们听到麦克风里传来男人的声音时又都僵住了：“菲利普，我的朋友，我得告诉你多少次！请把飞机的音量调低一点儿！这些该死的飞机发出的声音跟地震似的……”

他们正在丹妮丝的正背后一个巨大的帐篷下进行军事演习。男人对着麦克风清了清喉咙，那声音使整座公园为之震动。“我们飞行员的英勇……”

当播音员再次口吐噪音时，鱼儿们瞅着丹妮丝，好似在召唤她跟它们逃去湖的另一边，并因她没有加入它们而恼火。它们那么恨她，是因为她没有把自己的帕尼尼分它们一点儿吗？还是因为她没有和它们一起待在湖里？它们怨愤的目光就是那样的。蓄着一股黑暗的、沉默的、浑浊泥泞的愤怒。

“白痴！该死的白痴！”

坐在隔壁长凳上的老男人愤怒地舔着他喷到自己噘起双唇上的唾沫，把自己埋进外套里。他把自己布满血管的酒糟鼻缩进衣领，把手插进口袋，就像一个跟比自己大的孩子闹别扭的小男孩。丹

① 意大利帕尼尼三明治。

妮丝局促地笑了，因为不清楚这个老人的怒气是针对这哄哄的场面的，还是针对“恐怖分子”的，她继续看着那些鱼儿。

“菲利普！嘿，我在叫你！我们在这里需要一个爆炸声。你认为呢？我说那肯定很激动人心！是的，就在这里。也来点儿音乐。”

一阵短暂的骚动后，他们调整了军用飞机上的音量、音乐和炮弹爆炸声，现在这些声音混合在一起，听起来就像一阵轻柔的雨声。接着，扬声器里又响起了刺耳的声音：“今天，我们在这里庆祝皇家空军为阿富汗和伊拉克战场上的多国联军作出的卓越贡献……”

每一次，演习似乎快完结的时候，菲利普和他拿着麦克风的朋友便下定决心要完善他们的杰作，又从头再来一次，飞机在飞，炮声四起，声音起起落落。老人看着丹妮丝寻求赞同，又诅咒了几声。她这才明白他的愤怒不是针对恐怖分子，而是针对“这些白痴”的。丹妮丝加深了笑意，以此确认两条长凳间的政治联盟。

扬声器里的声音每次变大的时候，人造湖里的鱼儿便四散开去，而当声音停止的时候，它们就又都像家犬一样朝岸边冲来，浮出水面盯着丹妮丝。她可以把帕尼尼扔进湖里吗？如果不能，那她怎么敢那样耽误它们！

它们的眼睛那么大，那么吓人，就好像它们是刚受到诅咒而

被扔进这个人造湖里的人一般。它们游至水面，目光直透丹妮丝；然后，眼神里带着会再回来的威胁，转动着身体，又回到了湖底深处。其中一条鱼肯定是觉得自己为了一片帕尼尼等那么长时间不值得，于是用尾巴拍打着水面以示不满。有几滴水溅到了丹妮丝的裤子上；这一幕若被人看见了，没准儿对方会认为那条愤怒的鱼儿是在冲她吐口水。绿色的湖水看上去像愤怒的黏痰。丹妮丝是一条鱼，那她怎么敢那样站在湖外背叛它们？她最终把帕尼尼藏到了自己的手提包里。单一个帕尼尼可无法满足怒气冲天的饥饿。

“他们在扮演士兵。”老人尖声说。

一对在他们身后推婴儿推车的夫妇绕着老人所坐的长凳转了个大圈。他从衣服里袋里掏出一包烟，递给丹妮丝一根。

“当然了，玩这些战争游戏不会伤人一根汗毛！”他说话的时候整张脸变得生动起来。“狗娘养的，年轻的小姐，他们就是一群狗娘养的！抱歉，但这会儿我必须找个人倾诉倾诉。真正打仗的时候，甚至是你肠子在自己身前发出的声音都比这个响。”

他们肩并肩坐在一起抽着烟，好像在结盟。

“而且不管怎么样，战争和英雄主义有个屁关系！他们付钱给士兵，叫他们干什么就干什么。该死的美国佬！他们把战争变成了一场该死的摔跤比赛。到处都是爆炸声，但实际上什么都没有改变。他们把我们拖进了这个烂摊子里。我们的脖子都快埋到血腥的

中东粪坑了，南方，小姐，南方非常危险。”

鱼儿又靠近水面。它们用恶魔般的眼睛盯牢丹妮丝。它们瞄都没瞄那个男人一眼，好像反正他都只是个陌生人，但丹妮丝是它们一条战线上的，却当了逃兵。它们眯起眼睛，好像在等着听丹妮丝要怎么回应那个老人。

“这是一场非常危险的战争，年轻的小姐。一方是没有什么可失去的人们；另一方，我们有的只是这些小丑。”他停下来吸了半口气接着说，“你是从哪里来的？”

“牛津……好吧……实际上是伊斯坦布尔。”

“啊——”老人把头向后偏了偏，似乎在掂量丹妮丝能否承受他将要说的话。

“那你就正是从那里来的喽。从它的正中心！多可怕！非常抱歉这么说，年轻的小姐，但伊斯坦布尔的确是个非常可怕的地方。”

“你说得没错。”丹妮丝说。

老人放松下来，继续说：“那么你会懂我的意思。这些大猩猩根本不知道自己在玩儿什么把戏。年轻的小姐，我由衷地相信自己说的话，那些人将会把他们的家人带到这里来，他们会涌入我们的公园和其他一切地方。他们会抢劫我们的商店，夺走我们的面包。我对你发誓，当那发生时如果我还活着，我会让他们杀了我算了。首

先，因为我已经活得足够长了；其次，因为我也对这些小丑的罪行有责任。很快，你就会看到，他们会建起一堵墙。哈哈哈……”他带着新发现某件事的兴奋望着丹妮丝，“这堵墙有可能经过伊斯坦布尔。所以那些饥饿如狂的、蓄着胡须的、狂热极端的畜生就不能到这里来了。但那无济于事，他们始终会来的。如果你是个男人，你就会明白，年轻的小姐。战斗只有一条规则：谁更愤怒，谁就赢。”

岸边的鱼儿突然激增。好像有人终于记起了被遗忘在这个孤独的湖里的它们的名字，它们终于发现了一线消除诅咒，进而逃生的希望，集聚在丹妮丝和老人的脚边。它们实在是太多了，挤得喘不过气来，好像要把彼此给溺死。它们的嘴在水里围成了一个小圈，好像它们中的一些在试着给过路人发送信号。它们慢慢地从岸边离去，然后又飞快地转回来加入那异常令人伤脑筋的团结一致。似乎它们随时都会变得怒不可遏，身体上会长出腿来，会离开那个湖，走上岸，控制这座公园，夺取面包，喂饱自己饥肠辘辘的肚皮。

“抱歉，你多大了，年轻的小姐？我的意思是，你肯定和我的儿子差不多大。”

他们第一次看向了彼此。

“他现在人在伊拉克。”男人的脸从愤怒的青年变成了支离破碎的老人。“他给人包扎伤口以寻求安慰。”

“他具体做什么？”

丹妮丝靠在长凳上，手搭在额头。悲伤把这个老人变成了一个女人，而丹妮丝则被变成了一个小妹妹。

他把烟转到嘴角，从衣服里袋内掏出一张一次性成像照片，神情骄傲，好像要给她看一幅他的杰作。时间如发黄的癌，已经吞噬了照片的边角。

军事演习又开始了。麦克风倒了，战争如一声巨响，“砰”的一声在他们背后爆发了。他们跳起来，好似一颗炸弹爆炸了，使得照片中的年轻人不住地抖动。

“不，菲利普！视频得在演习一开始就打开。你为什么就是不明白？一切都必须同步。音乐、播报、音响和士兵的影像！噢，我的天哪！”

男人的脸因吵闹声变得一片空白，而在他低头看照片时又重新注满了故事。他把照片递给丹妮丝，好像他给她的是自己的一瓣心。

一个二十八九岁、有着一头金色卷发的年轻男子骄傲地站在一辆吉普车前，好像站在世界的中央。他两条腿如两根细枝般从短裤下伸出来。一只手扭在背后；另一只手做出胜利的姿势。脖子上围着一条肮脏的阿拉伯人头巾。他的脸被烧伤了，结了痂，但他还是在试着微笑。甚至从这张褪色的一次性成像的照片上也能一眼就清楚地看出，只有第一次见到现实种子的人才会露出他那破裂的微

笑。他的脸是扭曲的。不是因为筋疲力尽——他肯定经历了其他事情。看他的神情就知道他已经达到了自己的极限。

“很帅气，”丹妮丝说，“他看起来很累的样子。”

“他名叫马克西姆。他和无国界医生组织去了巴格达……他在以不参加作战的方式了解战争。”

老人的叹息被他们身后传来的吵闹声驱散了。从麦克风里传来的是轻笑声，而不是飞机的声音，演习显然接近尾声。当电影《洛奇》的主题曲《老虎的眼睛》开始响起，对着麦克风的男人哈哈大笑起来：“哈哈哈，好啦，菲利普，别到处玩儿了，我们赶紧结束。”

“该死的娘娘腔。”老人骂道。这一次不是吼叫，他的声音嘶哑破碎。

“马克西姆，我那傻儿子，他之所以去那里是因为他受够了这种事情，受够了这里人的愚蠢行为……但你知道的，这个世界里的男人不会再被抚养成男人。这些小丑是以不让他们成为男人的方式而被抚养长大的。这就是为什么我们的女人这么命苦。相信我。欧洲的女人实在可悲，因为这里没有真正的男人。”

丹妮丝选择不予置评，转而去看照片。“你儿子在做的事非常重要，先生。他没有参加战斗……”

“对不起，年轻的小姐，但你不明白。当我们的金发男孩在像

娘娘腔一样包扎伤口的时候，那些留胡子的浑蛋却在殊死搏斗，在蜕变成真正的男子汉。这就是为什么他们的女人是幸福的。我告诉你。她们披着黑布，在沙漠里臭不可闻，但她们是幸福的。接受事实吧；女人喜欢和猎人在一起。无论你接不接受，反正情况就是这样。没有哪个女人会爱上农民。我们这里不男不女的男人都只不过是农民而已。”

演习结束了。两人回头一看。三个男人，其中一个很有可能是菲利普，另一个拿着麦克风的则是刚从噪音中走出来的那个。

“该死的半吊子魔法师。”老人开口骂道，但没有把话说完。

一条鱼的嘴冒出了水面，碰到湖岸，丹妮丝指给老人看。

“真见鬼，连这条小鱼都这么厚颜无耻，”他说，“很快，为了保护自己不受它们的攻击，我们也得带上枪了。”

当丹妮丝站起来，从手提包里拿出那块三明治扔进水里时，湖里出现了一阵可怕的响动；鱼儿像是要吞食彼此而不是面包。其中一个似是定住了，一动不动。饥饿使得它比其他鱼更愤怒。当丹妮丝回头看时，老人已经走了。

在去巴黎的火车上，她才意识到自己把手提箱落在了圣詹姆斯公园。在车站邮筒那里贴好给妹妹的信后，她准备出发了，身无一物，孑然一身。

1982年8月21日，沙提拉难民营

我亲爱的可贝菲丽宾娜：

一个女人的脖子是她最长的句子。一个拉长的、虽无声却又像是在诉说的雪白的句子。我会把你母亲脖子的故事讲给你听。某天晚上，她的脖子是怎样因她手握的卡拉什尼科夫冲锋枪而颤动的；她引颈靠向我的第一次；还有她用白嫩的脖子向我作出一个承诺，并要我回她一个承诺的那个早上……我真该把你母亲脖子的故事在日记里记下来。

随着你母亲的肚子越来越大，她唯一渴望的便是生活。我也和她一样变得越来越无所畏惧；我们不停地推开战争。我们用好好活着来抵抗死亡。那就是我们的暴力反抗运动！一场两个人的暴力反抗运动。当然了，如果算上你，那就是三个人。你在你母亲的子宫里也在进行着一场小得可怜的暴力反抗运动。

你母亲想去看海。“不是去海滨大道，而是去很远的地方。”我借来阿布·纳吉的小汽车。自从被一颗手榴弹击中后，这辆车的后

备箱便如一朵康乃馨般盛放，随后变得破烂不堪，但它还开得动。于是，我们去了。一出发，你妈妈就开始向我发问。关于我，关于我的童年。她似乎并不想知道什么具体的事情，她只是看着我的脸，听着我的声音。她对我的爱那么深，以至于我能感觉到她在用双眼爱抚我的脸颊。正因为此，我在和她说话的时候变得更英俊了。

她问我小的时候是怎么追“firri”鸟的。

……我不知道“firri”英语怎么说……不管怎么样，它那么鲁莽，也许不值得有个英文名……

我是怎么抓青蛙的。

……它们当然可以被抓住，这你知道吧？你只要在鱼钩上系上一片面包，把它放在树叶上。青蛙跳到树叶上，嘴巴被鱼钩钩住的时候它就会跳。这个时候一个朋友就得跑去它跳下的地方抓住它，割断它的脖子。

我在学校是怎么挨打的……

……那些狗娘养的！他们偷袭我。但那场架打得十分漂亮。我像个男子汉一样接受了挑衅，也像个男子汉一样站起来回家……

那是五月初。橙花开始凋零的季节。我们一离开贝鲁特就被那慵懒的香气所陶醉。我们似乎身处异国。处在黎巴嫩的奇景中。她止不住地笑，而我则不停地给她讲好笑的故事。

“你知道吗？有那么一个男的……我对他好奇得不得了。”

“哪个男的？”

我大笑地望着她。从未见过哪个女人的眼里能释放出那么多爱意。我握住了她的手。

“一个很奇怪的男人。我不记得是哪一年了，好像是1975年。就是战争开始的时候。到处都是炮弹爆炸、街斗那些事情。不管情况有多糟……这个男人都坚持在《每日星报》上刊登这么一则广告：‘我把我的狗在哈姆拉弄丢了。一只德国牧羊犬。如发现，请拨打这个号码。’更多的爆炸，更多的战斗。几天后：‘我把我的狗在哈姆拉弄丢了。一只德国牧羊犬。他名叫法赫德，你叫他，他也许会回应。’战争继续，这次那个男人登的广告是这样的：‘我把我的狗在哈姆拉弄丢了。一只德国牧羊犬。他名叫法赫德，你叫他，他也许会回应。他耳朵一只下垂，一只直竖。’不知道为什么，每次想到这个男人我都会发笑。”

“你说话的时候像个孩子，”你妈妈说，“每当你要说什么，还没说自己就先激动得不得了。眼睛睁得像灯笼那么大。”

我捏了捏她的手。这一刻如此美妙，为了能让它多停留片刻，我故意盯着路面，假装没有什么特别的。你母亲注视着我，我享受她的凝视。接着，我们经过几块香蕉地，我想起了另一件有趣的事。好像我心里藏着的所有美好的事情都在从里往外冒。

“你知道吗，香蕉生长的时候会发出一种声音。”

“真的吗？什么声音？”

“就是一种声音而已。刚开始，香蕉就像一只手指并拢的手。随着它们的生长，手指会慢慢分开，会发出一种声音。如果你在八月经过一片香蕉地，如果那里没有其他声音，你会听到……”

“像什么样的？”

“哧哧——哧哧——哧哧——”

“你在骗我。”

“我为什么要骗你，小姐？香蕉的声音就是黎巴嫩的一种现实！”

“你想要我。”

“天哪！你为什么不相信我呢？”

“那证明给我看！”

“我现在怎么证明？那声音要到八月才能听到呢。”

“那到时候你再证明给我看。”

“没问题，小姐，我保证。等孩子生下来，八月的某个晚上，我会带你到这里来，你就会听到。行了吧？”

我们像小孩子一样向彼此承诺，用我们的双唇封住了这个誓言。在接下来的几天里，我听到她四处向营地里的人打听关于香蕉的声音。她问的那些人觉察到了一个笑话正在酝酿中，于是他们逗她。

“它们听起来像阿布·阿卜杜枪发出的声音。会让你坐不住。”

“不，不。它们听起来像AK47-S突击步枪发出的声音！”

“好吧，它们听起来有点儿像阿布·阿卜杜的声音，也有点儿像AK47-S的。你得听了才知道。”

我觉得是荷尔蒙使得她对香蕉的声音那么着迷。她让我承诺了三次。

“我们八月去！”

“好的，小姐，我们去。我保证！”

时间过得飞快，你出生了。我亲手给你接生的。我这么做是为了一个原因，菲丽宾娜，那就是为了看那一滴泪。当女人生孩子的时候，当孩子彻底从她们身体里挣脱出来的时候，她们都会落下一滴泪。那滴泪伴随着她的笑声在她的眼中凝结。你得仔细看，否则就会错过。因为它一旦离开了她的眼睛，它就会迅速流到一旁，消失在她的发丝中。我想亲吻、啜饮掉那滴泪，喝掉从无上喜悦之肉体中流出的水。我真这么做了。我这么做的时候一手抱着你。

你母亲的脖子开始散发出母亲的味道。你一到来，她脖子上的香气就改变了。改变的还有她的站姿。我解释不太清楚，但她站立的样子就好像她找到了自己的力量中心。她两只脚站在地上。这种情况只在女人生过孩子后才会发生。那不像是完成了什么事情。更像是她们找到了自身的平衡，找到了她们在世界上的位置。她们像是对每一个人都怀抱着一丝母爱，那就是为什么在男人看来，她们

如此坚强的原因。

你一出生，嘴唇便鲜红如血。人们总是惊叹于婴儿的小手，但你最引人注目的却是你的嘴唇。你被打成捆，从一个人手里传到另一个人手里。阿布·纳吉为庆祝你的到来，站在他的屋顶上发射了几轮子弹。

你哭了。刚开始声音很细，但后来大得让我们吃不消。你妈妈思乡情切，给你取了她故乡的名字。我则给了你我的眼睛：棕色的、巴勒斯坦人的眼睛！

你母亲累了，她感到窒息。一天，她想出去透透气。她决定去给自己的女儿买一套像样的衣服。而实际上，她只是想出去走一走而已。她离开了营地，计划去塔里克·艾尔–杰迪代街，去“法卡尼之地”，为你买几件婴儿服装。她去了。

他们把她带回来的时候，她的脖子血肉模糊。那天是1981年7月17日，以色列飞机射杀了你母亲。比起其他一切，我最想做的是搂住她的脖子。而她甚至都没有留下脖子能让我附在上面哭泣，并让我埋葬。你的母亲寂寂无声，因为她是被子弹射穿脖子而死的。

让我告诉你那是什么样的感受，菲丽宾娜。等你长大些，看着太阳的时候，你就会明白。那感觉就像眼里还残留着一缕阳光，像太阳一样的大小和形状。你母亲就像留在我眼里的一缕阳光。当我

闭上眼睛时，它就在我眼睑后跳动。当我睁开眼睛时，它则像个反复无常、带点儿黑色的紫斑点，随着我眼球的每一个动作转动。我不想让它消失。我想让自己所见的一切都带上一个带着黑点儿的紫色伤口。否则，就如我们在战争中失去的其他一切一样，她会像是从来不曾存在过。你母亲是我身体里的一缕阳光，我亲爱的可贝，她从来都不曾远去。

菲丽宾娜，在我和你母亲在一起的时间里我只向她做过一个承诺。只有一个。我会在八月带她去香蕉地。她将会听到香蕉的声音。咻咻——咻咻——咻咻——当我想到她会有多幸福、多惊奇时……这就是为什么我要把你送走的原因，菲丽宾娜。因为这场战争使得我们连一个承诺都守不住。我要把你送走，因为我甚至不能保证能让你好好活着。那不是香蕉的声音。也许某一天……谁知道呢……某个八月的夜晚，当你长大的时候……

永远不要忘记，菲丽宾娜。你是在黎巴嫩出生的，在战争的中心。你的贝鲁特散发着橙花的香气；其中一堵墙被粉刷成了白色；它的房子好似在跳着狄布开舞；这里的人们依靠着彼此，就像永不坍塌的房屋。在你的黎巴嫩，只有香蕉的低语。

再见了。

你的父亲，哈姆扎医生

于贝鲁特，沙提拉难民营

卷二　我们

01

2006年6月末的早上，贝鲁特一切如常。政府声称叙利亚在黎巴嫩境内建立了军事基地，并警告说这是战争基地；社会进步党和德鲁兹派[①]领袖瓦立德·琼布拉特欢迎叙利亚的穆斯林兄弟会代表到访他的府邸；在长枪党领袖萨米尔·贾贾家里，亲西方的执政党“三一四”同盟党恢复了长枪党和真主党之间的信任；真主党领袖纳斯鲁拉在一场招待会上宣布伊朗只会为了黎巴嫩好，暗讽哈里里关于沙特阿拉伯的发言；联合国发布1559号决定，向真主党施压，迫其解除武装；为了把亲叙利亚的拉胡德总统[②]在任职结束前赶下台，形成了各种政治联盟；自从1982年以色列入侵黎巴嫩以来，哈马斯[③]抗议巴勒斯坦解放组织在贝鲁特设立第一个代表办事处；公营

---

① 译注：源自伊斯兰教什叶派的独立教派，受基督教和诺斯底主义影响。
② 译注：Émile Lahoud（1936— ），1998—2007年担任黎巴嫩总统。
③ 译注：巴勒斯坦伊斯兰激进组织，反对与以色列实现和平，已开始与较温和的巴勒斯坦解放组织发生冲突。

部门的雇员罢工抗议一条将他们变成了合同工的法律；真主党的裁军令阻止了两个派别所主张的“国家安全战略”和“民主化”进行合作，反而滋生了反民主态度，因为这座城市的一部分人认为中东正坐在美国的大腿上。

人人都盯着黎巴嫩南部以色列边境的紧张局势，随时等待战争的爆发。与此同时，大家都想当然地以为贝鲁特那年夏天的旅游业会大爆炸，以至于伊万娜·特朗普[①]和沙特人宣布，他们计划建立伊万娜·特朗普公寓；而没有足够房间招待所有波斯湾阿拉伯人的凤凰酒店则早早开始接受预订。贝鲁特，因为没有时间好好清洗一番而变得一团糟，不得不像一直以来的那样用手纸擦拭自己。

与此同时，原本不打算开出租车的人会突然改变主意，开车去哈姆拉街，从一些顾客那里收取“服务费[②]”，从另一些人那里则收取“双倍的服务费”。

在世界的其他地方肯定有更为重要的事情发生，但在这里，老年人在去咖啡馆的路上，会在出租车前停下来，往车里瞄瞄，看看里面有没有自己的老相识，手里拿着已经读过的报纸，等着朋友和

① 译注：1949年2月20日出生于布拉格南部的小镇。纽约交际明星。
② 面包车费。

熟人来高谈政治。所谓政治，于他们就只有贝鲁特而已。这就是中东的诅咒：它诅咒不理解它的外来者，也诅咒那抱有幻想、觉得世界上的其他一切都无关紧要的内部人。人人都准备好了发言辞，他们会一直谈到中午。那些老人早上起来的第一件事就是心痒痒地去找人聊聊，就好像累积的言语要把他们的肠子给撑破了。

那天早上，贝鲁特咖啡馆里的每一个人都是用手交谈的。他们的头发已被岁月染成风霜，变得稀稀落落，双手随着吐出的每一个字移动着，颇有电台发言人的风范。手指握紧又松开、卷起、停下来发问，在他们陈述具有说服力的回答时则爱抚着空气，最后，慢慢地，他们低下身子，坐在了桌旁。随着一个人的手放下，桌对面的手便开始骚动，从桌上提起，手掌向上，在空气中画几条线来摆出一个问题，把拇指和食指合拢来阐述一个观点，最后将手放在其他人的手上已结束自己的陈词。现在，两双手都沉默了。一只手伸去拿一包烟，并把一根烟递给另一只手，邀请它接着讲。他们的手只在女服务生经过时才稍事休息；他们等着女服务生把他们的杯子放在桌上，然后把他们年老的温暖放在这个年轻女人的手上。女服务生因为老人的年纪并不感到威胁，于是咯咯笑着回应他们讨好她的笑话，而那苍老的手这时才能享受片刻年轻女人的鲜嫩。

巴卜达总统府没有派特使来听取咖啡馆顾客的意见，于是在他们讨论完报纸上的所有文章后，在令人肃然起敬的沉默中，苍老的

手在餐桌上集合了，它们的主人看着漂亮的翘臀从身边走过，等着看哈姆拉街上不可避免的撞车。每天早上，在确认那天战争不会爆发后，那些手最终被没精打采地摆弄成了填字谜。

贝鲁特是这样一个地方：尽管一个非贝鲁特读者不能真正懂它，但不管怎么样，它对这个故事也并不真正重要；而对贝鲁特读者来说，他们已经知晓了这一切。

那个星期天的早上，当人们刚翻开填字游戏时，菲丽宾娜正途经哈姆拉街的马鼻餐馆。在任何报纸、小说、电视节目或纪录片中都没有被提到过的菲丽宾娜，不能理解城里人在说什么，除非它碰巧是在阿拉伯课堂上学过词语中的一个，她已经上了三周的课了。但那天早上，在阿什拉菲赫新城区，有件事会发生在菲丽宾娜身上——这个对贝鲁特一无所知、也不被贝鲁特所知的女人，这将改变这座城市的命运。

城市依然宁静，静得两只鸽子振翅的声音好似人的心跳。自从这个女孩搬进这栋大楼后就一直是这样。马文听见了那两只鸽子做爱的声音，甚至是在它们没有做爱的时候，他也会产生这样的幻觉。他每天早上都和这两只鸽子一起起床。他像吃补药一样点燃了

第一根烟，然后朝大楼前走去，去感受风吹着他的湿发的感觉。他感到像个自由人，他感到比这座城市更强大。这天早上，在这一刻，他慢慢地爬上了楼梯。

但他看到了菲丽宾娜，他一看到她，一句怪话便从心头飘过：纯净的水从她脸上淌下。

换个时间，也许他会停下来静静地看着她，但这天早上，他是个强大的男人。

“Hamemeh①！”

当菲丽宾娜转过身来时，他说：“你在学阿拉伯语，对吗？他们就是这么说的。”

“Sabah al-hayr②。”菲丽宾娜嘟囔着，声音被新学的语言造成的迟疑给闷住了。她一开始学这门语言，它的神秘感就被破除了，它已经失去了魔力和音乐感，变成了枯燥的词语和语法。菲丽宾娜每认识到这一点就感到吃惊。

“早上好！我是马文，门房。”

沉默。

但今天早上马文是个强大的男人，如水般流畅，一个无可失去的男人，一个本能告诉自己正在做的是正确事情的男人，一个头发

① 译注：在阿拉伯语中，意为“感谢真主”。
② 译注：在阿拉伯语中，意为“早上好”。

湿漉漉的男人。“我小时候养过鸽子。”

菲丽宾娜转而去听他说话，她不知道自己的眼睛对于男人而言是多么有吸引力。

“不想让它们飞远，就要剪掉它们的翅膀。只剪掉一点点，雅呢。”他说。

“那你为什么现在不养了？”

他的脸因高兴而变得通红。“因为没有人会把自家闺女交给一个养鸟的！我还是个光棍。”

沉默。

马文的声音攀上了一座小山，他知道如果他停下来，声音就会从山上滚下来。“人们不相信养鸟的人说的任何话。”

“为什么不？”

她的声音变得平稳了，他吸了口气。“一个人连鸟都会骗，那他是不可能有真话的。他们是这么说的，雅呢。在我的故乡……我是叙利亚人……养鸟的甚至连当证人的资格都没有。”

菲丽宾娜咯咯笑了。一朵花在马文心中怒放，像是意识到这是一个好兆头。他们都吸了口气。

“就像这样，雅呢，如果你有鸽子，那你的任务就是把其他人的鸽子给骗过来。你会派自己的鸽子把别人屋顶的鸽子引诱下来，把它们据为己有。”

"但它们是怎么办到的？"

"和人使的招数没什么两样。"

另一种沉默。菲丽宾娜看着马文，好像他的面孔后面藏着美好的东西。随后，一件美好的事情便在那里盛开了。

当时周围没有人，所以没有人写下这个故事。应该写下这个故事的人，这栋公寓楼的一个住户，此刻却在另一座城市。于是菲丽宾娜像所有中东小说中的英雄一样，孤独地生活在自己的故事里，没有人看见，就好像她从来没有存在过。在如同贝鲁特这样的城市——每次被摧毁、被砸碎、被破坏、被重建都会默默哀叹一声"太糟糕了"的地方——发生的故事不会被展开，不会被书写，只会成为孤独的存在。

这样反而是最好的，因为如果那一刻阿什拉菲赫有一位作家或记者，来见证菲丽宾娜在哈姆拉街即将开始的改变人生的经历，如果有人在那里报道所闻，他们肯定不会去讲这个故事，而是给贝鲁特人的头脑塞满一百万个没有意义的、分散注意力的消遣，会写些他们自己没完没了的趣味生活，所以你绝不会有机会知道这个故

事。然而实际上，菲丽宾娜和阿什拉菲赫盖特维山顶上的这栋公寓楼里的住户在这个夏天经历了一些非常有意义的事情。但就如我们说过的，唯一愿意、并能够写下所有这一切的人此刻正经历着完全不一样的生活；他自己的人生似乎被蒙上了一层小说的意味。他很有可能是个更愿意活在当下而不是一直写作的作家，但他还没有意识到这一点。

02

“那就是我正在构思要写的。”

他盘腿坐在床上，话音里带着烟鬼的粗嗄，在床单上画着公寓楼的模样，并看着那一条条线随着自己抬起指甲而慢慢消失。他抬起头看，厌倦了谈它。“或像那样的故事。”

丹妮丝趴在床上，观察着他的指甲在床单的质地上留下的一个个小洞。

他们在巴黎的一栋大楼里，这些大楼好像在吞噬彼此的时候惊呆了，如若其中一栋大楼松开下巴，它们就会全部失去抓力而散开似的。朝街的房间散发着廉价毛毯和空气清洗剂的气味，这是风光不再的酒店里最糟糕的房间。在这家酒店的鼎盛时期，这个房间曾接待过衣服上镶着闪光片和身着塔夫绸的贵宾，但现在，这里只有身着尼龙和麻纱的顾客光顾，这种情况已经有一段时间了。在床上经过一轮漫长的做爱和一场更漫长的对话后，他们在床上暂时沉默

了。两人都打量着床中间那个小木箱。箱子里装着小鹅卵石，上面用绿色的墨水潦草地写着一些阿拉伯人的名字。

丹妮丝开始玩那些鹅卵石。她从箱子里拿出一个，把它放进了在床单上勾画的大楼里。“这个是谁？”她问。

“哈姆扎医生。”

“他怎么了？”

“你是问哈姆扎医生？”他一根暗色的手指落在那块鹅卵石上，拨弄着它。他开口了，但说话的好像是那块鹅卵石，他只不过是在重复它的话似的。“他在把菲丽宾娜送去马尼拉后就死了。在沙提拉大屠杀中。”

“接着讲！”

丹妮丝的脸看起来就像一个想改变故事结局的孩子。这使得他们俩都为之一笑。他温暖的手掌爱抚着她的脸颊，似是想要缓解她的焦虑。

“很傻，对不对？”

丹妮丝睁大眼睛，这一次像个不知道世界上还有坏事发生的小孩。“什么傻？”

“把一箱鹅卵石从贝鲁特搬到这里来的样子，雅呢。把所有人的名字都写在上面……我不知道，雅呢。”

“雅呢”随时都会在他的英文句子里蹦出来，就如藏在他舌

底、从中东偷运过来的种子，他在嘴里吐出最后一个“雅呢”的同时把双手向上一抛。

丹妮丝也学他把双手往上一抛，自己说了句“雅呢”来回答他的。

他们俩哈哈大笑。

“雅呢……我把它带来是为了不忘记。不是他们的名字，而是……雅呢……”

他们又笑了。

“小姐，你知道的。在我凄凉的国度，石头比人的命长。这就是为什么我从一开始就带着这些石头的原因。我不知道，但情况就是这样。它们能确保我不会忘记，我来自哪里，雅呢。”

丹妮丝把那些鹅卵石一块一块拿起，把它们放在床单上想象的大楼里。

马文……纳赛尔……阿伊莎……泽娜卜……哈迪……贾恩……瑟坦妮可……维萨姆……菲丽宾娜……

“你们那里人也玩这个游戏吗？”她问，“九子棋，就是‘九个石头’，你知道吗？”

“怎么可能不知道？”他兴奋地高声说，“我当然知道！”

他们惊叹于孩子们的游戏是如何跨越国界，秘密结成一个国际组织的，声音不由得放柔和了。

丹妮丝在床单上挪动着那些石头，问道：“你打算给它取什么名字？”

接着她对自己的问题笑了一阵。

“叫什么？”丹妮丝问，现在看起来像个倔强的孩子。

“你会讨厌的。”

“告诉我！”

他最终噘起嘴唇克制住了自己的笑，说：“香蕉的低语。”

他微笑着面对丹妮丝，等她笑完。他的脸不是在看她，而是在凝视着她之外的什么地方，好像那里隐藏着什么美好的事物。

“我告诉你。每个人都觉得这个名字很好笑。”

“但是为什么？雅呢，我明白为什么，是因为那几个字，雅呢。但，真正的原因是什么？”

“真正的原因更傻。”

“告诉我就好。”

“我不好意思告诉你。真的很伤感。”

丹妮丝睁大了双眼，抓着自己的膝盖吼道：“快告诉我！”

他的头低下去了。悲伤从他脸上蔓延。“因为我想有一天，在凄凉的贝鲁特，人们能听到的只有香蕉的低语。我想自己能够对某人作出这个承诺——对我自己。因为……我希望我们身处的噪音漩涡能停下来。我希望我们能停下来，哪怕只有片刻也好。你明白

吗？”

丹妮丝只能点头。在吐出所有问题后，她只剩下了一个棘手的问题。“那么，为什么是贝鲁特？”

“因为，丹妮丝，他们只容许我们中东人讲我们自己的故事，而不是其他。一个西方人可以去他们想去的任何国家，写关于它们的任何故事；一个美国人可以去贝鲁特，写关于它的故事；但一个阿富汗人，一个伊朗人，我不知道，我们所有人都是从混乱的国家里来的，我们不能写任何关于其他地方的事。”

“噢，好啦。你要写一个像贝鲁特这样无法描述的城市的真正理由是什么？”

“因为……也许是因为它不可描述。或，我不知道……贝鲁特是一个向往更好生活的梦想。是从尘埃里能诞生出一个巴黎的梦想。是有人能把我们当回事的梦想。是我们能过上正常生活的妄想——不，幻想。你知道吗，他们不停地在那里建玻璃大楼？贝鲁特意味着在不可能中不断地更新你的信仰。我相信这种愚蠢。因为如果你不冒风险，就不会有好故事。贝鲁特意味着承担犯傻的风险。雅呢！”

他们无言了一阵。两人都试图想出一句话或一个笑话来结束这份沉默，他们担心沉默得太久会让气氛变尴尬。

丹妮丝低头看着代表菲丽宾娜的那块鹅卵石，说：“它看上去就

像是菲丽宾娜。”

“我知道。”

“好啦，它不像！”

“你怎么知道？它看起来那么像……”

他们哈哈大笑。丹妮丝坐起来，用床单裹着胸。她把那些鹅卵石一个一个地放回到箱子里。最后手里只留下了菲丽宾娜。

“那么，将会有什么故事发生在她身上呢？最后，雅呢？”

他们俩都知道她问的其实不是这个，而是必定和他们俩相关的事情。

他的大地色手臂朝梳妆台伸去。抓住两根好彩香烟，同时点燃了，给了丹妮丝一根。他的眼神恢复了诡异的光彩，盛满了真实和虚构的故事，带着美丽和痛苦的词语，夹杂滑稽和残酷的玩笑。他吸了一口，然后在缭绕的烟雾后笑了。“我想，亲爱的丹妮丝，”他说，“只要在你身上会发生的，都会在她身上发生。”

他们望着彼此，吃吃地笑着，就像两人共享着什么肮脏的秘密。

“雅呢？”她问。

他们想忍住笑，都下定决心要等另一个人先笑，于是两人说“雅呢”的时候都哑着嗓子，他们的声音随着烟雾一起消散了。他们开始做爱时还在哈哈大笑。

在“雅呢”使得两人笑得这么厉害之前，在这个黑皮肤的男人

于巴黎旅馆的一张床中间、在一段一段做爱的间隙告诉丹妮丝他的书名叫“香蕉的低语”之前，在丹妮丝意识到他是唯一一个她想要向之打听世界命运的人之前，有太多故事还没讲。其中一个，便是梳妆台上这个神秘男人名片上的字母“B”的意思。

03

我们的作家不在贝鲁特，这对即将展开的故事至关重要，也将为他省去不少麻烦。如果有他在，那会有许多问题留待他处理。因为不仅这座城市的政治一如既往，这座城市的日常生活也一如既往。

街道清洁工作已经私营化，清洁工人——大部分是叙利亚人，穿着绿色的“索科林清洁公司”无袖套衫，戴着绿帽子，用巨大的垃圾夹无精打采地捡着这座城市没完没了的香烟头。戴着头巾的女人身穿运动套装和连帽大衣，走在海滨上，发出窸窸窣窣的声音，同时数着她们的念珠。在阿尔-罗达咖啡馆，一个下巴上有文身的老女人通过看额头线给人算命，打了肉毒杆菌毒素的女人一副惊呆了的表情，暗暗悼念自己的皱纹。上了年纪的女人绕着杰梅泽社区慢慢地溜达，用法语和彼此打着招呼。科莱特[1]，这个贝鲁特一度最

① 译注：科莱特（Colette Khouty，1935— ），叙利亚作家，作品以爱欲为主题，不断触及叙国禁忌话题。她也是第一任叙利亚驻黎巴嫩大使。

美的女人，依然穿着红鞋，牙间紧咬着一根粗雪茄，只不过她不再读占卜牌了。年轻的小伙子像往常一样在同样的街道上晃荡，新冒出来的脸毛让他们显得有些怪异。他们嘴里吆喝着“擦鞋啦！擦鞋啦！”，但凡看到穿凉鞋的游客便骂骂咧咧的。充斥着这座城市的建筑施工声足以传到全世界的耳朵里。游客从不厌倦这喧嚣，而是把它们视作中东的乐声。

一名来旅游观光的女孩所不知的是，在她走后，在她爱上这座城市以及它的一切后，在约一个小时四十五分钟的时间里，一个要饭的因她没有给他钱把口水吐到了她脸上，他的一些唾沫滑进了她嘴里，她连去买一瓶水的时间都没有。

手脚的指甲修得齐整的中年女人兜售着芝兰口香糖；孩子沿街叫卖彩票；秃顶的男人把所剩无几的头发染黑，穿着白鞋，坐在哈姆拉街安吉尔兄弟公司对面的一条长凳上，手里拿着一叠软塌塌的票据和现金，等人来兑换零钱：所有这些人都已抢占好地盘，即使街道依然空旷无人。两个斯里兰卡女人走过，嘴里抱怨着她们的“夫人”要她们剪掉头发，同时暗暗享受着男人被自己的长发所吸引的目光。男人们站在报摊前浏览当日的头条新闻，其专注程度不亚于忘记了星球名字的天文学家。尽管对折在报纸里面的内容了如指掌，他们还是在

口袋里摸索着千镑纸币[①]。又用疲惫的手在曼欧式[②]面包上撒着百里香。阿布·哈桑酒店的雇员搬下一箱箱稍后得不到彻底清洗的薄荷、萝卜和生菜。美甲师第750次上指甲油，这次颜色从浅到深。理发师则在斥责忘了给商店的塑料花拂尘的学徒。

在尤内咖啡馆，中年男子开玩笑地举着枪对着彼此的脑袋，他们以为那是玩具枪，但实际上却是真的。小型公共汽车里坐着赶去豪华酒店上班的年轻男女，他们上班时说着一口无可挑剔的法语和英语，而现在却用最地道的阿拉伯语咒骂拥堵的交通。司机和行人之间开始争论协商，闹哄哄的：有人尊重，也有人傲慢；有女性的柔弱，也有男性的气概；有妥协，也有愤怒的手势。军用吉普出现了，却被堵在了里面中，如同巨人的鳟鱼迷失在小鱼群中。司机袒露的胸部、长满毛的手腕上，金饰发出愤怒的碰撞声。与此同时，不停地说着好话，想从人群中挤过去、赶去市场的妈妈们则坚持对孩子们说英语或法语，只在责骂和惩罚他们的时候说阿拉伯语。

除此之外，墙上的海报贴了又撕。烟花表演的排演开始改在白天进行，好似爆裂声不会让城市居民联想到战争。无数的男人站在无数的店面前，设法就着棕色小塑料杯里的两口咖啡抽上至少三根烟。既然街道清理工作已经像其他一切事务一样私有化了，穿着绿色的“索

① 译注：1500黎巴嫩镑可兑换1美元。

② 一种柔软的圆形扁面包，有不同种配料，尤其是百里香，在黎巴嫩很流行。

科林清洁公司”无袖套衫，戴着绿色帽子的清洁工用庞大的垃圾夹无精打采地捡着各处的烟头，他们大部分都是叙利亚人。

当然，这些大部分都发生在工作日。周日，只有为这座城市的穷人提供服务的机构才继续营业。斯里兰卡家庭佣工购买斯里兰卡制造的仿冒珠宝，菲律宾的家庭佣工则购买菲律宾制造的仿冒袜子，埃塞俄比亚的女人试穿着中国制造的仿冒牛仔裤。这些为了生存拼命干活的女人为给自己买了这些便宜的小东西而感到内疚。在周日晚上，她们在哈姆拉街上晃荡，自豪地拿着破旧的古驰、兰蔻和范思哲女式钱包，这些钱包都是她们的雇主在逛完百货商店后用剩下的。市场上充当收营员的则是叙利亚建筑工人，在这里，女人们一买下仿冒袜子就马上蹲下去穿好。周日属于贝鲁特的孤儿。当所有人都回家后，只有孤儿在街上晃荡。

我们的作家，脑袋里塞满了这些细节，但还好，他不在那儿，所以不必去写关于纳赛尔仪表板上那几十个罗盘的故事，也不用写泽娜卜面包树的秘密，或瑟坦妮可在本嘉巴拉杰内营地悲喜交加的冒险，或贾恩将会度过的不眠之夜，或阿伊莎的问题，或事实上纳赛尔并没有带菲丽宾娜去沙拉提难民营。但最重要的是，他很幸运，他不用去写，也写不了那个星期天早上在菲丽宾娜和马文之间

将要发生的事情。实际上，如果他不那么专注于将这些故事和西方人分享，他会轻松很多。

更棘手的是他还需要解释为什么他要挑菲丽宾娜和马文作为他的主要角色。他讨厌西方人那么着迷于身份认同问题，所以他想讲两个在贝鲁特最没有身份认同的人的故事，而在这个城市，几乎每个人一出生就有某种族群、宗教或政治上的身份认同。在这个该死的城市，当上面下达命令的时候，那些没有身份认同的人最有可能把彼此的眼珠子给抠出来。如果他能通过这两个身份认同缺失的人的眼睛来描述这个世界的问题，尤其是对西方读者，也许他就能证明，冲突、战争——简而言之，这个布满尘土的星球上所有错综复杂的事物——都是无关身份认同的事情。

据我们的作家之见，战争是关乎穷人尊严的事，它和权力以及任何其他世俗的幻想都无关。人们真正想要的是融入一个故事。人们只在牺牲自己的时候才感到幸福，这和我们受到的教育相反。但该怎么来写这个混乱的、荒凉的城市呢？像每一个中东作家一样，他想要和西方分享他的故事。

他在另一座城市的一个旅店房间里为此绞尽脑汁，并为参加一个连主题也不甚理解的会议穿衣装扮，就在他打算把这两个问题一并抛弃的时候，哈姆拉街上的菲丽宾娜遭受的却是这个……

“你是菲律宾人？”

小女孩从哈姆拉街的马鼻酒店跑出来，指着菲丽宾娜的脸冲她高声问。

“是的。”菲丽宾娜结结巴巴地答道。

女孩伸出两根指头，用带着阿拉伯语口音的英语拖长调子尖声说：“我有两个菲律宾佣人！”

菲丽宾娜的膝盖在发抖。

“刚好两个！”

女孩不停地重复，像唱歌一样，直到她母亲从酒店出来。“我有两个，有两个，有两个……”

全身素白的菲丽宾娜脸色苍白如纸，看起来就像个白化病人。女孩的母亲把D&G太阳镜从她整形过的小鼻子上摘下来，揪着女儿的耳朵，把她拖回到了酒店里。

“我们是怎么说的，纳达？书上是怎么说的？他们的国家里有什么？大象，对不对？我们不能对菲律宾人那么说话，记住了没有？”

“该死的大象！”

菲丽宾娜扭头去看是谁在她耳边嘀咕。一张脸正微笑地看着

她，嚼着口香糖的酒红色的嘴唇，有色镜片，氖蓝色睫毛。女人一边轻轻地把菲丽宾娜推离犯罪现场，一边继续说话。

“别把那个女人的话放心上，”她说，“自从那本书出来后就一直这样。‘菲律宾人有什么？他们有大象！’我的夫人也给她的孩子买了那本书。我们的文化是这样的、那样的，他们不许虐待家里的菲律宾帮佣，等等。哟……实在让我生气。不管怎么样，我叫丽奈特。你呢？”

“菲丽宾娜。”

丽奈特陪着菲丽宾娜走向圣弗朗西斯教堂。马鼻酒店的隔壁是一家照相馆，橱窗里贴满了菲律宾女人背对热带背景幕布咧嘴笑的照片。她们似乎在眺望着哈姆拉街。

如果菲丽宾娜知道自己将要进的不仅是一座教堂，还是一个秘密天地，那她肯定会感觉更好。

04

“这么说她就是我们跳舞的猴子咯。”

丹妮丝已经在巴黎待了一天半，参加阿拉伯世界研究院座谈会，会议的主题是“论团结一致对抗极端主义暴力的方法：温和主义”。整个时间里她都无精打采地保持着同样的姿势坐在那里，当低语声吹进她耳朵和脖子时，她吓得跳了起来，以至于臀部都从椅子两侧冒了出来。那声音以声速传至她腹部，她收紧肚子，摸了摸头发，扭头向后看：那个跟她讲话的黑皮肤男人正向后靠进自己的椅子里，脸上带着一丝狡黠的笑，双手插在牛仔裤口袋里，双腿伸到了丹妮丝座位旁。世界上什么才是最重要的，他似乎全都知道，根本不在乎其他的。她感到如果她和他在一起将总是笑个不停，最严肃的话题都将成为他们的笑料。丹妮丝只是笑着点了点头。当她扭转头再次面对会议时，她变成了另一个女人。她拉了拉短裙，盖住长袜的拉丝。

他肯定在看我的脖子，丹妮丝想。一缕卷发从她挽起的发髻里掉了下来，她脑袋转动的时候那缕头发会在她脖子的皮肤上跳动吗？她的脖子迷人吗？她摸了摸脖子。是的，迷人。那是必须的。

“你好，我叫齐亚德。”他的声音惊动了正好落在她脖子的那绺头发，“是她吗？雅呢，他们正在谈的女孩，前Ikhwan[①]激进分子？”

“雅呢，”丹妮丝说，“跳舞的猴子，是的！”

丹妮丝小心地抓住自己的名片，自会议一开始她就将它放进口袋里，并将它别在衣领上。与此同时，在她身后的齐亚德也正把玩着自己的名片，丝毫不在乎它弄出的声响。

他肯定是在看她的脖子。他是会这么做的那种人。丹妮丝是看着他进来的，他穿着一条牛仔裤——可能是他仅有的两条牛仔裤中比较干净的那条——和一件皱巴巴的毛衣，脸上一副“不用一刻钟就能把这些人拿下”的表情。他似乎有种神秘的力量，好像你只要触碰他，就会依附于他。他带着那种自信走进来，好似他是来给那些寻找他这种光芒而来的人点亮这个地方的。

“瞧那帽子！”

他说这话的时候，嘴凑得太近了，以至于目光正对着她的脖

① “穆斯林兄弟会”阿拉伯名字的简称。

子。丹妮丝的脸“唰”地红了，不敢转头。

“有时候我戴头巾，有时候我不戴，决定权在我手里。有时候我用围巾，有时候我就戴帽子，好比今天。”

年轻女人整理了一下她装饰着珠子的帽子，环视观众——这里面有作家、学者、研究员、记者，以及来自三十个不同国家的非政府组织成员。观众或用手掌托着下巴，或双手交叠放在大腿上，或把脸靠在拳头上。他们用虚假的严肃对待这个女人，而沉默更加强了这种感觉。

法蒂玛——她的代号——是一名生于伦敦的前激进分子；她显然很享受另一个世界给她带来的名气。至于她是否因为自己曾生活在另一个故事里，或另一个世界里，或能把这个故事带到这里来而感到更加自豪就不得而知了。一名法国非政府组织成员对她作了介绍，那神情就好比一位西班牙女王吹嘘自己从新世界带来的珠宝似的。这个志同道合的人类团体相信世界和平的唯一道路是支持温和的伊斯兰教派，他们对这个女人的故事极度重视；坐在他们中间的记者仿佛已经看见了他们报道的大字标题：“穆斯林温和派感觉受到激进派孤立”。法蒂玛优雅地抚平短裙，抬起头时调整好眼神，在句与句之间的停顿中夸张地叹气，把戏演到了极致。

“当我还是一名Ikhwan成员的时候，我没有选择。不管怎么

说，在组织中不容个人主义。没有‘我’，只有‘我们’。不过，伊斯兰教没有逼迫我们做任何事情。伊斯兰教是个包容的宗教，因为伊斯兰教……”

一名澳大利亚温和派不想让这番演讲朝着歌颂伊斯兰教的方向发展，于是打断了她。“但是他们想要什么，法蒂玛？我们能怎么做？要做什么才能让穆斯林融入欧洲？”她微笑地望着观众，让法蒂玛明白现场全凭她操控，“毕竟，我们想让你成为欧洲的一部分。”

就在那个澳大利亚女人继续微笑的时候，法蒂玛的脸回到了过去，回到了一个愤怒的、不那么优雅的时代。她长长地呼出一口气，长得令人难以忍受。待到那位温和派意识到她触发了一个危险的化学反应时已经太迟了。

法蒂玛傲慢地开口了，全然不是她刚才的声音：“我来问你！”

那名温和派，就像被单独挑出来的所有欧洲人会有的反应一样，感到很不自在，她微笑地四下看了看观众，无声地祈求帮助。

“不，不，”法蒂玛继续道，“我没有问别人，我是在问你。你在乎世界饥饿吗？不平等呢？还有不公正？你难道不想为此做点儿什么吗？有时候你难道不会生气——非常生气吗？会的，你会。你满腹怒火。那么你也是一名潜在的极端分子，你们所有人都是。”

“法蒂玛，不必讲得太过详细……这里的人们应该怎么做？”

在那两个女人交换着愤怒的眼神，室内的尴尬沉默持续过长时，齐亚德把两条胳膊放在了丹妮丝椅子的后背上，哈哈大笑起来。他温暖的气息从她的脖子滑入了她身体的其他地方。

“他们指望那个可怜的女孩说什么？‘亲爱的温和派，如果你给大家都发一顶你给我的那样的帽子，那问题就解决了！’”

丹妮丝差点儿笑出声。她的声音在木地板上弹跳，齐亚德后靠到椅子里，转动椅子弄出吱嘎声，好像他和这件事一点关系都没有。那尖锐的声音把丹妮丝逼到了崩溃的边缘。她艰难地从她所坐的那排椅子中挤过，冲了出去，辛苦地忍着笑，以至于她的肚子都痛了。抱歉……对不起……请原谅……抱歉……抱歉……

而另一方面，齐亚德则慢悠悠地走了出去，若无其事得好像从他的座位到门之间有条宽大的过道。

“什么？那是真的，”他说，“那顶帽子将消灭伊斯兰运动！我告诉你，谁戴上那顶帽子谁就会背弃极端主义者！”

丹妮丝一路下楼梯一路笑，而齐亚德则一路跟着她。

“不管怎么说，你在这里干什么？”他问，语气随意得好像他们认识。

她结巴了，脸红了，身上冒出了汗，但很快就恢复了镇定，反问道：“你在这里干什么？”

“我为贝鲁特几个不同的非政府组织工作。换句话说就是我和这场会议一点儿关系都没有。我累了，我的朋友觉得我可以休个小假。我有点像是在度假，雅呢。”

“我也是。”丹妮丝不敢相信自己居然会这么说。

“你饿吗？”

她突然感到饿得不得了。

“我们去吃点儿法国菜怎么样？”

“那就这么办吧。”丹妮丝说。

他们穿过德苏利桥，在附近最差的一家咖啡馆吃东西。在狼吞虎咽地吃完食物后，齐亚德让丹妮丝大笑了八次，而她则通过模仿牛津话让他笑了一次。他们的名片放在餐桌上。

喝咖啡的时候，齐亚德说：“我讨厌这些名片。它们让每一个人看起来都像是贴着‘不含激素’标签的西红柿。”

“我从不知道我是该带上还是不要带。”丹妮丝赞同。

“那是因为你也是从中东来的。我们受不了那种事。”

“哪种事？”

“和彼此产生交集却从不跟对方讲我们的故事。”

丹妮丝觉得自己坠入了爱河。“好吧，齐亚德·B.阿布·沙尔先生……B代表什么？”

齐亚德向后靠在椅子上，像个孩子似的轻敲着它，笑得有些羞

涩，眺望着窗外。

丹妮丝坚持要知道，就像她后来做过许多次一样。“告诉我！”

“既好笑又傻气，雅呢。算了吧。”

“为什么这样，雅呢？好啦，就告诉我好吧。”

齐亚德把玩着自己的胡须。他看着丹妮丝，好像在想象她一会儿大笑起来会有多美。

“B代表贝鲁特。”

一粒种子沉入了丹妮丝的肚子里，像是一颗跳动的心。

05

有些故事可以讲得井井有条，各个部分都得到平等重视。但这个故事的方方面面既没有组织也没有被平等划分。一切都同时发生。尽管世界的其他地方认为中东的故事和他们在《一千零一夜》里读到的相似，但实际上绝不是那样。关于当地人的街道、生活和人们的故事绝不是那样。如果当地人能用那样的方式来讲故事，那他们也许会明白自己正在遭遇着什么，然而他们从来都不能。不幸的是，需要讲述的故事那么复杂，我们只能把它活生生地还原……

好几天，阿伊莎考虑着去达耶，但终究没去。原因之一，是酷暑炎炎，根本就找不到愿意把她从阿什拉菲赫送到达耶的出租车。出租车司机不愿意跑这一趟不仅是因为天气炎热，还因为这座城市的族群、宗教和政治隔离。要从阿什拉菲赫的基督教社区去往什叶派和真主党控制下的达耶，首先得穿过逊尼派的哈姆拉，没有其他路可走。

然而对阿伊莎来说，最主要的障碍还是炎热。天气变热的时候她就不得不少穿些衣服，她讨厌这样。当那些不包头发的女人问她戴着头巾怎么能受得了炎热的天气时，她只能像所有戴头巾的女人那样回答："是上帝赋予了我耐心。"但实际上，上帝根本就没做过这样的事。汗使得人身上黏黏的，阿伊莎讨厌带着情绪流汗。在炎热中她变成了一辆慢吞吞的蒸汽火车，不停地吐着苦涩的废气。她没有力气将贝鲁特所有的族群、宗教和政治防线都走一遍，那样只会让她生气。

当天气热成这样的时候，她总是疑惑为什么要把自己包起来。出乎人们意料的是，这其实要怪那个矮子。

阿伊莎是个丰满性感的女人。在贝鲁特，每一个人都看着彼此。他们盯人看的样子也不是偷偷摸摸的。阿伊莎总是说他们就像在照X射线。自从她十三岁起她就对此感到很不舒服。她希望人们别看她，或至少改变一下看的方式，更谨慎一点儿。她希望在经过一条大街的时候不被一个紧盯的眼神挡住路。她试着用特定的方式走路，不引起别人的注意，但没有用；在贝鲁特，人人都盯着彼此看。而一天，当她走在哈姆拉街时，有东西吸引了她的注意。

一个矮子坐在地上卖珠子项链。她戴着一条头巾。大家自然都看着她而不是看着那些珠子项链。怎么说她都是个矮子，是引人注目的东西。一个矮子为什么要戴头巾？她不解。为了上帝吗？也

许，但更有可能是因为她厌倦了人们盯着她看的眼神。但在她戴上头巾后人们就不再盯着她看了吗？当然没有。但那个矮子似乎在说：“如果你看着我，那不关我的事，我包住了。”她舔了舔线，把它们从珠子中穿过去。她的头巾起到了镜子的作用，张口呆看的人们发现自己的样子反照在里面。她似乎自信、舒服，像个寻常的戴着头巾的女人，而不再是个矮子。阿伊莎就是从那天起开始戴头巾的。她把自己包住了，好躲开人们的视线。在一个人人都过于透明的年代，她选择隐身。情况就是这样。但自从她将这个荒唐的理由当成秘密后，便没有人知道了，除了纳赛尔。她告诉他的时候，他笑得那么厉害，以至于把亚力酒吐了自己一身。

这天天气炎热，是那种阿伊莎没有欲望去达耶的天气。

不管怎么样，纳赛尔不想让她去；他不想她脑子里装满那里的故事，然后回家生闷气。他担心她会迷失在故事中——他非常清楚迷失在故事里意味着什么。那就是为什么他那辆破旧的梅赛德斯的仪表板上会有几十个罗盘的原因。

当菲丽宾娜坐上他的车，叫他去沙拉提难民营——她知道那个地方的名字，是因为那是她父亲信里唯一的拉丁字母——却被他带到城里游了一圈，并不断在检查站停靠、拖拉后，她还以为这是因为他是个话匣子。而实际上，纳赛尔十八岁时就从黎巴嫩南部的巴勒斯坦解放组织总部学得，讲话能救他的命。现在，他就如每个战

后城市里不知道该怎么处理在战时获得的知识的男人一样，在检查站的士兵已经问完问题后，还会没必要地东拉西扯半天。他二十六岁时，已经打了八年仗，他受命去带一个排。等到往后的某一天，他会用双手做着胜利的姿势，告诉阿伊莎他去过以色列四次。他四次完整无缺地从以色列回来，他把自己视为战争英雄。如果不是他在最后一次惹了麻烦，他现在就是个位居高位的巴勒斯坦人了，半个圣人般的政治家或活动家，在欧洲或其他什么城市扯着自己学院派的胡须根。但在以色列的最后一次，他因为那坏掉的罗盘袭击错地方，此后，他的人生就发生了翻天覆地的变化。

他回到贝鲁特后，因这个致命错误受到严惩，但他将其视为不公正的审判。如果不是阿布·加桑——现在住在沙拉提难民营，还像许多同龄人一样，拒绝去清真寺——帮了他，他不可能从监狱的地下隧道里逃出来，然后去往南方，在安杰尔[①]和亚美尼亚人一起避难。他等了两年，希望被人遗忘后再回到贝鲁特，回到本嘉哈穆德的亚美尼亚社区，成为一名“地下游击队队员”。纳塞尔再也没有迷失，但也从未忘记在逃亡期间学得的知识，所以他总是觉得在检查站有撒谎的必要。没有人在跟踪他，但他还是想要逃跑。甚至连

① 译注：安杰尔（Anjar），贝卡谷地里的一个20平方千米的黎巴嫩小镇，居民基本都是亚美尼亚人。下文本嘉哈穆德（Bourj Hammound）也是黎国内较多亚美尼亚人居住的城镇。

阿伊莎也不知道这点。

贾恩对偷偷摸摸地活着意味着什么知道的不比纳赛尔少。这也正是他进入贝鲁特现代艺术陈列馆时心情变得不好的原因。

陈列馆里正举办2005年哈里里总理被暗杀后的照片和录像展。这位艺术家显然是在谴责叙利亚人，他的作品展示了哈里里死后贝鲁特的示威游行、政治紧张和整体的瓦解。在整个展示过程中没有解释性的注释，但每一个贝鲁特人都知道这座城市在哈里里被暗杀后一分为二。一方面，亲西方、中间和中上阶层用黎巴嫩国旗作为他们的象征，在3月14日示威游行，要求所有叙利亚军队从黎巴嫩撤军。另一方面，支持叙利亚的真主党早在3月8日在同一地点——即烈士广场——也举行了游行，形成了一个新的政治联盟。“三一四”同盟党认为真主党和以色列造成了太多问题，而“三八”同盟党则认为他们更富有的对头把国家卖给了以色列和美国。

但这些和贾恩有什么关系呢？为什么贾恩在看这些照片的时候，胃会不舒服？为什么他突然作呕，为什么他要跑去洗手间？等他在卫生间里吐完后我们就会知道真相了。不管怎么说，他心知肚明，他记得很清楚。那个时候，双方都声称自己的游行队伍中有150万支持者，双方都谴责对方玩摄像机把戏，制造各自支持者比实际人数更多的假象。在基督教社区，反叙利亚的愤怒情绪日益高涨，

已经不再是新闻。三个属于黎巴嫩基督教军方的年轻人曾把摩托车停在去盖特维医院的路上，在一个黑暗的角落里痛打了马文。贾恩当时已参加完一个反叙利亚的“三一四”同盟党集会，正在回家途中；车后镜上挂着一面黎巴嫩国旗。叙利亚现在不得不离开这个国家，但马文不得不留下。但倘若说到制止这几个年轻人……

马文看到了那辆车。从他抱住自己的头的臂弯里，他的眼睛搜寻到了贾恩。他每被踢中一次看到贾恩的角度都不一样，但他一直都没有垂下注视的目光。贾恩依然坐在驾驶座上。他很害怕，不是怕马文，而是怕去救一个叙利亚人。他的恐惧每一秒都在增加。当马文停止尖叫，踢打声变得不那么清晰时，年轻人看了看彼此——当揍某个毫无知觉的一群人看着彼此的时候，他们便恢复了理智。贾恩注意到他们的迟疑，慢慢打开了车门。马文看到了他的迟疑。贾恩知道他看到了。他慢慢地朝犯罪现场走去。殴打马文的年轻人开始离开，边走边紧张地大笑着。等到贾恩的鞋子停在马文的脸旁，那几个年轻人已经走远。贾恩弯下腰，把脸向马文的凑去。马文哈哈大笑——阴暗邪恶的笑。贾恩张开嘴，不知道该不该也跟着笑。马文一口血直接吐进了贾恩嘴里。

这就是贾恩那天晚上看到那位艺术家作品时作呕的原因。他的嘴里有血的味道。

也有精子的味道。是马文的……在共度了一个酩酊大醉、大快

朵颐的夜晚后，两个男人之间的拥抱不知怎么地变味儿了。两个男人中的一个也许想把这整件事从脑子里抹去；而另一个则终于看清了自己，明白了什么是爱。这就是发生在这两个男人之间的事。马文背叛了自己，而贾恩则背叛了自己的政治立场、所属阶级，以及他对叙利亚的仇恨和他这辈子的秘密。他吐得一塌糊涂。马文和贾恩之间发生的一切都和贝鲁特的政治事件脱不了干系。

那天出门的不只有贾恩。瑟坦妮可，这个亚美尼亚小丑则准备去结果护送她的小丑剧团去本嘉巴拉杰内营地的大学教师，他们在那里为巴勒斯坦的儿童表演节目。情况是这样的……

“试图跟意大利人解释是个错误。当他们想到自己会死在一群恐怖分子中间时，眼珠子都瞪出来了，就算是小丑妆都不能让它们看起来更大。”

瑟坦妮可等着维萨姆闭嘴。她一把摘掉头上那顶巨大的绿假发，把它扔到拖车里的那堆戏服上，从她红色的圆点花纹夹克的袋里掏出一根烟。她吸了一口，烟雾充斥整个塑料红鼻子，她两眼流出泪来。

“呀，戴惯了这个鼻子，我连抽烟的时候都忘了取下来。该死！不管怎么说，维萨姆哈比比，你有必要乐成那样吗？”

维萨姆咯咯笑着，头上的塑料花盆颤抖不止。

“我是巴勒斯坦人，亲爱的。我们一出生就被安上了一个‘专长让人误解’的博士学位。你居然向意大利人解释真主党的存在是合法的，现在瞧你搞出的这事儿，你实在是让我开了眼。恭喜啊！”

那张红色的小丑嘴使得维萨姆看上去更具讽刺意味，而瑟坦妮可手忙脚乱地戴到头上的小丑鼻则使得她看起来更可怜。

“那个家伙就是不明白，”她吐出一口烟，“他说真主党是恐怖分子组织。我们倒要看看一旦意大利上空布满了以色列的炸弹，他的国家会冒出什么‘恐怖分子组织’来。”

“你最好祈祷那家伙不要把你的大名当作真主党分子在欧洲到处散布。”

“没错，我敢打包票，欧洲不知道有多想知道瑟坦妮可这个小丑的政治倾向呢。”

她揪着衣领，好像被烟呛到了。“为什么这个国家的难民营总是比其他地方更热？”她解开外套扣子，脱掉鞋子踢到一边，然后把自己扔到维萨姆身旁的那堆戏服上，“有大麻烟卷吗？”

维萨姆从头上的花盆里掏出一根，点着了，吃吃笑道：“我特喜欢你问的那句‘你有没有认识哪个真主党’，那叫什么问题！那个家伙干吗要认识真主党？”

瑟坦妮可倦怠地笑了。“我不知道。我只想带些欧洲人到贝

鲁特来一次——不，是去达耶。我告诉你，联合国应该开一个新项目，名字就叫‘改变人类工程’。它将会把那些夸夸其谈的人直接带到战争区域。那些伊拉克人、加沙人，还有那些贝卡人将被送去洛桑[①]和斯德哥尔摩。”

“瑟坦妮可，我亲爱的，我们国家的人好不容易侥幸逃过了大屠杀和战争，我可不容许他们在斯德哥尔摩无聊死。抱歉，像我们这样的人在那里真的会无聊死的。”

大麻立即起了作用，他们在戏服上翻滚着，捧腹大笑。

瑟坦妮可先停下来。“不过，说真的。我想让他们明白。如果来为巴勒斯坦儿童表演的小丑不懂得反抗军，那还有谁懂？如果我们不告诉他们，谁还会告诉他们？”

维萨姆再次爆笑。“是的，亲爱的。有你这些抱负，我任命你为真主党革命小丑联合会司令。”他一边想象那个画面，一边笑得更响亮了，“没错，没错！你和纳斯鲁拉在台上。达耶那个足球场叫什么名字来着？哦，对了，你们在麻拉布体育场，纳斯鲁拉正在介绍你，‘我们要感谢我们的姐妹瑟坦妮可，反抗军值得尊敬的朋友，为她和全世界的小丑的工作……’人群欢呼。你戴着你的红鼻子走上前……”

① 译注：洛桑（Lausanne），瑞士西南部城市，位于日内瓦湖北岸。

瑟坦妮可笑得喘不过气来，试图打断他的话。“只是……只有一个问题。”

“只有一个！”

他们笑得直不起腰，笑出了眼泪。

“有一个问题，”瑟坦妮可继续道，“就是，什叶派不喜欢人大笑。没准儿他们连爱笑的人或使人发笑的人都不喜欢。我那是一厢情愿，哈比比。你明白吗？”

维萨姆抓住瑟坦妮可的肩膀，逼自己停下来。“我们都知道，瑟坦妮可，”他哈哈大笑，“否则我们还能怎么解释墙上的那些真主党海报！你就像暗恋流行明星的少女！”

这次轮到瑟坦妮可抓住维萨姆的肩膀。“但真主党在和黎巴嫩协商过程中肯定能用得上我出的力：真主党的喜剧部门！呀，我肚子痛了。我能成为真主党喜剧军团的一名士兵，雅呢。”

维萨姆边说边指着自己的脸。“是的，是的。‘另类阿舒拉节！’既然他们不再用锁链攻击彼此……我笑得脸痛，没法再说了。既然他们在向孩子们解释什么是殉难的时候轻描淡写的，那你可以用小丑表演来代替那些古怪的习惯。那将真正改变真主党的形象！”

一个小丑推开拖车门时，他们已经得意忘形。

“嘿，维萨姆！做好准备。不知道究竟是因为水、高温，还是

什么，那个意大利人晕倒了。你们两个得回到台上去了。”

维萨姆和瑟坦妮可面面相觑，又乐不可支。维萨姆好不容易吃吃地笑着说：“瑟坦妮可，我们真的非得将你举荐给纳斯鲁拉了。想想看，你只用了半个小时的演讲就把一个意大利小丑给弄晕了，要是你在白宫给那些小丑做一番演讲，那他们为了活命，还不得将真主党从恐怖分子名单中除掉啊。你说呢？”

瑟坦妮可的笑声从鼻孔里喷了出来了。“好吧，维萨姆，够了！我们得去把那个家伙叫醒了。否则真主党又该因为这次‘小丑的野蛮行动’而遭受谴责了。除此之外……”

维萨姆在那些衣服上翻来覆去。他甚至记不得为什么笑得那么开心。

“除此之外，哈比比，我是说真的。我要加入真主党。”

维萨姆的笑声一下子哽住了。“瑟坦妮可！你不是认真的吧？”

只有什叶派才能加入真主党，而且不管怎么说，每一个真正了解这个亚美尼亚女人的人都知道她嘴上说什么不重要，她心里怎么想才重要，从她的小丑生涯中就可以看出她这个人反复无常。这也是为什么她是唯一一个知道泽娜卜“面包树”秘密的人。情况是这样的……

那棵树枝上挂满了面包袋子的橙树最终得名“面包树”。当人们给一栋房子或一家商铺指路的时候都会说：“在面包树旁边”或“在面包树对面”。当泽娜卜香烟上的烟雾在光线中打转上升时，她总是会从安静的房间里向窗外的面包树瞥上一眼。她数着树上剩下了多少袋面包，又有多少袋被人拿走了。“穷人就像乌龟，”她有一次说，“你从来看不到他们行动。他们会在没人的时候突然冒出来，然后又飞快消失。”尽管她喜欢怪里怪气地对那些穷人冷嘲热讽，但还是一如既往地焦急地眺望窗外，搜寻那些来拿面包的人的身影。

瑟坦妮可不能理解，于是一天，她不顾泽娜卜脸上不悦的表情，斗胆问道：“你为什么不直接把面包送给他们？”

泽娜卜瞅着她，眉毛和头发相当骇人。“因为，”她透过假牙的牙缝小声说，“我不想碰他们。”

瑟坦妮可就是在那一刻对她产生厌恶的，但那天晚上稍后，泽娜卜敲响了她的门，手里拿着一瓶家里酿的樱桃酒说：“我们需要谈谈。”而这场对话都是她一个人说的，以下就是她的独白：

在西方，穷人可以恨富人；但在东方，穷人则把自己看成是富人的幼小同胞，他们把话都憋在心里，甚至是在生气的时候。在西

方，穷人会大胆说出来；但在东方，他们只会低声抱怨。

我不想从所有不能恨我的人那里得到感谢。这让我厌恶。这是我们在幻想完穷人也得到平等后，所剩下的东西。我厌恶我们这群可怜虫。这就是为什么我不想碰他们的原因。

我有一次碰过一个穷人，那让我懊悔万分。我就在自己和他们的生活之间架起了一种桥梁。那是九十年代。苏维埃政权瓦解了，既然我无力拯救世界，那我帮帮阿什拉菲赫的穷人总还是可以的。有时候我也让我那些因为自己无能为力而仇恨这个世界的朋友们施施援手。他们不喜欢新生的穷人。他们说这些人和过去的穷人不一样。但实际上，变了的是我们自己。随着年龄增长，我们的心变狠了。我们忘记了他们曾经为贫穷作诗并滋养了我们，现在我们自欺欺人地认为是他们变了。既然我不能把这点解释给朋友们听，那我就直接拿他们的钱好了——拿他们的钱资助某个穷人孩子上学，资助另一个人看病，资助这个人的残疾兄弟买辆轮椅，资助冬天烧不起煤的某个家庭……慢慢地，有了这些货物和钱，这成了一个单人经营的宏大项目。然后，一天，一个穷苦的女人朝这架我自认为是唯一能拯救世界的美德机器喊停。

在樱桃酒的作用下，泽娜卜的口齿变得越来越含糊。到最后，她话没说完就打起盹儿来，瑟坦妮可只能零碎地拼凑出面包树的来历：

萨伊一家为了造一栋房子贿赂了几个人，那是用偷来的广告牌搭盖的房子，就在一段通往美国大学的楼梯底部，两个建筑工地中间的一小块地上，土地的主人至今都没有把地要回去。多亏了可口可乐公司的广告牌，从贝卡山谷来的这一家子在贝鲁特才有了一栋闪闪发光的红色金属墙壁房子。他们的三个孩子和几条骨瘦如柴的狗在花园里玩耍。那些狗的耐心堪比圣人。它们好似知道自己是这几个孩子唯一的玩伴。当孩子们拧它们的时候，它们一声不吭；孩子们折磨它们的时候，它们就那样躺着，一动不动。红色铁皮包围的花园有条葡萄藤和一棵橄榄树，那家人也从建筑工地弄来了一些泥土，种了一棵香蕉树。一天，那个母亲看到他们夸赞了很久、等待了很久的主人泽娜卜朝房子走来，便从Coco-Cola的“a”字母里迈出来，脸上充满了希望。当一无所有的人充满希望的时候，他们的嘴会歪向一边，鼻子却会歪向另一边；这个女人的脸上因为希望和害怕失望的恐惧散发着美丽的光彩。

“是泽娜卜小姐吗？”她大声问道。当泽娜卜点头表示肯定的时候，她从房子里跑了出来。当她们面对面站着时，女人迟疑了，顿了一会儿，突然握住了泽娜卜的手，她不知道还能做什么，于是吻了她的手。

在半睡半醒的间隙，泽娜卜嘟囔道：“我的肉会变成沙……变成

灰……变成泥土……会烂掉。会断掉，再也长不回来……我的手令我厌恶。你明白吗？”

瑟坦妮可看着泽娜卜。她打盹儿的时候，那张脸看起来像个老男人。

当泽娜卜醒过来的时候，她忘记了自己睡着过，大吼大叫起来：“他们的面包和垃圾没什么分别。他们实际上吃的是垃圾。但我太累了，懒得跟他们讲。我现在也老了。告诉我，就算我年轻我又能怎么样？哪怕他们从垃圾里捡到面包，我们也会去偷，我们就是这种人。左派分子就是这么想的。‘把面包放回去。’我们对他们说。‘我们保证会给你们更有尊严的、更平等的面包。’但他们为什么要相信我们？难道人类历史上有过一次平分面包的经历？他们让平分的人活下来了吗？他们为什么要把完全能吃的面包丢掉，只为了某个奇怪的理想？

“而现在人家都在干什么呢？留意穆斯林！他们从来不说‘平等’。他们只想要‘公正’。天知道公正是什么，但他们一直要求公正。他们不能要求平等，因为如果他们这么做了，那面包的现状就会暴露出来。小心！他们只谈公正。为什么？哪种公正？没有人说得清楚。但他们有书，该死的！天书！我们曾经也有过一本书！真相是，瑟坦妮可，最终有书的人赢！”

泽娜卜愚蠢地大笑起来，继续说：“至少我们蓄胡须的男人比他

们的更可爱！”

她肯定指的是马克思和毛拉[1]的……

这不是盖特维山顶的公寓大楼里只有两人分享的唯一秘密。

纳赛尔讨厌亏欠马文的。毕竟，从每个人最可怕的噩梦——穆卡巴拉[2]——手下得救，没有什么值得骄傲的，尤其是现在占领已经结束。这种事只能在马文的地下室公寓里讨论。那就是为什么，大约一年前，嘴唇被香烟的烟气粒染成一片白垩色的纳赛尔在一个深夜要去马文的公寓，去作最后的决断……

“本嘉哈穆德的某个人肯定说了什么。见鬼，我被这整件事折磨得寝食难安。”

“什么事，老师？”

“哈吉，一个人一旦迷路，无论你费多大的劲，上帝都不会让你找到路的。”

纳赛尔那天晚上把自己的故事讲给了马文听，做了一点修饰，

① 译注：精通伊斯兰神学和伊斯兰宗教法律的穆斯林。
② 叙利亚的秘密机构。

并确保让他相信自己根本就不是以色列的走狗。怪就怪他那该死的罗盘出了故障！倒霉的是，不知道本嘉哈穆德的哪个人向穆卡巴拉告密说他是以色列间谍。阿伊莎看见他们到社区来打听。她哭了好几天。任谁都知道，只要是被穆卡巴拉的人给盯上了，很快就会落入他们手中，然后消失。纳赛尔的尸体将不会被发现，整件事会像从未发生过一样结束。纳赛尔将会成为他每天在报纸上读到的关于以色列间谍被捕新闻中的一条，很快就会被人遗忘。如果不是阿伊莎每日以泪洗面、一遍又一遍地唠叨这些话，纳赛尔是不会去见马文的，或者他会再拖个几天。

“我们要怎么做，哈吉？”

“让我来，老师，”马文说，“我认识一些人。”他送纳赛尔回去，路上向他保证自己没有为穆卡巴拉效命。此后，再没有人来打听纳赛尔。但那天晚上，纳赛尔睡着的时候确信马文是穆卡巴拉的人，而马文睡着的时候则确信纳赛尔不过是偶尔迷了路。

所有人都知道所有这些秘密，包括本书的作者，但当然了，没有人坐下来谈论它们。

当所有这一切在贝鲁特——在这个地方，人们不停地打破彼此之间作出的承诺——发生的时候，各派政党则正在议会进行一场全国性的大讨论，勾画该国国家安全策略的蓝图。一如既往地，它们

除了在不能相互攻击上达成一致外，其他一概全无定论，然后就分道扬镳了。人人都知道彼此的秘密，但没有人讨论它们。

至于菲丽宾娜，她走进了哈姆拉街的圣弗朗西斯教堂，准备去制造自己的秘密。有人也许想说她的故事即将开始，它将比所有这些秘密更有趣、更刺激。

06

“等等，我们把那个女孩捎上。”

齐亚德一让那只“跳舞的猴子”加入他们的秘密探险，昨天掉进丹妮丝肚子里的那颗种子便停止了跳动。法蒂玛无精打采地坐在椅子上，看上去就像一个被放在角落里受罚的孩子。如果说她受到邀请很开心，但从她那副阴郁的面孔上绝对是看不出来的。她今天没戴帽子，而是包着一条黑色的头巾，一条看起来她经常戴的头巾。她一听到齐亚德的邀请便抓住了自己的小提包，站了起来。他们一行三人走了出去。

“我说，吃饭前我们去观光一下如何？比如去个博物馆。”

法蒂玛说：“行啊！”

丹妮丝没有发表意见，只是把手插进了口袋。她感到自己像电灯泡，像给队伍凑数的孩子，只因为他们需要另一个玩伴。

那个女人落后几步跟在齐亚德身后。当丹妮丝跟上她时，她解

开了头巾，松开了发髻，摇了摇头发。她头发凌乱，未加梳理，实际上乱七八糟。丹妮丝不知道是不是该装作没瞧见。那女人用手梳理着头发对她说："你可以看，没关系的。"

就在女人露出头发的那一刻，她们俩变成了姐妹。面纱，或说玻璃墙，那个自从儿时起就让她们不能长久盯着彼此看的障碍消除了。

代号法蒂玛一笑，整张脸就变了。"我受够了。"她把手扶在腰上说。她指的不是头巾，而是自己在会议上被当成一只跳舞的猴子。她只说了这个。

"我想我们最好不要去大的旅游点，比如卢浮宫。我们去些小地方吧。我建议中世纪博物馆。"

齐亚德说话的时候没有转头。一如掌舵的船长。他似乎感觉到这两个女人需要落后几步在他身后跟着，以及一件妙不可言的事情在身后悄无声息地发生了。

又往前走了几米后，代号法蒂玛用回了自己的旧名字——罗娜。丹妮丝成了她的镜子。"稍等，这里还翘着……不，这里……好了，现在顺了。"头巾——与其说它是为了不让女人在男人面前抛头露面，不如说它让女人之间彼此隔离——好像给罗娜的头发通了电。丹妮丝抚摸它的时候，感到离它的主人更近了。罗娜的头发散发着香皂或古龙香水的气味；香气在微风中飘荡。

齐亚德听见了她们的交谈，但什么都没说。

“我们到了，女士们！我相信巴黎的这个地方是你们绝不容错过的。国家中世纪博物馆！”

齐亚德好似一位耐心看护自己爱生气的女儿的父亲，带着她们穿过博物馆，经过展示柜里玻璃和器皿后面的木雕和石雕——事实上，如果中世纪的女人看到这些一定会觉得相当有趣——然后带着她们往楼上走去。

“就是这个：《贵妇和独角兽》！”

齐亚德一只手搭在丹妮丝腰下，刚好停留在让臀部的曲线发生变化部位的上方凹点处，另一只手则放在罗娜后背的友情区域，把两个女人带进了一个黑暗的隔间。房间是六边形的，六面高大、宽阔的墙壁上各挂着一幅织锦。淡红色的织锦褪色得厉害，但还是能看得清图像。每一幅画各代表女人六感中一感。

“没有人知道这几幅织锦是谁织的，也不知道是什么时候。”齐亚德说，双手插在口袋里。他显然对这个故事了如指掌。“它们完全先于它们的时代。它们的存在没有意义，雅呢。人人都在写这些画，从里尔克到乔治·桑，但没有人能解开它们的秘密。味觉、嗅觉、触觉、听觉、视觉……她和她年轻的仆人站在那里，那位贵妇——她的脸实在是迷人，对不对，简直不可思议——和她的动物们，代表着这些感觉。但……”

过了一会儿，丹妮丝不再听了。敬畏从她的脊椎一路传下去，她不得不在房间中央的长凳上坐下来，用环成杯状的双手托住下巴，看着环绕在那位“女士”周围的动物们：一头狮子、一只猴子、几只鸟儿、一只兔子、几条狗、几只鼬鼠，和一只独角兽。这些织锦根本不必由一个男人来讲解。无论它们的主题是什么，这都是有关女人的。罗娜悄悄贴在她身旁坐下来。齐亚德还在侃侃而谈。

“问题是，没有人知道第六幅是什么。看它上面写的字：A mon seul desir，它的意思是‘我内心的激情’还是‘我唯一的激情’？或是‘我唯一的欲望’？就连美术史学家都不能确定。”

丹妮丝和罗娜悄悄地把织锦中的细节指给彼此看。她们从“嗅觉”“触觉”“听觉”“视觉”图一一指了过去。

就“触觉”来看，那位女士用一只手摸着独角兽的角，另一只手里则拿着一面旗帜。她那样子像是要去赴战，而这些动物们则在静候着她的命令。她看上去不像在乎输赢，而仅是要去赴一场战争。她的肌肤如水般洁净。

就“味觉”而言，这些动物都在等着吃她仆人手里拿着的葡萄，而她则在不紧不慢地喂着一头猎鹰。她的脸上散发出一种母性的光辉。她周围繁花似锦。

就“嗅觉”而言，她正在用仆人给她的康乃馨做一顶王冠；她微微低垂着脖颈，去捕捉那一缕花香。与此同时，那些独角兽、狮

子、猴子和其他动物则都在学她的样。然而这位贵妇的眼里只有康乃馨，她活在此时此刻、此情此景中。

就“视觉”而言，她正在往下坐，手里拿着一面镜子照向独角兽。她神色悲戚。她知道让它看到自己的真面目并不好，马在看清自己后，它的步伐将不复从前。猫、兔子和狐狸簇拥在它们身边。也许它们也想看看自己的样子，或也许它们因将要看到一只动物失去自己的步调而悲伤。

这些画面都发生在一个墨绿色或深蓝色的岛屿上，和红色的背景交相辉映。发生在远处。发生在一个无人居住的地方。发生在这个女人的脑海里。那里有什么不为人所知或理解的？有什么秘密？一颗女人的心还能表露得多明了？

罗娜和丹妮丝都看懂了。她们相互一点头，向彼此表明她们明白了，也证实了她们的疑惑，然后她们的眼睛转向了第六幅织锦，齐亚德就站在它旁边。她们两人带着全新的疑惑坐直了身子。一头狮子拉开了一个帐篷入口处一边的帘子，一只独角兽拉着另一边。仆人跪在夫人身前，手里拿着装满珠宝的保险柜。那个女人是正在将珠宝从身上取下来放回到盒子里，还是正从盒子里拿首饰戴上？那些动物们——狗、兔子、鸟、猴子和山羊——全都一动不动地站着，等着看会发生什么。

“现在的问题是……”

丹妮丝压低声音打断了齐亚德，他的嗓音和这篇宁静太不相称。“她是要进来还是要出去？她决定要把自己关在里面？还是在拥抱生活？”

“嗯，有这样的疑问也不足为奇，但是……”

然而她们俩都没有在听齐亚德说。丹妮丝瞅着罗娜等待她的回答，向她表示这个问题和她的头巾有些关系，无论她戴了还是没戴。她们坐在那里一动不动，只有罗娜在拨弄背上的一缕头发。罗娜冲着丹妮丝的微笑是悲伤、扭曲的，好像在求丹妮丝不要苦苦相逼。

丹妮丝收手了，对自己小小的残忍感到惭愧，但齐亚德用老师的口吻问道：“你认为呢，罗娜？”

令丹妮丝和齐亚德诧异的是罗娜的眼里盈满了泪水，他们不知道是因为她又感到自己像只跳舞的猴子，还是因为她答不上来。

“丹妮丝，你认为呢？”

齐亚德叫她名字的时候她是应该和罗娜保持一致，还是屈服于搅动内心快乐的种子？

“我认为她准备离开，”丹妮丝说，“这不是最后一幅织锦，这应该是第一幅。在其他织锦中她都戴着首饰，所以她这里是在戴首饰，然后出去，去摸和尝那些东西。因为……”

“几点了？”罗娜打断了她。她的表情变得冷漠。

齐亚德告诉了她时间，但语带不解。

“差不多到了祷告的时间。我要回酒店。你们俩继续吧。反正我们稍后还能碰面。”

她既没有看他们也没有等待他们的回答。她离开的时候，一只手从包里拉出了头巾。有什么像一片剪纸一样从丹妮丝心头掠过。如果最初是上帝阻止她们的姐妹情谊开花结果，那现在则是一个致命的男人和她自己致命的弱点摧毁了它。

齐亚德打破了内疚的沉默，声音听上去近乎喜悦。“我一直在考虑写一个类似这样的场景。”

“你说什么？”

“我正在写一本书……但是我必须承认，结果比我预料的还要有趣……”

“你在说什么呀？”

“你不认为有趣吗？”

丹妮丝诅咒着内心依然在扑腾的种子，收好自己的东西冲了出去。齐亚德紧随其后。

他是个聪明的男人，在丹妮丝根本不知道自己要去哪里的时候，他一声不吭地跟在她身后。丹妮丝打算无视齐亚德直到他放弃为止。她就是这么决定的。

她没想到自己能走这么快；没想到齐亚德还跟着她；没想到自己会成为这么一个愤怒的女人，一个不羞于自己愤怒的女人，一个准备开战的女人。她一边走一边敞开了胸腔，好像知道身后有个男人跟着她，她变得更加坚强了。她不停地走啊走，一路上，她爱死了自己的愤怒，爱死了自己的双脚，爱死了从敞开的胸腔中如布般翻腾出来的怒火，爱死了自己的步调——这种步调只会在她的怒火渐渐熄灭的时候才会慢下来，爱死了她一直没有回头过……风刮得更大了，她脖子往后一甩，好像在吞空气中什么美好、强大的东西。她内心里装满了各种各样的动物，她能听见它们的声音，闻到它们的气味，触摸到它们，看到它们。她的身体在膨胀；很快，她就能遇神杀神，遇鬼杀鬼。她头发飘动的时候更美，风在她身体里移动。那个贵妇人是在准备离开，她告诉自己三次，她当然是。她走着，越来越确信那个贵夫人苍老的肌肤在脱落，毛孔在呼吸。她走着……

“该死！”

丹妮丝转头面对齐亚德，没有意识到自己在微笑。齐亚德站在一家电视机商店前，看着几十个电视屏幕同时播放的新闻。她慢慢地走向他。刚才的那一刻已经过去了；这是崭新的一刻。他们并肩站在那里看着。齐亚德又连说了三次“该死”，最后他作了解释。

07

我们的作家有一种负疚感，这种负疚感只有那些偷了穷人的钱，然后把钱挥霍在赌桌上的人才能体会得到。他正在用偷来的故事试图引诱一个还不知道自己想要什么的女人，尽管他试着不让自己这么想，但奇怪的事情开始发生在哈拉姆街圣弗朗西斯教堂的菲丽宾娜身上。

“这里不行！耶勒，耶勒！”

园丁皱起眉头，试图驱散教堂庭院里给彼此修脚的菲律宾女人。

这些女人一整周都在这里，就像他们制服上不可分割的一部分；她们一脸倦容地在大街上走来走去，手里提着蓝色、绿色或黑色的垃圾袋。她们都把欢颜留给了周日的教堂庭院，把真实的自己

留给了彼此。人多力量大，园丁只得耸耸肩，展开了紧蹙的眉头。

“但是，哈比提，你们不能在这里这么做。”他同情地说。

丽奈特一边走进教堂庭院，一边擦掉开裂的嘴唇上一团团廉价的酒红色口红。看到菲丽宾娜白色的裙子和衬衣，她问道：“你信仰全能神？”

“你说什么？”

丽奈特重新上下打量了菲丽宾娜一眼。“你是新来的，亲爱的？”

“是的，我四周前才到这里。”

丽奈特似乎明白了。“如果你不信仰全能神，亲爱的，那你干吗全身素白？”

菲丽宾娜低头扫了一眼自己的衣服。她们穿过教堂庭院，从那些倚靠着彼此、聊着天的女人身边经过，走进了教堂。阳光从一扇敞开的门里透出来，照亮了砖石地板上的一块地方，使它看起来像玻璃一样光滑。

菲丽宾娜凝视着那块被阳光照亮的地方，说：“谢谢你救了我……我是说从大象手上！”

闻言，两人都哈哈大笑，丽奈特抚平了菲丽宾娜的头发。

“没关系，亲爱的。不用谢！”丽奈特看着菲丽宾娜，就好像看着早已遗忘的自己，好像菲丽宾娜是一面无情的镜子，向她显示

着时间的流逝。“忘记那些吧，哈比提。看！”

她指着教堂后面的一扇门，那扇门外是一座秘密花园。女人们的声音从那扇门里飘过来，如雨点般滴落在砖石地板上。那声音随着她们的靠近变得越来越大——雨点变得更大了，最终，它们听起来就如笼中之鸟。菲丽宾娜没有意识到自己的嘴巴惊讶得张开了。

“欢迎来到贝鲁特唯一一个没有国旗、没有领导、没有武器的团体！”丽奈特大声宣布。

花园里挤满了菲律宾女人，有好几百号人，她们大部分二十多岁，整齐划一地站在那里聊天。她们穿上了自己最好的衣服，把一整周没有上过的妆都用在了这一天。随着涌进花园的人越来越多，她们也变得越来越高兴。花园围墙边摆满了小摊铺，卖的东西有从菲律宾带来的水果蔬菜、仿冒的LV和阿玛尼包包、假冒的范思哲黄金、菲律宾碗碟和鞋子，那些鞋子在女人们试穿的时候和她们自己的鞋子混在了一起。这是教堂外面的人群不为所知的世界，是那些在彼此触摸、抓握、拥抱和亲吻时身体融为一体的女人们组成了这个世界。

“埃斯特尔，哈比提！埃斯特尔！”

丽奈特抓住菲丽宾娜的胳膊，把她拉进了一个女人圈子里。现在她们也成了这个世界的一部分。

“这是菲丽宾娜……别在意她穿的白衣服。她不是基督徒。她

是新来的。你看了那些书吗？有没有我说得那么好看？”

埃斯特尔从包包里掏出五本小书，嘟着嘴说：“维拉小姐，这些书全都一样，好像你不知道似的！都是讲一个菲律宾女孩和她的上司有染的故事，最好的情况也不过是和她的上司英俊、被惯坏的儿子谈恋爱。”

菲丽宾娜低头看这两个女人正在匆匆翻阅的那几本书。这些书的封面上都画着卷发女人和皮囊好的男人。

“真心难得系列，哈比提！如果你想在这里生存就得喜欢这些。否则你会开始思考，最后会落得像我一样！”

丽奈特和埃斯特尔以手掩嘴哈哈大笑，这是她们这周形成的习惯动作。

“这里，拿一本。你可以加入我们的读书俱乐部！”

菲丽宾娜接过书，谦逊地小心翻阅着。书的封面上用最浪漫的印刷体写着：“真心难得系列故事概要……克里斯缇系列……最佳畅销书！！！狂销两万多册！！！”她等待着埃斯特尔和丽奈特再次开口，好将这本半用英语半用菲律宾语写的小说放进包包里。

“那，菲利的生日派对在哪里举行？”

“你认为在哪里好？”

“呃，还在拉麦斯塔？”

“那你希望在哪里？在腓尼基酒店的屋顶上？”

两人咯咯笑起来。

“瞧，菲丽宾娜，我们几乎每周都要给某个人过生日。我们去拉麦斯塔，吃东西，唱卡拉OK，还有跳舞！我们在这个仪式结束后就去。你也来吧。怎么样？当然，如果可以的话，下次尽量不要穿得像全能神的领袖。”

她们再次咯咯笑起来。

“噢，我差点儿忘记了。关于全能神……好吧，瞧！那边就有两个。”

她指着两个用一脸瞧不起的神情盯着人群看的女人，她们就像两个不准玩的孩子眼红地瞪着其他能玩的孩子。像菲丽宾娜一样，她们也是一身素白。

“你见过她们吗？现在明白为什么我以为你和她们是一伙儿的了吧？”

一个一身素白的老女人从那两个满脸不悦的女人身后冒了出来，笑眯眯地抓住她们的肩膀，把她们带了进来。

菲丽宾娜的声音因兴奋而嘶哑，比她在这座城市的任何时候都响亮，问道：“她是谁？”

“那个老女人？她叫玛丽。她来这里已经三十年了。”

“三十年？”自从来到贝鲁特后，菲丽宾娜第一次跑了起来。她全速冲了进去，冲丽奈特大喊道：“仪式上见。”

“别迟到了，”丽奈特回喊道，“如果我们找不到空调边的位置……”

菲丽宾娜没有听到余下的话。就在那三个女人走进教堂的一个房间时她差不多赶上了她们。那个老女人正准备关门时，菲丽宾娜拦住了她。

“等一下！”

“啊，小美人，你肯定是新来的吧？不错，你已经穿好了衣服。那样的话……”

菲丽宾娜这才意识到自己的手在干什么。她正抓着那个女人的胳膊。“等一下。”她又说了一遍。

“怎么了，小美人，你没事吧？”

“你是……玛丽？我是菲丽宾娜。”

“怎么了，小美人？”

房间里大约有十个女人。年龄介于三十岁到六十岁之间。她们都满目期待地望着菲丽宾娜。

菲丽宾娜把玛丽拉出门，结结巴巴地说：“我母亲……我母亲在这里……我意思是三十年前她来过这里，就像你一样……”她的喉咙放松了下来，继续说，“你是在战争的时候到这里来的吗？我母亲名叫米歇尔。你认识她吗？也许你见过她。她名叫米歇尔。她和我长得很像……除了眼睛。”

老女人抓住了菲丽宾娜的双臂。她的笑容甜美，具有令人无法抗拒的力量。她的眼睛像是镀了一层玻璃，好似盲人。“是的，亲爱的，我是在战争年代来到这里的。”她说，“你说的是米歇尔？让我想想。时间过去太久了……对不起，小美人，但是……”

“但是你肯定对战争有印象，对不对？那，当时这里有多少菲律宾女人？”

“我不知道，小美人。”

“但是你在战争期间在这里啊？”

“那是可怕的时光……”

菲丽宾娜等不及了，她恨不能冲进这个女人的喉咙里，把她没说完的话给掏出来。

“实在是太恐怖了。每天两点到五点都会停火一次，所以我们得赶紧去加油站和学校提水。太可怕了。”她顿了顿，“尽管那样，但是上帝总是帮我。因为我工作努力，因为我每天都向他表示谢意……”这个女人已经进入了另一个世界。

菲丽宾娜很是失望。“等等，”但她又说了一遍。她不敢相信自己把女人的胳膊抓得有多紧，但她不能放手，“那么，在战争期间……你没有见过其他的什么？”

“我的女主人在那时候不容许我们出门，小美人。当然只除了去提水。她也是对的，瞧，所以直到今天我还活着。小美人，你

叫什么名字……你说你叫菲丽宾娜对不对？你愿不愿意加入基督教？”

她指向房间。在她们谈话过程中，一架风琴单调地弹奏着。有些女人在往桌子上摆放食物，而其他的则在架拼字游戏的游戏板。她们一边背着赞美诗，一边像小孩子一样咯咯笑着，好像这个地方外面没有别的世界，好像她们没有遭受过什么痛苦。她们像空气一样纯净，像死亡一样纯洁。她们笑的时候，那笑声就如同被锁在了一栋石头建筑里的一个小女孩的笑声，在教堂里回荡。

菲丽宾娜退缩了，像蜗牛缩进了自己的壳里。她从门前往后退，因为她知道这些白色的衣服，这些女人和她或和她的母亲没有关系。她知道她想要的不仅仅是生存，也不仅仅是纯洁。这个想法在她内心发出芽来，就像一个小花蕾。

“哈比提，别让我们因为你在圣母面前汗流浃背得像头猪。快点儿！”

“我们走吧。”菲丽宾娜说，坚决得让丽奈特和埃斯特尔扬起了眉毛。仪式开始了，空调却坏了。一名把脸半遮在衣领过大的长袍里的菲律宾牧师不停地按着遥控器上的一个按键，重复的哔哔声足以让上帝在他的石膏十字架上坐立不安。它像一个仅供一人使用的电子祷告人。女人们掏出自己的扇子。会众全都是女人，她们开始咏唱，有些人虔诚地闭着眼睛，其他人则若无其事地像在嚼口香

糖。有些女人在发短信，收到回复的时候就拿给朋友们看，回复的人十有八九是小伙子。赞美诗被投影到教堂的左墙上。

我手臂和声音的力量/是没有条件的/不由我的心情而定……

虔诚的全能神信徒们试图让会众保持祈祷声的力度和高度，但每个人声音里的筋疲力尽都足以压倒上帝。

我相信，我将幸福！

就在女人们闭上眼睛，默默劝服自己相信这句话时，某个人的手机响了。

“是的，夫人。好的，夫人。好的，夫人。是的，夫人。”

咏唱声更大了：是没有条件的……

女人挂断了电话，显然觉得再进去十分不妥，要不就是在想她到底有没有拔下熨斗，她高喊了一声：我将幸福！

菲丽宾娜没有加入。她看着那些全能神教的会众；头上套着尼龙花边，她们看起来像已经死了，去了天堂。这些女人当中不会有人认识她母亲的。她的母亲不是她们中的一个。这是一件好事……

“啊！我觉得这个会没完没了。”丽奈特说着冲出了门。她们无视面前晃来晃去的捐赠篮，来到了教堂后面的大街上。

她们来到一栋大楼，菲丽宾娜不知道她们到了哪里。起初，她看到入口处穿着洗白的紧身牛仔裤、用黝黑饥渴的眼睛色迷迷地看着她们的男人，她还担心是到了妓院。但当她们进去后，她看到一排排坐在电脑前、头上戴着耳机聊天的菲律宾女孩，她觉得她们是在一家网吧。再接着，她闻到了炸鱼的气味，觉得她们应该找一家餐厅吃饭了。最后，再往前走，她听到有人在唱卡拉OK，她又想她们应该是到了一家迪斯科舞厅。

低矮的天花板，肮脏的荧光灯，塑料椅和花，拉麦斯塔到处是这些东西。菲律宾女孩们束起头发，穿着最性感的衣服，醉醺醺地笑着，尽管她们喝的是泰国塔斯科牌椰汁，跳舞时踩的是不平的高跟塑料鞋。

“我告诉她了。无论你干什么，都要确保把你的护照要回来。别幼稚了！她现在在哪里？”丽奈特问埃斯特尔，她脸上的神情既愤怒又同情。看到埃斯特尔脸上同情的神色更甚，她自问自答道：“她在巴卜达[①]，对不对？我告诉了她。”

在尖叫和高歌声中，菲丽宾娜努力去听她们的对话。

---

① 译注：巴卜达（Baabda），黎巴嫩城镇。

丽奈特转向菲丽宾娜，抓住了她的手：“你的护照在哪里？小心，好好保存着。否则……”

这次是埃斯特尔抓住了丽奈特的手。“别吓着这个女孩！别再谈这件事了。”

“巴卜达是什么？”菲丽宾娜问。

“忘了吧。”埃斯特尔说，假装把注意力转移到卡拉OK上。

丽奈特把嘴凑到菲丽宾娜耳边小声说：“是一座监狱。那里有菲律宾女人。是个可怕的地方。你的护照在哪里？”

菲丽宾娜不想显得幼稚，于是答道：“我有。”看着面前跳舞的那些女孩，她不由得想到泽娜卜可能会把它藏到哪里。

“听我说，亲爱的，如果你需要衣服或什么的，别去安吉尔兄弟公司。大家都去那里，但莎莉那里有最好的产品。”丽奈特指了指墙上的标示，上面写着：“莎莉在楼上”，标示上还画满了指向楼上的箭头。“如果你有问题，可以来找我。如果你找不到我，去找莎莉试试。如果她不在那里，去找米朗。告诉她你认识我。”她指着几英尺开外一个穿着花边紧身衣和戴着紫罗兰色镜片的女人，“那就是米朗。莎莉周日在这里开店。其他时间她为哈里里效命。而米朗则为真主党的一位部长工作。如果你想要菲律宾香蕉、咸味糕点酿肉，或菲律宾甜点什么的，娜塔莎在前面的街上有个店。马尼拉产品。从那里买。”

菲丽宾娜试着不再去想护照的事儿，去记丽奈特告诉她的那些名字。

“你看到她们了吗？”她指着三个穿着低胸紧身连衣裙的年轻女人，“大家叫她们妓女。但实际上她们是好女孩。如果我不在这里，你可以跟她们一起玩。如果你打排球的话就更好了。周日你可以和我们一起玩排球，那比你把所有的时间都浪费在这里好。女孩们有个排球协会叫‘菲球’。你可以根据你所在的社区找到一支球队。面包车从教堂庭院出发。实际上……”她轻声笑了笑，“可怜的姬玛最近被解雇了，因为她在房子里练习扣球。那家人说她制造了太多噪音。不管怎么说……她们的口号十分有趣：‘为了友谊和团结服务。’换句话说就是她们还在服务。就算是在星期天，哈！嘿，听……

菲丽宾娜急速转动着眼珠，努力去记所有那些名字、脸孔和事情。丽奈特抓住她的双肩以引起她全部的注意力。“拉麦斯塔，还有所有那些……实际上，这里的每个人的情况都大同小异。她们都认为自己没有被人操或挨打就算走运了。‘太太非常喜欢我。’她们说。但这不是真的。千万别忘了这一点。你是在这里工作，迟早有一天是要回家的。千万别忘记！明白吗？”她把脖子转得咔嚓咔嚓响。她在撕扯着自己的话，就好像它们是大块大块的生肉。“听我说，亲爱的。我们是这个国家的公共罪恶。每个人都忘记了自己

的罪，但没有人会忘记身上的复仇大计。因为……”她看着菲丽宾娜，就像一个女人刚刚在火车离开站台后扔掉自己的行李。

“丽奈特，你上的是哪所学校？”

“干吗这么问，哈比提？”

“你实在是太聪明了。”

“一个人并不非得要去上学才会懂得这些东西，哈比提。你也会学到的。或者也许……”

她们就那样面对面地站了一会儿，丽奈特的手放在菲丽宾娜的肩膀上，接着她们听到身后的女孩喊了起来。“我会活下来！我会活下来！”

穿着紧身牛仔裤的那几个男人不怀好意地看着她们，把他们的水烟袋头在嘴唇上擦了擦。荧光灯里装满了苍蝇，变得更暗了。菲丽宾娜不知道自己的护照在哪里。

“现在，来吧，亲爱的，让我们找点儿乐子去！”丽奈特把她推进那圈浑身是汗、尖叫欢舞的女孩中。

全身素白的菲丽宾娜越来越觉得自己像个白化病患者。她闭上眼睛，试着去听音乐。

是无条件的……我会活下去！我将幸福！我会活下去！

不，泽娜卜是个好人。泽娜卜要她的护照干什么？但她为什么要把护照给泽娜卜呢？“你会弄丢的，放在我这里比较安全。”泽娜卜说。但是在哪里？

不由我的心情而定……我会活下去！

当她睁开双眼时，她看到那些男人在水烟袋头上流口水；她看清了自己的天真，正因为她的天真，她才会穿白色的裙子，还把护照给别人，她恨死了自己的天真；丽奈特酒红色的口红和其他所有人的融合在了一起；餐桌上的意大利面变长了。她闭上眼睛，想到也许她的母亲并没有死；她看到母亲在祈祷，头上套着尼龙花边；然后母亲在她眼前消失了，她开始大哭。丽奈特是在帮她擦眼泪，还是在把口红从她手上擦到她脸颊上？如果她睁开眼睛，她会看到炸鱼；她会看到那些因为自己的人生已经颠倒的女人，正试图在笑声中创造新的生活；她看到女人在塑料椅、碗碟和鞋子周围蹒跚地挣扎，挣扎着想要寻找快乐。如果她闭上眼睛，她的脑袋便开始旋转；她想起她垂死的外婆告诉她，“别去贝鲁特。你妈妈去了后就再也没有回来，你也会迷失在那里的。”如果她睁开眼睛……

“菲丽宾娜！”

菲丽宾娜紧捏着挂在肩上的白色提包。她听到里面的纸张发出

的沙沙声。一个温暖的手掌触碰着她的脸。马文把手朝她伸来，好像知道她眼睛里看到的这一切。菲丽宾娜从那些尖叫高歌的女孩中间蜿蜒地走过。马文走在她前面，手插在口袋里。他们都低着头。马文不打算告诉她，他这一整天都在找她，找遍了所有菲律宾人会去的地方。

08

天没有下雨，巴黎没有被炸。但他们刚才所见促使他们紧紧站在一起，好彼此有个照应，但同时又要保持足够的距离，使得两个人都能自由移动。

“该死的！“

丹妮丝搞不懂他们在干什么。商店橱窗里几十个电视屏幕上显示着相同的画面：男人们把水泥倒到一扇大门上；接着是一个胡子花白的男人的脸，因悲伤而衰老，脸上笼罩着筋疲力尽的愁云，他的眼睛也疲惫至极，连愤怒都愤怒不起来了；然后是同一扇大门，男人们还在往上面倒水泥……

“这是什么？他们在干什么？”

“那是巴格达。他们在往巴格达的心脏倒水泥。”

丹妮丝试着去理解那些无声的图像。

新闻短片的字幕写道："……那些门被封住了。他们在往巴格达国家考古博物馆的门上倒水泥。自从2003年遭侵略后，一直在努力保护博物馆不受洗劫的博物馆管理员唐尼·乔治宣称说这是唯一能保住它的方式。在门被封住后，乔治和他的家人将会搬到大马士革。据乔治说，到博物馆来参观的那些达官贵人只对它里面的伊斯兰教残片表露出兴趣。他强调说，尽管他们求助了无数次，这个世界也没能保住该博物馆免遭洗劫。"

站在玻璃橱窗的这边，丹妮丝无法解释她头脑中闪过的那些想法。那个湖……那条鱼……她在登上巴黎的那趟火车前在圣詹姆斯公园坐的那条长凳……那饥饿的、愤怒的鱼眼……电视屏幕上那些人的眼睛把丹妮丝带回到了那片浑浊的湖。在那团混沌中她只能看见那些眼睛，也许只有丹妮丝才能看见那些眼睛，因为她的眼睛和它们的相似。就好像它们因为她站在屏幕外而不是和他们站在一起而充满愤怒……

"这就是中东把自己遮盖起来的原因。不是因为汽油或金钱。它是在试图用水泥和面纱来维护自己的尊严。就像一个孩子……"

齐亚德视线所在的地方不是电视屏幕而是橱窗玻璃，他在看玻璃橱窗上和其他影像一起闪烁的自己的影子，也许甚至连那个都不是，他或许只是在呆呆出神，什么也没看。他的声音像是在重复

他之前听到过的话。“他们得到允诺会得到尊严，但是他们的小孩却为此牺牲。我在阿富汗看过一个孩子，他在被炸掉的房子前哇哇大哭。他的父母都死了。没有什么言语能用来描述人的心——他们什么都没有留下。他们在掠夺他们的心，于是这些人闭上了心房。他们是在掠夺我们的故事。他们拿走了我们的故事，将它们砸得粉碎，就像他们对我们亚述泥板所做的那样。然后，他们把剩下的碎片给我们。‘这就是你！’他们告诉我们。这些碎片成了《纽约时报》最佳畅销书。他们把我们的碎片还给我们，就如同他们把彩色玻璃珠给美国原住民看一样。”他转向丹妮丝，看着她，好像他一生从来不曾笑过，“这就是我要写作的原因。也许……这一次……我能写出它真正的样子，这才是我感兴趣的。我想收回我们的历史。我想把他们珍贵的玻璃珠还给他们，而把我们的历史收回来。”

丹妮丝迟疑地把自己的一只手搭在齐亚德肩膀上。他抖开了。这次轮到丹妮丝头也不回地跟着走在自己前面的人。他们走进了一家书店，站在不同的书架前。

“这正是我说的。”

丹妮丝冲到齐亚德身边，迫切地想抓住“和好”的机会。

“看到了？这个。”他递给她一本书，是一个久居国外的中东

人用英语写的，“看看它是怎么开头的。”

在丹妮丝焦急地在书的第一页搜索，寻找正确答案的时候，齐亚德接着说：“不，不……看第一个字。”

“我？”

“是的，我！看看所有这些东方小说中的最佳畅销书是如何开篇的。别费心了，让我来告诉你，它们全都是以‘我’开始！它们全都是在讲某个人的故事。为什么？”

齐亚德的挫败感让他停不下来，但这只使得他看起来更英俊、更人性、更温暖。“因为，哈比提，这是他们能和西方人分享故事的唯一方式。你知道为什么吗？”

在他继续长篇大论的时候丹妮丝对他的渴望越来越强烈。

“因为，哈比提，人们不想再听故事了。他们只想知道秘密。他们想置身于某个人最隐秘的秘密当中，去偷偷窥视它。他们想知道，这个人有什么秘密。为什么？”

丹妮丝恨不得吻齐亚德，但糟糕的是，他在期盼她的回答。她打起精神来回答他：“为什么？”

“还会是因为什么？因为人们不想再在故事中迷失。因为这么做会提醒他们自己的生活有多空虚，提醒他们不堪一击的安全感如何塑造了他们，提醒他们稳定的生活是怎样把他们变成懦夫的……”

丹妮丝的子宫痛了。

齐亚德一边说，一边指着其他顾客，惹得对方纷纷不满地抬起头，以为自己兴许又碰到一个疯疯癫癫的阿拉伯人。齐亚德不以为意。

“我既不信神，也不爱中东。说到底，那不过是一段愚蠢的历史。是人们互相挖眼而变瞎的历史。中东充斥着各种罪——众神皆在这个地方诞生并非出于巧合。每个人都忘记了自己的罪，但没有人会忘记身上的复仇大计。你不能用‘我’来描述中东。但是不！我们要把故事写得能让美国的家庭主妇在超市里有购买的欲望。否则会怎么样呢？否则我们的故事就没有立足之地。操他妈那些该死的故事！”

他连骂人都骂得那么帅气，丹妮丝想，这让她意识到自己有多想念那些会口吐脏话的人。

齐亚德将书甩回到书架上。“我们走吧。”他说，语气中带着将军对部下发号施令的决然。

丹妮丝惊讶于自己的反应。她本可以对齐亚德的评论补充一大通内容，但她什么都没说。她子宫里的疼痛消退了，她想到自己在牛津是多么的无话可说，身体又是多么的失调。齐亚德就像一片巨大的黑暗大陆，她则是从中分裂出的一小片土地。和他在一起就好像重新和那片大陆连接在了一起。这就是为什么她在牛津如此失神

的原因。

他们如同联盟军一般并肩而行。

齐亚德的态度突然变了，他变得活跃起来，问道：“我们要不要买几块三明治去公园？”

“当然好。”她答道。

在卢森堡公园，他们把蓝灰色的椅子拖到池塘边，然后坐在椅子上，看孩子们用杆子撑着小小的帆船在池塘里转。他们小口吞着三明治，心情从愤怒变得欢喜。

“雅呢，我说的是……雅呢，如果有人要写一本书，雅呢，他们就应该写给全世界的人看。你这么认为吗，雅呢？因为，雅呢……”齐亚德结结巴巴地说。

丹妮丝大笑起来：“我的天哪，你张口闭口都是‘雅呢’！”

“雅呢，”齐亚德说，不是当笑话说的，而是因为他不知道还能说什么。他似乎下定决心要从他掉进的雅呢坑里爬出来，“哈比提，‘雅呢’是我们这些不发达国家孩子的口头禅，因为我们相信没有人能理解我们说的话。”他显然为自己能想出这样的解释感到沾沾自喜，“‘雅呢’是，‘哈比提’也是，它们像小小的桥梁，能将不同国家的人们连接起来。甚至当他们说的是不同的语言的时候，‘雅呢’就像救生圈，容许他们划向彼此。”

丹妮丝就是在这个时候发现齐亚德胸上那个无毛小洞的，就在他的锁骨下。“这是什么？”她问，把手指放在那里，意图试探他对她的触碰会作何反应。她恰到好处地掌握了手指停留的时间，短促到好似挑逗，但长到足以注意到齐亚德的面部表情变化，他的神色变得柔和了。

“是一种伤。雅呢，这么说不确切，但……前因后果很无聊。”他嚼着三明治，对丹妮丝的好奇感到着迷。

“来吧，告诉我。”

“是子弹射伤的，哈比提。”

“我好像听你说过，过程很无聊。”

“的确是。我小的时候，就像所有贝鲁特的男孩一样，对子弹、手枪和打架很着迷。所以我用绳子吊了一颗子弹挂在自己脖子上。也许是因为我荒唐的母亲在我心灵上留下的创伤，她在内战期间发生枪战时不肯去地下室。那颗子弹最后竟在我的脖子上凿出了一个洞。时间过去太久了，我甚至都不会再注意到它。”

丹妮丝想吻他那里，就像所有的女人最终都想亲吻一个男人受伤的地方一样。

“实际上我就像贝鲁特，”齐亚德哈哈大笑，“过一段时间你就会开始觉得贝鲁特的建筑物上一直都有子弹洞。它们变成了装饰的一部分，雅呢。”他看到丹妮丝正注视着那个子弹洞所在的地

方，语气变得讥讽，冷冷地说，“到头来，每个女人都想吻我那里。但你知道，我那里什么感觉都没有。所以别费心了，雅呢。”

“该死。”丹妮丝喑喑咒骂了一句，但嘴里只不甘地“嗯——”了一声。他们都把目光投向了池塘。

就这样，游戏开始了，两人的身体都在贪婪地揣测着谁会先妥协。那天晚上他们分手时没有接吻。

09

贝鲁特唯一希望我们的作家在场的人是马文。在他琢磨着该怎么把菲丽宾娜从拉麦斯塔带到滨海路去时，揣在口袋里的手在冒汗。而作家能让他们像水一样从哈姆拉流淌到滨海路去。

要不他干脆直接建议他们去滨海路得了？让我们假设这个女孩接受了，但他们在路上该谈些什么呢？要是他能跟她讲些美好的事情，或想出一句能与在拉麦斯塔那稍纵即逝的一刻完美匹配的句子就好了……那该有多好啊！

但现在并不好。就像所有能读能写的人那样，我们的作家能过好几种人生，但马文却知道自己只有一种生活，也只有一次机会，即使那天是他最走运的日子。于是，他的手在口袋里摸来摸去，作了最聪明的选择。意识到沉默是自己的致命敌人后，他讲起自己知道的事。

“听我说，这真的很搞笑，是去年还是前年来着？“

他们正沿着哈姆拉街往前走，他指给她看地上一排排的珠子手

链。那些手链是用念珠串起来的，但小贩把真主党领袖纳斯鲁拉的照片放在了它们之间。

“贝鲁特从这些廉价的手链上崛起了。基督徒们抗议了。‘你们怎么敢把纳斯鲁拉的照片放在我们的手链中间？’又说，‘你们怎么敢把真主党的卡拉什尼科夫冲锋枪的图片放在那里？’他们把什叶派们撕成了碎片。”

他从刚才打结的地方接着讲，因为这一次，他别无选择。菲丽宾娜还不知道他有多为难，但聊天驱散了他的悲伤和恐惧。

“听我说，看到那个看起来像交通灯的装饰板了吗？看到上面那个男人的脸了吗？他去了温派咖啡馆——温派咖啡馆过去就在这里——那时候有以色列人过来喝咖啡……你知道以色列在1982年侵略过我们吗？”

“我知道。”

他好奇她是怎么知道的，但嘴上没有停。“于是，在咖啡馆里有以色列人的时候，这个巴勒斯坦男人走了进去。那些士兵想付咖啡钱，他说，‘不，兄弟，我们这里不让客人付钱。’然后，嗒嗒嗒嗒……他把他们统统干掉了。他当然也活不成了。这就是为什么他的照片会在这里。”

接着讲，马文，接着讲，不要停。

“我们这里过去还有一家叫巴黎的咖啡馆。他们也把那家关闭

了。现在老人家都去星巴克谈政治什么的。我们要往这边走吗？”

他们当然要，因为那条街上有故事。走快点儿，别等到没话说。

“看到那里的海军准将酒店了吗？在内战的时候，它可真是风光无限。现在自然是另一番景象了。过去记者都住在那里。我听说反以色列的阿拉伯突击队队员——你听说过阿拉伯突击队队员吗，他们是巴勒斯坦解放组织的激进分子——我听说他们在1981年被派往突尼斯了。但他们把武器留下了。我听说一名美国女记者将那些武器埋在了这家酒店旁边的一块地里。我不知道是不是真的。不管怎么说，他们现在在那块地上新盖了一家酒店……建造期间，那些武器没准儿被挖出来了，但没有人听说过。看到这些了吗？不，是这些……原谅我不能指给你看，我怕会惹上麻烦……那些看起来像灰色食品罐头的售货亭，它们是检查站。哈里里的房子就在那上面。从来都是这样，重要人物的家门口总是会有这种‘食品罐头’，并配有士兵。不过哈里里也被杀了，你知道吗？他是在2005年死的。他们说是叙利亚人杀了他，但事情没有那么简单。你知道我是叙利亚人吗？实际上我的确是。但那不重要……不管怎么说……哈里里被杀后，贝鲁特便一分为二，“三一四”同盟党和“三八”同盟党……管它呢，我们还是别谈这个了，都是什么乱七八糟的。但这时发生了一件趣事，这就是为什么我想跟你讲这些的原因。哈里里死后，人们开始恨起叙利亚人来了。叙利亚人开始

平白无故地挨打和遭受这类事情……”

不要掉链子，马文，接着讲。

“你也许不知道，那时候黎巴嫩又回到了叙利亚的统治下。于是‘三一四’同盟党，也就是哈里里的支持者，基督教徒这类人，他们想让叙利亚滚蛋。而‘三八’同盟党，也就是黎巴嫩真主党，雅呢，他们支持叙利亚。他们中的一派在3月14日举行了示威游行，另一派则在3月8日。现在听好了，这些‘三一四’同盟党中的一个居然把她的菲律宾女佣也带去示威游行了。那个菲律宾女佣手里拿着一块牌子，牌子上写着，‘夫人说叙利亚应该滚蛋’！你能相信吗？”

你真是个彻头彻尾的白痴，马文。我现在都想往你嘴里吐口水。

“不管怎么说，当人们——主要是‘三一四’同盟党——开始恨叙利亚人时，这些卖卡克糕饼[①]的——这里所有的面包师都是叙利亚人——开始在橱窗里张贴‘我们热爱黎巴嫩’的宣言，或哈里里的照片，或挂黎巴嫩国旗，诸如此类的东西。你明白吗？那就是黎巴嫩国旗走俏的原因。‘三一四’同盟党是消费黎巴嫩国旗最多的。不管怎么说，你见过新版镑纸钞吗？噢，你也许再也看不到旧版的了……新版上面印的全都是那些腓尼基殖民地的东西。好像它们在说：‘我们不是阿拉伯人，我们是真正的腓尼基人。’不管怎么说，你在这里再

① 译注：Kaak，巴基斯坦食品，又称石面包，制作时先用生面团裹住预热过的石头，并将两者一起放入烤炉。

也看不到什么国旗了，你在东部会看到更多，在基督教区。在闹市区那样的地方。你知道什么叫闹市区吧？就是市中心。你也许已经看到那条写着‘阻止那些士兵’的横幅了。这里的士兵指的是那群占领市中心、霸占了所有人的家的浑蛋。他们极尽威胁之能事。接着他们就重建了它，它就像个公墓。现在没有人去那里了。没有人去碰它，只有游客去那里。不管怎么说，市中心在内战期间被夷为了平地。圣乔治酒店过去曾是这座城市时尚之所。现在里面空空如也。然后就是假日旅馆；它成了千疮百孔的摩天大楼。他们想重建它，但不敢，因为他们不知道会不会再发生战争。过去那里还有战役酒店，我指的是内战期间。还有狩猎大楼。他们恨市中心的叙利亚人，但在内战期间，最先死在那里的是叙利亚的工人。”

就在他差不多没话说的时候，他们来到了卡拉卡斯大街。他们快到水边了。

“1982年，在被占领期间，雅呢，巴勒斯坦人不得不逃命的时候，他们会到这里来——这里叫卡拉卡斯，我不知道为什么——不管怎么说，巴勒斯坦人来了，搬进了这里的房子。然后，他们就再也赶不走了。他们现在已经住很久了，房子的主人想把房子收回来但也收不回来了。情况就是这样。你听过范露兹[1]吗？”

① 译注：Fairuz，风靡全球的阿拉伯语歌手，出生于黎巴嫩。

“没有。”

“也许她在七月会来参加巴勒贝克国际文化节[1]，我们拭目以待吧。我当然买不起票，但大家可以在外面看。我有一次在贝特丁宫文化节上看到过她。我是说，我们爬到山上去看。在那上面看真是太美了。我保证比在里面看更好。范露兹——你会喜欢范露兹的，人人都爱她——她会唱共产主义进行曲。山上的每一个人都会跟着唱。我当然也不例外。看到那些油罐了吗？不，是那些，海里的那些，有渔民站在上面……滑稽吧，这座城市可能分崩离析，但那些油罐却什么事也没有。有爆炸，什么都有，但油罐毫发无损。我的朋友在这里附近工作。我们要不要顺道去看看？”

他扬起眉毛，装出一副没什么大不了的神情，心却在狂跳。

“当然好。”菲丽宾娜说。

马文尽量让声音听起来去不去都无所谓。他暗暗松了口气，想叹口气，但忍住了，说：“那好吧，好的，我们去吧。”好像她才是想去的那个人。

他们朝工地楼上走去。马文在朋友的脸颊上亲了三次。

建筑工地的工人出于礼貌，想避开菲丽宾娜。“不管怎么说，

① 译注：举办于黎巴嫩的年度国际性音乐盛会。巴勒贝克（Baalbeck），位于贝鲁特贝卡谷地，罗马人曾在此建立著名的神殿建筑群，如万神之神朱庇特神殿、酒神巴卡斯神殿等。

我们也要走了，”他们说，“橱柜里有亚力酒，哈比比，对不起，吃的只剩下快乐糖[1]和饼干了。”

系在工地建筑窗台上的、污点斑斑的厚塑料袋在风中摇摆。粉色、绿色和黄色的破泡沫床垫在夕阳的霞光下显得不那么凄凉。菲丽宾娜和马文在一张餐桌前面对面坐下了，椅子是用砖块码起来的。马文终于不再讲话。他再也不需要作家了。

马文用他那肮脏的粗手指尽量小心翼翼地将一颗土耳其软糖放在一块饼干上。他跷起小指，把其他的手指托在饼干下，以免弄碎它，他捧着它的样子就像小女孩捧着要放到祭坛上的花一样。软糖上一层糖粉掉了下来，里面的糖心撒在了饼干上，露出柔软的、闪亮的、黏稠的、潮湿的和没有触碰过的糖肉。马文不着急，他轻轻地涂抹着软糖，直到将它盖住整块饼干。他每次抬起手指，都一边考虑着还有什么地方要弄平，一边想象着咬着那甜蜜的、惹人怜爱的一小口饼干的感觉是怎么样的。他口水出来了，并不是因为他想象自己吃这份可怜的孩子小食勾出了馋虫，而是因为他在想象菲

① 土耳其软糖。

丽宾娜的舌头、牙齿和牙龈陷进那甜丝丝的、黏糊糊的软糖里的同时，饼干屑滑下她喉咙时的情景。菲丽宾娜也许会想到自己嘴里的味道是出自他之手，哪怕是一秒钟也好，当她嘴里充满糖果味儿的时候，她也许会爱上他的手，这份徒然的希望折磨着他。

第一次，菲丽宾娜爱上了马文的脸，那是一张想要做好事、成为一个好人的脸，还有他的眼睫毛——他低头看糖果时，它们随着他对甜蜜事物的渴望而扇动着。如果她的眼睛有手，那它们定是在爱抚着马文的脸颊。菲丽宾娜慢慢爱上了马文——尽管马文对此的希望薄如玻璃，因为尽管他的手指粗壮，但他还是尽量轻柔地把两片饼干挤到一块儿，以免弄碎它们。不过此时，他们俩都还没有意识到这一点。

当糖果终于覆盖了整片饼干时，马文的指尖都沾满了白色糖粉，他把第二块饼干放在第一块饼干上，然后把自己垒成的糖沾饼干递给了菲丽宾娜。眼神交汇的刹那，他一阵迷醉，不知不觉像小时候那样舔起了手指，刚一舔便懊悔不已。但当他看到菲丽宾娜带着嘴里的甜味儿，慵懒地扇动着眼睑时，他又舔了舔其他手指。这份甜味儿温暖了他们两人。他们眼望着彼此，卷着舌头，吮吸着散开的糖果，好像生活中只有美好的事情。马文在心里默默感谢，幸好饼干没有散开；菲丽宾娜注意到了他胜利的微笑，但并不觉得好笑，因为这根本就没有什么好笑的。在那一刻，一切都那么美好。

“那么，你阿拉伯语学得怎么样了？”

菲丽宾娜点点头，紧抿着嘴微笑，怕饼干块从嘴里掉出来。

“那你到底为什么要学阿拉伯语？很难学的，雅呢。”

有那么一刻，菲丽宾娜觉得她不能为了换取这一小口甜蜜而告诉他任何事，不能把她这辈子的秘密透露给这个头发油腻的男人。但就在那一刻，在马文坐在用报纸盖住的砖石餐桌前，朝一个玻璃罐子里倒亚力酒的那一刻，夕阳刚好照在他肩头。她想起了那些信仰全能神教的女人。她想象着自己的手指在梳理着贝鲁特沙滩上的沙子。海鸥白色的后翅映照着夕阳余晖，如同恋人拿着镜子对着太阳，向彼此表露心中的爱火。

如果马文知道这些，他就不会搜肠挖肚地寻找滑稽的素材，他就会在给菲丽宾娜的罐子里倒亚力酒的时候闭上嘴。

“那让我教你怎么样。比如……比如……猫！Kato！”

同样地，如果在他说这话的时候，菲丽宾娜知道马文是在回想他那天早上看到她和那只猫在一起时爱上了她，她就不会在打开小提包时犹豫不决。她把手上沾的糖粉擦到裙子上，从包里拿出信。当两人的手同时捏住那些信的一瞬间，这个男人可能像她父亲的念头在她心头如卷云般飘过。

虽然没有读过，但她一直相信这些信很珍贵。现在，她把它们交到了一个不了解但值得信任的男人手上。要害怕已然太迟，但当

她看到另一个人手里拿着那些信，看到刚从她脸颊上轻擦而过的那只温暖的大手掌，现在盖住了每一封信开头用拉丁字母写的她的名字时，她怅然若失。她真希望马文的手能小一点儿。

“这些是什么？”

马文脸上挤出来的笑意消失了。他不知怎么地知道，该是时候转变成一个能留住一个女人心的男人了。

他读完第一句话的时候，已经在扯自己的须根，啃着它零散的毛发。读完第二句和第三句后，他知道该怎么拿这些信，应该像手里拿着那些饼干那样捧着那些纸张。第一封信读到一半，他抬眼看菲丽宾娜，好像她是他青梅竹马的恋人。待到第一封信读完，他明白了为什么菲丽宾娜的眼睛会是那个样子，他爱她，不是像爱一个女人那样，而是像爱他的女人的那样。

他注意到信上的日期：1982年7月17日，1982年8月。他意识到了什么，恐惧得禁不住开口。“那么，”他说，“你父亲……雅呢，最后一封信……”

除了菲丽宾娜，现在马文是唯一一个知道哈姆扎医生兑现了要让自己的小女儿活下来的誓言的人，他把自己“可口的可贝”送到了世界的另一边，好像他早就知道会发生什么。这个自称是一根干瘪胸骨的男人可能已经在沙拉提大屠杀中遇难。

大约就在马文停止读信，一声不吭，悲伤地望着四周的同时，泽娜卜把一把白色的塑料椅拖到了盖特维山顶上公寓楼的前门。她抱着膝盖弯腰坐下了，面带不悦地看着手表。

八点过了，过了菲丽宾娜的宵禁时间，她和马文在大街上等出租车。贾恩把车停在他们面前。

“想回家吗？我可以带你们。”

菲丽宾娜看着马文，他还在盯着大街找出租车。

“马文，泽娜卜知道你和这个女孩在一起吗？”

两个男人之间交换了一个死亡的神色。贾恩踩下油门，疾驰而去。

10

齐亚德：用钱换你的思想。

丹妮丝：好玩。我妹妹和我过去也玩。

齐亚德：那么，你在想什么呢？就在我刚问你的那一刻。

丹妮丝：老实说，我在想亨弗莱·鲍嘉为什么要把英格丽·褒曼从卡萨布兰卡送走。

齐亚德：太棒了。

丹妮丝：那你在想什么？

齐亚德：什么都没想。

丹妮丝：噢，别骗我了，说吧！

两人都哈哈大笑，因为他们都知道这番对话早就变成了声音，变成了缠绕彼此的声波。他们穿过苏利桥，向拉雪兹神父公墓走去。

齐亚德：你知道吗？我只是在想《达拉斯》。贝鲁特的每一个人都爱着J.R.[①]在内战期间有许多和达拉斯有关的故事。我某天会跟你讲的。

丹妮丝：哈！我们在政变的时候看过《达拉斯》。人人都在烧书。我现在知道那有多奇怪。你知道，孩子会觉得自己所做的一切都是正常的……

齐亚德：是啊，我离开贝卡谷地的时候也觉得是正常的。好像整个世界都在遭受轰炸，为了远离炸弹，所有的家庭都不得不不停地迁移。我会告诉你的，从那时起发生了一些好笑的事。

他轻笑着，告诉丹妮丝，他父亲过去怎样打他母亲，他母亲又怎样打他父亲，最后他母亲打他，再然后大轰炸来了，他们全都带着流血的鼻子跑去地下室。丹妮丝轻笑着告诉他，他父亲在第一次打他后喝下了一整瓶亚力酒。

他每说一次“某天我会告诉你的”，都为他们的将来增添更多在一起的时间。新的日子犹如气泡，包裹着每一个被推迟未讲的故事，在他们面前不断冒出来。

丹妮丝用手触摸着腹部，发现自己瘦了。她突然想到肯定是欢

① 译注：美剧《达拉斯》中的主人公。

笑使她变得苗条。故事越糟糕，他们笑得越多。

“那么，你对鲍嘉的选择持什么看法？”她问，“他为什么要离开那个女人，雅呢？”

“男人都那样。他们行事只为耍酷。”

“好啦。他为什么要离开那个女人？”

齐亚德在拉雪兹神父公墓大门处停了下来。“你不知道害怕，对不对？如果你知道，就会明白。”

沉默。

“来吧，我们进去看看死人。”

沉默。

“我害怕迷失。”丹妮丝说，声音几不可闻。她从未想到这样具有戏剧性的句子会使得他哈哈大笑。

“什么，你疯了吗？还有什么比迷失更好的？来吧，让我们迷失吧！”

他们在坟墓间蜿蜒而行。公墓里没有人。他们的胳膊肘、肩膀，有时候甚至是手都会偶尔碰到。

“这是个什么样的地方啊！简直像是一座城市。在贝鲁特，如

果你寄一个包裹到我的住处，它到达不了。但如果服务生半个小时内没到的话，我们可以点一份免费的比萨……对不对？”

他们又笑了，尤其是齐亚德，因为丹妮丝正凝望着他。

“至于你说的鲍嘉的问题，”他说，一副科学家正在做实验的表情，“请先告诉我，如果褒曼真的那么爱他，那她这么多年为什么没有去找他呢？明白了吗？如果她爱得死去活来，那她为什么不告诉她那金发老公？好吧，我们就假设她有不得已的苦衷。那样的话，小姐，那她当时为什么不说‘我不去，亲爱的丈夫。我要留下来。祝你旅途快乐’？”

“齐亚德，我想吻你。”

当齐亚德的手臂揽住丹妮丝的后背，温柔地拉着她在坟墓中往前走去的时候，他像是变了一个人。

动物、小丑、小矮人和怪物疯狂地奔跑着，没有意识到它们是在一个马戏团的帐篷里。从她胸腔里蹦出来的动物中，其中一个肯定是一匹鬃毛肮脏的赛马，它只记得怎么跑。为了记住现在的气味，它把鼻子埋在胸前。这是一种混合的、拥挤的气味。

这闻起来像草药医生身上的味道，像各种各样的气味：桂皮；装满辛辣烟叶的黄色粗麻袋的气味；筋疲力尽的气味；女人走进走

出、为了某些原因靠近草药轻声细语时身上散发出的香水味；与此同时，还有一股悲伤的气味；与此同时……

但那匹马不满足，它的鼻子还是不确信。它挫败地用力吸着气，试图在记忆中确认这气味。丹妮丝随意走动，在内心里搜寻，摇摆不定，终于她在自己的大腿上找到了那股气味。

齐亚德闻起来像是个书柜——不是像旧书，而是像旧的童书。像一本带着蓝色封面的小书……他闻起来就像是《保罗街小子们》，她曾在这本书中夹了一根桂皮枝。她一闻出是什么气味便冷静下来，那匹马飞奔远去。齐亚德钻进了她的鼻口，停留在那里久久不去。他如一股截然不同的气味烙印在她心里。一股甜蜜的、潮湿的燥热愈合了她两腿间她不知道的伤口。

他们拥抱的时候，齐亚德眼里闪着光说："我们将一直拥有巴黎！"

他不是在开玩笑。他们哈哈大笑，浑身冒汗，但洁净，好像他们久别重逢。他们久久保持着那个姿势。

丹妮丝的眼里蓄满了泪水，恨不能把拉雪兹神父公墓淹没。她

把大拇指压在齐亚德锁骨下那个潮湿的、颤动的小洞上。泪水带着惊人的平静从她脸上流下；她笑的时候嘴唇裂开了，好像嘴被拉向了四个不同的方向。她说："我流产过。"

无论几分钟前从她两腿间流出来是什么，那现在留下来的就是她的胎盘。

齐亚德抓住她的大拇指。他说话的时候，声音在她的指尖回荡。"那好吧，我不会去吻那个伤口！"

他们吃吃笑了。

"我们去吃一块超大的比萨，"丹妮丝说，"我饿死了。"

他们一跃而起，就像两个不想错过什么游戏的孩子。他们的"巴黎"看不见了，因为墓碑全都倒塌了，在离开他们的"巴黎"之前，齐亚德抚平了丹妮丝的头发，凑到她耳边。"你走路的时候，臀部扭动的样子是那么优雅。"他小声说。

丹妮丝的臀部天生如此。在他们穿过苏利桥时，无论他们谈什么，她脑子里都只有自己屁股扭来扭去的样子。她像个在自己转身

时看裙摆旋转的小女孩，她转不了多久，因为她一直都在看自己的裙子，但她每次低头看见自己搭配得恰到好处的红色皮鞋时还是很高兴。就像那个女孩，她不知道如何作为一个旁观者来观察自己。

“瞧！”齐亚德指着巴黎咖啡馆里红黄相间的椅子中的一把。他们此刻正坐在那家咖啡馆里。“瞧，那上面写了椅子的制作人，时间和地点，还有电话号码……雅呢，我们假设，你坐了下来，感到不满意，然后打那个电话怎么样？‘你好？做椅子的人，你叫什么名字来着？我的屁股对你的椅子完全不满意……是的……是的……是的，就是这样。请问……？’……”

他板着脸孔，模仿得惟妙惟肖，把丹妮丝逗得爆笑如雷，引得顾客纷纷看向他们。

齐亚德继续用法语说，好让每个人都能听懂。“请问……？是的，我把我此刻所在的地址告诉你，请立即派个人过来……是的，请……谢谢，先生！但是我的女朋友……”

我的女朋友？

“她也有个请求，先生。请从现在起，留下两个电话号码。我们已经打了超过一个小时，电话总是占线。我们等得好辛苦，先生！”

我的女朋友？！

齐亚德收线。与此同时，比萨到了，服务生的手臂挡住了齐亚德的脸，所以丹妮丝不能判断他在叫她女朋友的时候有多认真。待到他们端起装着罗纳河谷陈酿红葡萄酒的酒杯时，再问他已经太迟了。

“是的，褒曼小姐，就如我之前所说，我们将一直拥有巴黎！”

“既然我们在引用《卡萨布兰卡》这部电影，那，褒曼小姐，让我来问你：我们呢？”

“我们呢，哈比提？你想要怎么样都可以！”

丹妮丝不假思索地回答。她决定听凭自己的直觉。“我要迷失！”

“那好吧。那就迷失！”然后，就好像他们没有经过讨论，好像这番对话的最后一部分毫无新意，他又回到了椅子上，“那就是中东，哈比提：塑料凳和荧光灯。也许还有几朵沾满灰尘的塑料花。我想写一首关于这些东西的诗。一首关于没有人在乎的诗。因为那儿……”

他的中东演讲成为嗡嗡的背景声，丹妮丝没有征求齐亚德的同意，也没有考虑生活是否允许，就开始制订计划。她腹部的稠液晃荡作响，她为他们俩创造了一个世界，在那里，一切——它的山脉、大海、树木，甚至是松鼠，都各就各位。她停下来为那个世界

收集材料的时候，齐亚德的只言片语钻进了她的耳朵。

“……就如我们今天在红教堂前看到的那个免费拥抱[①]运动……我在想，我们，世界的其他地方，给了西方当小孩的权利吗？‘把你们的战争给我们，亲爱的！你们去享受生活吧。’雅呢。还是说反过来……”

“你什么时候去贝鲁特？”

“三天内……还是说他们会说‘来吧，把这些玩具拿去，用它们互相残杀’……”

“我在考虑去贝鲁特。我是说，我已经在考虑要去了。”

“那不错……但还是那些，塑料凳和荧光灯。中东的诗歌在改变，亲爱的。西方人迷上了阿拉伯人的头巾，但实际上现在中东的诗歌里写的是胡须和包头巾[②]。反正信徒的脸看起来都是一样的。无论那张脸是被蒙在阿拉伯人的头巾下，还是伊斯兰教徒的包头巾里，都一样……”

“我能跟你一起去吗？”

“当然可以……雅呢，难道受压迫者该如何反抗都要由压迫者来决定？‘不要这样造反，要那样造反！’由你决定！”

---

① 一项运动，由一位澳大利亚积极分子发动，随后扩展到世界其他地方，在这项活动中，人们给过路人免费的拥抱。

② 译注：上文的“头巾”为keffiyeh，此处的“包头巾”为turban。

“反正我都要去的，雅呢……实际上我已经买了一张票。就在后天。”

“我的是在大后天！好吧，你可以待在我的地方，我会迟一天到……就像法国人说的，酷——毙——了。我们干杯！为了你的翘臀，为了巴黎，为了贝鲁特！为了你想要的一切！”

一切发生得好像什么都没有发生。

丹妮丝没有问为什么这么简单。就算她问了，齐亚德也不会告诉她，甚至在还没有遇见她之前他就决定了要恋爱。他不会告诉她自己害怕迷失，或他即使不迷失也害怕消失，也不会告诉她他已经认清自己只能抓住某人才能生活下去。为了生存，贝鲁特必须相信会有好事发生。否则，贝鲁特会成为它自己精神错乱的牺牲品，会化为灰烬……

那天晚上，在齐亚德的旅店房间里，丹妮丝看到了一个木箱。箱子打开了，石头倒了出来，丹妮丝问他菲丽宾娜和她自己的结局会是什么样的。那是个漫长的夜。

11

那个夏天——也就是今年夏天——贝鲁特将再次成为中东的巴黎。它一定可以做到，因为伊万娜·特朗普和沙特人已经在这个城市投资，准备盖伊万娜·特朗普公寓。这随时都可能成为现实。另外，报纸上这样写道：“听到政治领袖们宣布他们的第九次全国对话有了积极成果，黎巴嫩人民松了一口气。对一个光明、平静的夏天的展望很可能提升贝鲁特人的精神状态，同时也提高他们的收入水平。”

此次全国对话有许多亟待讨论的话题，但政治领袖们却一个都没谈，这次全国对话唯一可被称道的地方在于，领袖们终于决定不再互相攻击。但还有一些连当地人都尚不知道的好消息，洛杉矶和贝鲁特成了友好城市，还有曾经在拿破仑饭店的酒吧表演《父亲的胡子》的幸福街蓝调乐队刚刚回到了这座城市。乐队的领队奥狄斯·格兰德，老了也胖了。他说上世纪七十年代的贝鲁特跟伯克利很像，这勾起了许多人的怀旧情绪。

同时，以色列对加沙地带发动了袭击；伊拉克地区的人不再因为不同的宗教派别相互隔离，这种相互隔离的过程始于萨迈拉[①]一个重要的什叶派清真寺被轰炸事件；在巴勒斯坦土地上，那堵被摧毁的墙正继续被砌起；美国暗杀了扎卡维，而他们的国务卿康多莉扎·赖斯却告诉世界，她双腿优美的线条要归功于滑冰运动。

与此同时，世界杯正在德国举办。罗纳尔迪尼奥踢得如梦如幻。我们都爱罗纳尔迪尼奥；他就像我们中的一员。一方面，他把球踢得就像艺术家一样。他笑得又像一个被自己的傻气逗乐的小男孩。人们花三美元买来他们所支持的国家的国旗，这可比黎巴嫩的国旗要便宜。当法国以1∶0打败巴西的时候，贝鲁特像是到了国殇日。但当晚，嘲弄巴西队球迷的并不是法国队的球迷，而是那些挥舞着德国国旗的人。因为德国队刚刚以4∶2击败了阿根廷队。那天晚上一定是德国队的球迷在阿什拉菲赫德里兹克医院门前燃放烟花。当时齐祖[②]还没有用头撞马特拉齐，所以这还不是当时大家谈论的话题。

事情发生在黎巴嫩南部，但这也还没有成为讨论的话题。深紫乐队要来参加巴勒贝克国际文化节，这件事倒成了大家谈论的话题。一些焦虑不安的年轻人说要对以色列袭击加沙地带一事采取一些措施。但采取什么措施呢？就是到市中心静坐示威！好主意。不

① 译注：Samarra，伊拉克城市，主要人口为什叶派穆斯林。

② 译注：现已退役的阿尔及利亚血统法国队足球运动员，齐达内。

管怎么说，这个行动至少会给位于市中心的昂贵墓地带来一些生命的活力。

泽娜卜坐在贝鲁特的一个偏僻角落里，她坐在椅子的边缘，几乎要掉落下去了。她坐在那张白色的塑料椅上，前后摇来摇去，因愤怒而紧握双拳，但她还不知道自己因为什么而如此生气。她坐在门口，眼睛紧盯着她的手表。指针已经过了八点钟，但它走动的速度赶不上她怒气增长的速度。

“我在等哈迪。他又不见了。马文也不见了踪影。”

泽娜卜的双手紧压进了大腿里，她把这个谎言重复了四遍，因为……

首先回来的是瑟坦妮可。

“他很快就会回来的。我相信他就在附近。我自己就是从塔里克·艾尔-杰迪代街回来的……今天那里有抗议活动。我真是累坏了。天气实在太热了。至少也要有点微风才好啊。前几天有一个意大利的小丑晕倒了，这件事我跟你说过了吗？小丑们根本没法忍受这样的高温！但正如他们所说的，啊，意大利人！”

听到这句古话，泽娜卜本应该会哈哈大笑的，这句话的意思是：“不论在我们身上发生了什么，都是意大利人的错。”除了在内战蔓延到贝鲁特前夕，意大利人刚好赢了世界杯这个事实之外，意大利和

黎巴嫩之间没有任何明显的关联。但这就是这句话的好笑之处。泽娜卜非常清楚，一旦黎巴嫩有什么坏事发生，那都是别人的错，只要有冲突发生，都是由“不明身份的第三方”造成的。所以，她本应该要笑的，但是她没有。在马文、哈迪，特别是在菲丽宾娜回来之前，她不准备用这样无聊的鬼话来驱散内心强烈的愤怒。

过了一会儿，泽娜卜的头发竖得更高了，她对阿伊莎重复了这个谎言。

“他们俩都会很快回来的……上帝啊，今天可真热。我本来要去达耶待上几天的，但我没法鼓起那个勇气。哦！泽娜卜，我听说面包工又要开始搞罢工了。你要让你的那个菲律宾人明天多买一些面包。”

泽娜卜的头发竖得很高，看起来像是要扎到阿伊莎似的。“我不知道她在哪里！都已经过了八点了！”

没人可以安抚她，她坐在自己那张白色塑料椅上，又把关于哈迪的同样一番话对纳赛尔说了一遍。

“你想让我去把哈迪找回来吗？今天博物馆也关门了，今天是星期天。他会来的！今天真热啊！有那么一刻，我几乎要在哈姆拉街上弃车了。听说下周就会降温了。”

最后，她又把关于哈迪的谎言对贾恩重复了一遍。

“马文要回来了，他刚刚到山下。还有你的女孩……让我们饱

受煎熬的不是高温，是空调。冷热交替……据说下周会更热。”

在这个城市里，流言是唯一可靠的消息来源，战争、天气、面包工的罢工、即将发生的汽油短缺问题，泽娜卜就在这些信息的交流中越来越显老。现在她没法去烦心这些事。

马文看到了贾恩的车。他确信贾恩会把看到他们俩在一起这件事告诉泽娜卜。但是当时他和菲丽宾娜都在街尾，正准备分开，所以可以稍后再担心贾恩的问题。而现在，他要给菲丽宾娜一个承诺。女人都相信承诺——也只有女人才会相信承诺。

“下周日我就能看完那些信了。到时候，如果你愿意的话，我们就可以去我的贝鲁特，去达耶……也就是今天的沙提拉。”说到沙提拉的时候，他叹了一口气，“我们可以去达耶找个地方坐一坐。”他突然露出乞丐一般冷酷的笑，但意识到自己这样看起来一定是可怜兮兮的，于是又立马收起了那个表情，“你现在就走。我随后就来。”

他手里握着那些纸张，那姿势就像是一个长时间没有握过纸的人，他忘了怎样才能不弄皱它们。菲丽宾娜拖着沉重的脚步走上山。她下周日会来吗？要是下周日能快些到来该有多好……

先是菲丽宾娜的头发，接着是她的脑袋，她白色的宽松上衣，

最后是她的裙子，渐渐出现在盖特维山顶上。泽娜卜调整了一下自己的姿势，看起来就像一个充满负罪感的母亲。

“已经八点二十分了。”她说，她的前额上一道长长的白色皱纹像给这句话加了着重号似的。

“晚上好，女士。”

“但是，我的女孩，我们商量好的不是这样的，不是吗？”泽娜卜把头往后一昂。

大象；丽奈特；“我有两个菲律宾佣人”；全能神教；她的母亲；教堂的“我将会幸福”和拉麦斯塔的“我将会活下来”；大海；海鸥；马文；还有最主要的是菲丽宾娜胃里的亚力酒，通过她的喉咙，最后从她的嘴里说出这样的话：“泽娜卜小姐，我的护照呢？”

“什么护照？”那张塑料椅左右摇晃着。她怎么敢这样跟一个老妇人讲话！

“我的护照。请问你把它放到哪里去了？”

“你要护照做什么？”

菲丽宾娜厌倦了。她的攻击没有经过良好的计划；她的战马全都倒在她头发里，翻着白眼；它们的死状比士兵更惨，随后跌落到她的脸上。

“哈迪也不见了。”

“哈迪昨天就走了，泽娜卜小姐。你还不知道吗？”

泽娜卜的双手终于松开了。“马文不在这里！”她的双臂“扑通”放到身体两边，像奥菲莉娅一样。

菲丽宾娜爬上阶梯，虽愤愤不平，却垂头丧气，就像用头撞了马特拉齐的齐祖，虽然这时这件事情还没有发生。泽娜卜走在她身后，像患了风湿病的桑丘・潘萨[①]，用阿拉伯语喃喃地抱怨着。菲丽宾娜转过头瞥了一眼泽娜卜，她就像一头被砍掉蹄子后被扔进竞技场的公牛。

走到顶层的时候，泽娜卜——这个童话故事里的恶毒后妈——问道：“你的阿拉伯语课怎么样了？”

“很好。”菲丽宾娜说道，就像一个取胜的公主。

不幸的是，这时候马文的那只什叶派猫咪从她们身旁走过。

“那好，告诉我……猫用阿拉伯语该怎么说？”泽娜卜问道，像是童话故事结尾那个多余的后妈。

“Kato！”菲丽宾娜脱口而出，像是受够了整个故事的公主。

一阵短暂而沉闷的沉默之后，泽娜卜的黑发竖立起来，她坐在自己的王座上，手举最锋利的剑，尖声叫道：“马文去哪里了？告诉我，他在哪里？”她的声音在混凝土结构的楼梯间里回荡。

菲丽宾娜一言不发。她冲进自己的房间，躺到床上，她觉得泽

① 译注：堂・吉诃德的忠实仆从。

娜卜已经丧失了理智，她要马上找到自己的护照，她要见到马文。她心中充满恐惧，害怕泽娜卜会拿着刀子冲进房间，就那样，她蜷着身子做起了噩梦。

泽娜卜当天晚上也是做了一晚的噩梦。他们有没有睡在一起？如果那个女孩怀孕了该怎么办？如果她真的怀孕了，她一定会直接去找机构！她根本没法应对这种事，完全没法应对！是的，泽娜卜现在看出来了。他们会不会是在楼下做了那事，就在马文住的地方，还是就在这里？不，不会在这里，他们怎么能这么做？泽娜卜想象着这两个可怜的人缠绵的画面，想象着他们的体液溅到沙发上的情形。不可能，他们不可能在这里干出这种丑事！

可怜的菲丽宾娜根本不知道自己多么厌恶隔壁房间里的那个女人，就像她不知道只有叙利亚人才会把猫叫作kato。正确的答案应该是bsayne。但如果菲丽宾娜知道正确答案的话，她也一定知道泽娜卜第二天的行为是不怀好意的，那次泽娜卜怪异地打招呼说“早上好”，还随口提议说要一起出去走一走，仿佛哈迪没有失踪，前一晚的崩溃根本就没有发生似的。

从紧邻盖特维医院的那栋公寓大厦一路往下的山坡很陡峭，她

们一路走到了贝希尔·杰马耶勒[①]的阵亡将士纪念碑，泽娜卜走得很慢，菲丽宾娜的两条小腿因此痉挛起来。她们一言不发，泽娜卜脸上一直展露着可疑的笑容。

每走十七八步，她就从自己的双脚边看一看后面的菲丽宾娜，下面这话她至少说了三遍："我觉得我们可以一路走到杰梅泽。我们就不坐的士了。如果纳赛尔在的话这就另当别论，但他今天一早就离开了。"

菲丽宾娜像所有在贝鲁特的菲律宾女人、斯里兰卡女人或是埃塞俄比亚女人一样，都很照顾老年人。由于体力消耗太大，菲丽宾娜的双腿颤抖起来。随着时间越过越久，她们的脚步越来越慢，就像从未停止运转过的机器似的。

菲丽宾娜走路的时候没有往四处张望；她一路只盯着泽娜卜的双脚，一方面是为了防止她摔倒，还有一方面是因为泽娜卜拿了她的护照，她感到很沮丧。她担心如果让泽娜卜摔倒了，她就再也不能拿回自己的护照了，因此她一直紧盯着泽娜卜的双脚。

"我们到了。"

她们停住了脚步，菲丽宾娜第一次抬起头来，因为一路低着头，她的脖子很酸痛。她看到一个标志牌，用拉丁字母写着："博迪克扬

---

① 译注：Bachir Gemayel（1947—1982），1982年黎巴嫩内战期间被选为总统，当年9月，在一起爆炸中，他和其他26人被暗杀。

制服店”。

泽娜卜很开心，因为她马上又可以让菲丽宾娜变得干净纯洁起来。

看到商店的标志牌下面的“菲律宾人”人体模型，菲丽宾娜不禁张大了嘴。那个人体模型身上穿了一件带褶皱边围裙的制服，模型的双手在腰部下方搭在一起。它低着头，却没有脖子和脸。那一双大脚上穿着的黑色鞋子和短袜显得幼稚而又奇怪。它的头发中分，拧成一个小发髻。它看起来就像是被人打得投了降，已经不记得自己的名字，像是有人在对它说“我有两个菲律宾佣人”，并让它相信它的国家是有大象的。

转眼间，她们已经走进了店里。店里尽是粉红、绿色、白色和蓝色的制服。这一切发生得太突然了。

泽娜卜知道菲丽宾娜喜欢白色。母亲不是一直都很清楚孩子的喜好吗，母亲不是一直都愿意去宽恕吗？那件制服很适合她。“你现在看起来就像一名护士，”她说道，“我喜欢。”换句话说，菲丽宾娜看起来不再像一名仆人了。“多好啊！”泽娜卜没有意识到她说了跟所有怀着同样目的的“女主人”对她们的下人所说的一样的话，“这样的话，你就不会把自己的衣服给弄脏了。”

菲丽宾娜也没有意识到这一点。过了一会儿，那些菲律宾人又说了一遍同样的话，仿佛这是他们的主意，就像他们在教堂和拉麦

斯塔将它和他们的祷告和颂歌一起重复一样。

她们离开商店的时候，塑料袋子打到了菲丽宾娜的膝盖。她闻到了布料上过浆的味道。她的护照在哪里呢？

“我们去保罗咖啡店休息一会儿吧。”泽娜卜这么说的时候，她们已经走到咖啡店门口了。

“一杯咖啡，哈比比，中等甜度！”

“我们这儿有意式浓咖啡，女士。我们没有土耳其清咖啡。”

“好吧，那就来一杯意式浓咖啡。菲丽宾娜，你就来一杯法拉沛咖啡[①]。”

法拉沛咖啡在菲丽宾娜面前打了出来，不一会儿她就沉浸其中。

泽娜卜把她收拾干净了，心情很好，于是就说了一个笑话。“他们让服务生戴着厨师的帽子，所以他们才会如此易怒。”

这次连她都不觉得这个笑话好笑。她们叫了一辆的士回家。一切都会好起来的。会的！

那天晚上，菲丽宾娜沮丧地坐在公寓大楼门前的台阶上，身上穿着制服，手里拿着一只垃圾袋，但她哭不出来。马文到哪里去了？

阿伊莎从杂货店回来的时候看到了她。她看得出那个女孩很沮

① 译注：希腊法拉沛冰咖啡，咖啡上覆有奶泡。

丧，但她不知道怎么跟菲律宾人说话，所以她什么也没有说就走回了自己的公寓。

下一个看到她的人是瑟坦妮可，瑟坦妮可在她身旁坐了下来。“看，这是我工作的时候戴的。”她说着戴上了自己的红鼻子。

菲丽宾娜尽力笑了笑。

瑟坦妮可点燃了一支烟，跟她说起一个电视节目因为拿纳斯鲁拉开玩笑而引发的一系列问题。她说这是第九次全国对话上领袖们讨论的唯一问题，说完她笑了起来。“他们说‘我们不要再相互恶言攻击了’。你敢相信吗？什叶派如果能再幽默一点的话……”她沉下脸，“如果真主党能再——怎么说呢，再开放一点，那他们就不会遭到这么多的误解。”

菲丽宾娜抽动了下嘴唇，极力再挤出一点笑容。

马文还没有来，他正在找哈迪。更准确地说，是大家都这么觉得，但实际上他正在跟贾恩谈话。他们就在街上不远的地方，但因为斜坡很陡，没人看得见他们。

“你跟那个女孩儿在做什么？”

“你觉得是在做什么！”

“你觉得是在做什么，你这话什么意思？”

“我知道你的问题是什么。”

"……"

"不要像个同性恋似的。"

"如果我是同性恋，那你就是穆卡巴拉的同性恋间谍。我还要把这件事告诉泽娜卜和你的菲律宾小美人。看看到时你还能不能在建筑工地里跟她乱搞。"

"我会杀了你的，你这个王八蛋！"

"为什么？你爱上她了吗？"

"我说了，我会杀了你的。闭上你的嘴，你这个肮脏的长枪党！"

他们的双手都插在口袋里。一辆坦克从他们身旁经过，正准备去街道更远处设立 个检查点。马文离开了，以防止自己杀了那个"娘娘腔"。贾恩哭了起来。但由于斜坡很陡，所以没有人看得到。

先是看到那个垃圾袋，接着就看到菲丽宾娜在台阶上缓慢向上移动。她那套制服的褶边在地板上拖着。她要把衣服改短吗？

"啊——噢——"

齐祖刚刚用头撞了马特拉齐。整个街区的人一跃而起，仿佛他是用头撞了整个意大利似的。菲丽宾娜爬上台阶，就像齐祖一样。像是化作了灰烬。意大利人赢了。贝鲁特要当心一点！

12

“用阿拉伯语跟我说话。”

于是，丹妮丝对着齐亚德的胸口悄声说道，他们俩用被单紧紧包住身体，看起来像融为了一体。她听着这个男人的气息，想要听一听他的母语。在他们缠绵的过程中，她的请求就像一个气泡，随着气泡越来越大，丹妮丝也喷涌而出。她嘴里嘟囔着最近刚刚学到的阿拉伯单词：“Habibi……Tayyib……Khalas……”[①]她把自己会的单词都说完了，于是停顿了一会儿，但她还想用这张床的母语继续说下去。过了一会儿她又说出了一句奇怪的短语：“Sübhaneke allahüme ve bihamdik ve tebara kesmük ve teala ceddük…”[②]

“你在干吗？”

---

① 译注：在阿拉伯语中，这三个词分别意为“亲爱的”“好的”“够了”，在本书中它们的译名分别为“哈比比”“好的”“够了”。

② 译注：穆斯林的一句祷告语，大意为“我的真主啊，我要永远赞美您。你的圣名至大。您的功绩至大。万物非主，唯有真主”。

丹妮丝笑了。“我还能怎么办！你又不肯说阿拉伯语，我只能这样啦。这就是我的阿拉伯语！”

“你疯了吗，女人？”

他们都笑了起来，在床上忘情地翻滚起来。

丹妮丝上气不接下气地问道：“你觉得这么说话是一种罪过吗？”

“我不这么认为，哈比提。我觉得这么疯狂的话也不会给说的人带来罪过的感觉。”他从床上爬起来，向浴室走去。

丹妮丝对他喊道：“上帝保佑你沐浴顺利，哈比比！”

“你可真是让人摸不着头脑，不是吗？‘上帝保佑你沐浴顺利’，这是什么意思？”齐亚德拖着脚步走回房间，紧紧握住她的膝盖。

“那我应该说些什么？”她尖声说道。

“人们就不会在这时候说什么，哈比提。总之，一个穆斯林女人是不会像你一样说这么多话的。”

他走回浴室，边走边挠头。他的步伐没什么特别的，但是他的背部弯曲得像是一只折断了脊椎的黑天鹅。他从浴室向外喊话，声音穿过水流回响着。“不过说真的，快告诉我，你们在土耳其就没有接受任何宗教教育吗？你怎么能什么都不知道？不仅如此，你还毫无敬意，毫不敬畏！”

丹妮丝在床上滚来滚去，用双手梳理着自己的头发，嘴里哼唱着歌曲，她的歌声一路飘进了浴室。她回想起过去的一个夜晚，脑海里浮现出一个大大的纯洁笑脸：

“Sübhaneke！”

“Sühaneke！”

“Allahümme……”

“Alahüme……”

“Ve bihamdik……”

“Ve bihamdi……这是什么意思？”

“Hamdik！Ham-dik！[1]”

“我累了，曾祖母。我的脚好冷。”

“把你的脚放在我的腿中间。这样好一点了吗？好了。哦，它们跟冰块一样冷！来，我们来一起做完祷告，看我接下来教你什么。”

“曾祖母，上帝有胡子吗？”

---

① 译注：祷告语，大意见第305页。

“你记住祷告语了吗？”

“……”

“明天晚上我会让你背诵的。”

“……”

“算了，我们开始学习新的课程吧。”

“曾祖母！”

“怎么了？”

“我的鼻子好冷。”

“把毯子拉上去盖住鼻子。乖女孩。看我接下来要教你什么。你尽给我捣鬼！你看现在祷告结束了，你一点儿睡意都没有。”

那个时候，她的曾祖母会用她白色的细发辫轻轻拍打着她的枕头。在小丹妮丝看起来，她的眼睛一定显得更大了。她的曾祖母——现在已经没人记得她的名字了，因为那些曾经叫她名字的人都已经离开人世了——在每次开始这样的晚间教学时，双眼就恢复了年轻时的神采。她尽了她的职责，教给丹妮丝她最早学会的祷告，而她的双眼又带上那种特别的蓝色调。她是家族里唯一一个拥有蓝色眼睛的人，一定是因为这个，所以她说的每一件事情都像是童话故事。

“亲爱的，别墅那绿色的灯光还在闪烁吗／亲爱的，我心中的争吵仍未结束……你唱一下，让我听听看。”

“绿色的灯光在闪烁吗……”

“是别墅那绿色的灯光！”

“争吵仍未结束……”

“应该是我心中的争吵！现在，从头唱一遍。”

哼唱旋律的时候，她的曾祖母会闭上双眼。这是她们低声诉说的秘密，因为这个秘密，丹妮丝从来没有敬畏过上帝，而每一次亲热的过程也总是会被她的笑声打断。

丹妮丝想象着自己某一天把这件事告诉齐亚德的情形，脸上露出了微笑。也许她真的会告诉他，这样他们就会一起笑，就在未来他们在一起的那么多日子里的某一天……

她抱着齐亚德睡着了。他的气息，让她意识到自己真正是谁。她一直睡到了要赶去机场的时间。不管怎样，他们将来会有大把的时间，给彼此讲一些故事……在梦里，她的手掌心里握着一种花的名字。

“听着，下飞机的时候，不要乘坐出口处的的士。那些是给旅游的人坐的。再往前走一点。他们也会想坑你，但你只要给他们开价20美元，不要再多给了。”

齐亚德停顿了一下。他们到了机场，正在喝咖啡。丹妮丝的咖

啡已经凉了，却还没有碰过。她紧盯着那部电话，她刚才走过去，用它打了电话，几分钟前才刚刚挂掉。

“跟的士司机说……贝鲁特那边没有具体地址。所以你要告诉他方向。等一下，我帮你写下来……”

“齐亚德……”

“别担心，你会找到的。如果遇到最坏的情况，你就找个酒店住下来。不管怎样，我明天晚上就能到那里了。”

“齐亚德……我刚刚……在电话里，雅呢。我离开唐奇了。”丹妮丝把注视的眼神转到齐亚德身上，就像人们把手放到自己的膝上一样，像是等着他说些什么。

“是因为我……”齐亚德紧张的回答就像是一辆车在拥堵的交通中，突然要来一个危险的U形拐弯。丹妮丝疯狂地按着喇叭，但最后他们俩都放松了手中的方向盘。

“恭喜，哈比提！”齐亚德很惊讶自己能马上丢掉内心的畏惧，说出这么鲍嘉风格的话来。他突然想让这一刻变得更加若无其事。“你什么感觉，雅呢？”

“实际上，我并没有什么感觉。”

“雅呢……这不是很好吗？太好了，雅呢。否则，雅呢……”

“齐亚德，打住！你又开始用‘雅呢’了。打住，我的爱。”丹妮丝说完笑了，她对自己感到惊讶，惊讶自己的率直，惊讶自己

的毫不悲痛，惊讶自己内心的力量，还惊讶自己刚刚叫了另外一个男人“我的爱”。

“不，我的意思是我不希望你崩溃大哭，雅呢。”齐亚德回嘴道，他的脸上又一次满是嘲弄的神情。

“看这里，齐亚德先生。等一下！我说我没有什么感觉，但并不是说一点感觉也没有。你尊重一下我，我刚刚跟男朋友分开。”她又笑出声来。她变得冷酷了吗，是吗？她决定不去为这个问题担忧。如果一个故事、一个男人、一座城市没有改变一个人，没有让一个人脱胎换骨，它们又有何意义呢？

他们沉默了一阵子。丹妮丝看着一个方向，齐亚德看着另一个方向。他没有在思考，因为如果他想到自己的畏惧，他会感到更加害怕。当丹妮丝让他看过去的时候，他急切地往四周张望，希望找到一个分散注意力的东西把他拉出这个沟渠。

“看那里！”

一群人聚集在戴高乐机场中间的一堵墙前：女人围着头巾、戴着面纱，男人穿着长袍、戴着无边小帽；女人在后，男人在前。越来越多的人来到墙前，像是被无声地召唤来似的。他们用一致而流畅的动作展开他们的祈祷毯，当他们在胸前紧握双手准备开始祷告的时候，就像有一层厚厚的不透明帷幕将他们与周围的人群隔离开。他们仿佛看不见过路人，那些坐在座位上看着他们的人也都默

默地这么做。看到这一群大约70人的穆斯林在祈祷，人们都避开彼此注视的目光，或翻弄自己的包包，或将脸埋到书本或报纸后面。

“这里面有些别的东西，齐亚德。一种宗教之外，超越表面现象的东西。与人性有关的东西。那是什么呢？”

当听到这话的时候，有一瞬间齐亚德觉得他无须害怕，他可以爱上这个离开别人、投入他怀抱的女人。他看着她。这是爱吗？两个人并肩走在一起，这不是向彼此表明了一些什么吗？如果她还能继续听他讲故事，继续用这种期待的眼神看着他，等着听他讲话……

“是微笑。”他说道，故意让好奇心在她体内像快速发酵的面包一样膨胀起来，这样她才会想要听后面的故事。

“微笑？”

“要是问他们在做什么，他们将会用一个微笑来回答你——像一个高尚的人用宽容的微笑嘲讽普罗大众的无礼言论。他们会笑着向你解释。他们就是这样重建天穹，树立起自己的高大形象的。如果整个世界都坍塌了，对他们而言，不可缺少的是那个微笑。一旦一个人体会过那样的微笑……他们微笑是因为他们心里有了所有的答案。他们用鲜血赢来了那个微笑，然后用自己的生命保护它。人们为了那个微笑不惜付出生命。”

有时候，当齐亚德用他强硬的声音而不是傻气的声音说话的时

候，丹妮丝就变得哑口无言，只瞪着一双眼睛。就像此刻这样，用一点声音加一点气味筑起她心中的爱意，然后再多加一点声音，多加一点气味……对于丹妮丝来说，爱在人体内的增长就像快速发酵的面包。

祷告结束了，人们开始排起队等丹妮丝的那一班飞机。

像是在接丹妮丝的话似的，齐亚德说道："我说过的……不管怎样，我明天就会到那里了。"

他把方位画在一张纸上。他尝试让她大声说出方位，她复述了地址，他又试着让她用阿拉伯腔调说话，她却没法做到……在这整个交流过程中，他们相互轻微咧嘴笑了几次。

"你该走了，"她说，"这样很奇怪。"

"机场就是这样，"他说，"人们总找不到分别的地方。如果是坐车或是船，你可以挥手告别。但在这里你却做不到……"

"是的。"她打断了他的话，希望尽快终止这个越来越尴尬的场面。

齐亚德离开了。感觉很奇怪，很突然。丹妮丝以为他不会离开，但他确实走了。

她消沉了下来，仿佛把过去几天里在内心萌发的所有情感都铲除了似的。这就是齐亚德的离开带给她的感受，仿佛她的内脏都被

挖走了。她想要转身找回它们，好让自己可以重新挺直身板行走。她站在那里，手里徒劳地握着报纸和杂志。她想看看自己的腹腔，看看那里是一个怎样的空洞。就像一把刀插进腹部时，一个人第一次看到自己的肉时的感受，齐亚德在机场离开她的时候，她找到了自己生命的所在，看到了自己的内心世界。

此刻她正独自一人走进他们试图一起撰写的故事里。这种感觉很冰冷。

齐亚德回到了酒店。他不知道自己该怎么办。这个地方充满了冷清感，不是因为丹妮丝离开了，而是因为他自己的声音随着丹妮丝离开了。经验告诉他，电视就是为了这样的时刻而发明出来的，用大量的声响来填补人们具有潜在危险的内心寂静。他打开电视，却不想看新闻。但随后他就想起了今晚播放的节目，他变得兴高采烈起来，就像一个在人群中走失的孩子重新找到了自己的妈妈一样。

当他的房间里充斥着“啊——噢——”的声音的时候，他早已经一跃而起，给自己倒满了啤酒。他十分兴奋，叫喊道：“加油，我的阿拉伯同胞！这才对！”

齐祖刚刚用头撞了马特拉齐。

13

这个故事不会持续到下周日，所以马文和菲丽宾娜的期待也是徒劳。要是贝鲁特的故事都能持续到周日就好了。要是万事都不那么朝生暮死，就像杂货商货摊上的百里香一样，白天气温一升高就枯萎的话，那就好了。

世界最终也会变成这样。至少这一点我们是知道的。终有一天世界会变成贝鲁特。我们的作家，可能也感知到贝鲁特将是这个世界的命数，而在他的故事被人讲述的时候，他本人并不在场。

当人们信仰的神灵，以及他们信仰的小神灵都变得粉碎的时候，所有人都会变得跟贝鲁特人一样。当神灵都碎成足够小的碎片，而人们已然忘记神灵同子弹并无关系的时候，剩下的就只有故事的片段了。人们就成了故事中的疯子。

贝鲁特是一个无名之地，世界也会变成一片无名之地。从贝鲁特这里，我们可以看到发生的一切。贝鲁特不是一个地方，而是一

场兴衰起伏的战斗，是一场持续进行的谈判。总有一天，世界也会变成这样。每个人讲话的时候都会同时说着好几种语言，就像我们现在这样。他们将会忘掉到底哪一种才是自己的语言。

贝鲁特是两场战争之间的紧张局势，世界也将变成这样。变成两次轰炸之间令人焦虑的停顿期……因为战争一旦开始，和平就变成仅仅是另一场战争开始前的等待时期。贝鲁特是一个无名之地，身处此地的人都是无名之辈，神灵把人们当成痰盂，用来吐血腥的口水，而每个人都提防着其他人的子弹。这是一场战争，只是在嘈杂声平息下来的时候暂时休眠罢了。这是一群把自己当成幻想对象的人，却直接从一个梦境跳到另一个梦境里，任由每一个幻觉从指间溜走。贝鲁特是一种决心，决定要相亲相爱，还要自爱。这是我们从这里看到的贝鲁特。总有一天，贝鲁特能接管整个世界。

因为世界希望变成贝鲁特。街坊邻居都依照神灵，或者依照编造出来的关于他们的神灵的故事来行事。最后，所有人都将会成为贝鲁特人，迷失在他们自己的故事里，或去寻找故事让自己迷失……他们会相信故事，而不是记忆……相对于问题，只有答案才会留下来。只有知道答案的人才能生存下来。这就是战争的规则：谁更愤怒，谁就赢。

尽管对这一切都心知肚明，那天晚上马义还是一头扎进哈姆

扎医生和他的信件里，期待周日。他一边看信一边一支接一支地抽烟，他感到挫败，因为他想不出自己带菲丽宾娜去达耶时能体验一些什么冒险活动。他跳过一些句子，高兴地把他的那只小猫丢向空中，惹恼它，嘴里发出“哇噢”的喊声。作为一个无名之辈，很快他就会想到该如何抓住一个女人的心，如何想明白这一整个故事的，随后他又那样“哇噢”地叫了几次。他要走到街对面的那个建筑工地去吗？等一下吧，再看一封信。

他还不知道，他爱菲丽宾娜的故事要胜过爱她本人。就像我们的作家爱上了一个巴黎的女人，就是因为她相信他的那些故事。但由于要找到一个让自己迷失的故事并不容易，每一个身处这个故事之中的人都觉得自己陷入了爱河。可能你自己就是这样……

但最重要的是马文。那个故事让他精疲力尽，所以他没有再去建筑工地。而菲丽宾娜却在阳台上。穿着她的制服。她甚至还抽起了烟，将悲伤和焦油味一起吸进体内。时间流逝的速度对女人来说是不同的，但都快得让人觉得残忍。马文不了解女人需要攀登什么样的高山，才能在早上恰当的时候，向昨晚在思绪中想要忘却又想要记住的男人问好。

多幸运的人哪！第二天早上当他看到菲丽宾娜提着袋子走向面包树的时候，他完全不知道她是在忍受了多少痛苦之后，才说出了那一句甜甜的“早上好”。他没有注意到她另一只手上提着的袋子，没注

意到她的决断，还有她的疯狂……他又是一个多么不幸的人哪！

“早上好。这一身制服是怎么回事？”马文笑着问道。

菲丽宾娜把面包袋子用力推到他的胸口，说道：“拿着这些，把它们挂到面包树上，或者随你怎么处理，然后……”

她就跟她母亲一模一样！

“然后带我去达耶，或者任何你想去的地方。我们今天就走。就今天！”

现在是要表现得像哈姆扎医生的时候了……他心里想道。

马文把装着面包的袋子挂到树上的时候，不停地往后看，菲丽宾娜则左右张望，好像怕被人抓住似的。面包袋子在他的手上变得可笑起来，马文这么觉得的时候，它们从树枝上滑落了下来。

“快点。警察要来了。”

“警察？出了什么事？”

“因为哈迪。泽娜卜小姐最后报了警。他们很快就来了。耶勒！快点！”

“那个包里是什么？”

菲丽宾娜没有听到他的问话。她正抬头看着贾恩。

马文顺着她的目光望去，也看到了贾恩。他丢下那些面包袋子，说道：“快，我们走。”

因为贾恩正在哈哈大笑。他手里拿着一根烟，身后跟着一个女人，她正用法语说道：“那是什么？那个人为什么要往树上挂袋子？”贾恩把手臂靠在窗沿上，双眼继续盯着马文哈哈大笑。这可不是一个好迹象。他色迷迷地把自己的香烟递给那个女人——这是一个更糟的迹象。

菲丽宾娜没有看到那个杀气腾腾的表情，这不是因为她不会说阿拉伯语，而是因为女人几乎不会注意到男人之间无言的决斗。这两个男人都沉默着，就像黎巴嫩南部刚被以色列轰炸的那个村庄一样沉默。有什么必要发出声音？马文不过是个无名小卒，就像贝鲁特人都不知道那个村庄的名字一样。

“他们奋起反抗以色列，但他们没法控制交通。”当他们在街道交叉口走下小型公共汽车的时候，马文轻声笑着说道，“但是达耶的交通可跟以色列完全不一样。它完全就是一支杂乱的军队！看，他们正从各个方向发动进攻。”

他们过街的时候，马文用手轻抚菲丽宾娜的背，接着抚摸到她的手，然后到她的手臂，最后又抚摸到她的手上去。他向站在道路交叉口中间、在耀眼的日光下吃着曼欧式面包的那个真主党交通警

察大声喊话。他们一踏上达耶的土地，他就开始笑，就像哈姆拉的菲律宾人一到周日就开始笑一样。

“阿巴斯！小心，哈比比，别掉到地上了！”

阿巴斯这时候正往上提他那条宽大的迷彩裤，嘴里吹着口哨，又试图不弄掉他那香喷喷的、让人垂涎三尺的曼欧式面包。曼欧式面包已经开始冷了，因为每一个被他拦下的司机都同他讨价还价，希望他能放他们通过，而他就跟其他所有的真主党交通警察一样，尽力要维护自己的权威。汽车的引擎盖像是在抱怨似的咯咯作响，混杂着司机们嘴里叽叽喳喳的说话声。阿巴斯单腿跳着制止他们，当那些讨价还价的人看到他为他们所作出的牺牲，都充满敬畏地闭上了嘴。实际上，正是阿巴斯的那条断腿从贝卡谷地某处的地底下指挥着交通。

“你应该看看政府的交通警察执勤时候的样子。根本没有人听他们的指挥。你饿了吗？”

“我想我已经逃脱了，马文。”

她跟她妈妈太像了！这时候，如果马文是哈姆扎医生的话，他可能会给她提供一份工作。“那我们就逃亡吧。”他说道，心里却感到害怕，“我们先吃点东西。”他要争取一些时间，“我要带你去吃整个黎巴嫩最好吃的曼欧式面包。”

他要安排这个女孩住在哪里呢，怎么安排？要是此刻这个世界

能换一个方向转动的话就好了。要是一切都能在突然之间变个样子就好了。

实际上，菲丽宾娜的世界确实变了，很早以前就已经颠倒过来；战马在听到进攻的命令前早已经冲出了前线，在她的头发里嘶叫。

而对于马文来说，他要争取一些时间。“看到那些漫画了吗？那边墙上。”他指给她看那些画：所有的画都是同一个小男孩，戴着阿拉伯头巾，背对着观众，右臂上举，右手里握着卡拉什尼科夫冲锋枪。

“那个人的名字叫什么来着？叫纳吉什么的……那个男孩的名字叫汉达拉[①]。他是个巴勒斯坦人。实际上这是一幅讽刺漫画。但之前，我的意思是原先这个男孩并没有手拿一支卡拉什尼科夫冲锋枪，而是双手背在身后观察周围的一切。这种类型的讽刺漫画有很多。后来，那个画家死了。他的名字叫什么来着？叫纳吉什么的……但后来，我也不知道是什么时候起，人们突然就开始画他手里拿着卡拉什尼科夫冲锋枪的样子。你弄明白了吗？”

① 译注：汉达拉（Handala），创作此人物的是一位巴勒斯坦漫画家纳吉·阿里（Naji al-Ali）（1938—1987）。

纳赛尔在沙提拉成立了一所小型儿童中心，他正在儿童中心的一个房间里又为阿布·加桑点上了一支烟，经历了这么多战争，能让他相信的只有儿童了。在窄小的水泥操场上，孩子们用从自习室拿出来的粉笔在地上画出跳房子的格子，在那些方格周围跳来跳去，又把那些格子擦掉。

“打起精神，事情没那么糟。”阿布·加桑希望自己能说些什么话来让纳赛尔抬起他的脸，现在他的脸都要垂到胸口上去了。纳赛尔的双眼布满粗黑的线条，眼球那深绿色的虹膜像是被一个心不在焉的画家胡乱地弄脏了似的。“行了，哈比比！我们要因为这些人而气馁吗？别担心。这些人来了又去。他们昨天跟我说‘你没有来参加星期五的祷告是不对的’。他们威胁说如果我们不去清真寺，他们就要把孩子们都带走。我们还能怎么办呢，哈比比？他们有枪，还有钱。这就是现在的形势。”

这两个前共产党员列出了一份沙提拉地区的宗教和政治团体的清单，按照他们拥有的财力、武力和人员数目排序。在沙提拉这个小地方，他们用枪支弹药筑起一个网格，1……2……3……他们就在这些格子里前后跳来跳去。

“当然，”纳赛尔说，“他们只是希望得到更多力量。他们已经等了够长时间了，但发现自己还不能成立一个国家。这个该死的世界留给他们的只剩下上帝了。”

“但是你知道的，纳赛尔……虽说奇怪，但他们跟我们很像，你知道吧？我们曾经也是这样的。不只是跟上帝有关，还有对事物的信仰，对彼此的信任。就像那些年轻的女人。她们戴着头巾，但她们就跟我们的女孩一样，她们在跟你讲话的时候就会直盯着你。”

“你的意思是她们从我们放弃的地方重新出发了。”

“我也不知道，有时候我就是这么觉得。唯一的区别在于，她们在做任何事之前都会说‘俗世在服侍着信者’。耶勒！枪还是同样的枪。”

“那么他们的结局也会跟我们一样。也许会，雅呢。”纳赛尔说。

阿布·加桑抓起贴在灰色的金属橱柜门上的一张画垂落下来的一个角，用大拇指把它重新按回去。那是幅汉达拉的卡通画画像，他的双手扣在背后，看着巴勒斯坦人把自己人活活吞噬。“也许会，也许不会，”他说，“但如果这是跟《国际歌》有关，哈比比，我要告诉你，他们比我们更加共产国际！你知道我害怕的是什么吗，老师？”

纳赛尔眼睛里的绿色污点移动了位置。

“她们不会笑，纳赛尔。我害怕的是这个。”

那幅汉达拉画像的那个角又开始脱落了。

“看到他们的时候，我想到了阿里同志。从学生旅来的。你还记得他们吗？他们是一群很棒的孩子，纳赛尔！当时我们经常笑。”

刺入他们胸口的冰剑正开始逐渐融化。他们喝着咖啡，轻声笑着，小心地不让自己的胸口动得太厉害，以免动到他们被刺伤的伤口。

“但这些女人最终会带来麻烦的，哈比比！我现在可以这么跟你说，你将来就会知道我说的是真的了。过一阵子，这些女人就不会想着上帝或者类似的其他东西了。她们会榨干男人的血。她们会问很多问题，但却不会满足于得到的答案。然后就是那些枪，那些男人的神圣态度……我现在就这么告诉你。那些女人会解决这个问题。”

冰已经融化了，他们大笑的时候腹部颤动着。

汉达拉画像的那个角又从灰色的金属门上掉落了下来。它已经不想待在原来的地方了。

“也许吧，”纳赛尔说着笑得更厉害了，“谁知道呢？”

“实际上，纳斯鲁拉是个有趣的人，”马文手指着一幅画说

道，画上是一个留着胡子的圆脸男子，伸着手指，眼睛盯着达耶。为了能在满天灰尘的喧闹环境中让对方听见自己的声音，他说话的时候是叫喊出来的。为了能听得更清楚，菲丽宾娜把脸靠近他的脸，所以他就把自己的音量放低了一点，尽管空气里弥漫着汽车尾气，他还是闻到了女人身上像小孩一样带着肥皂味的气息。“几天前他作了一个演讲，他列举出了黎巴嫩的不同族群：德鲁兹、希腊正教、亚美尼亚、马龙派……然后他停了下来，笑道，‘所有这些族群的名字都带着字母r’。纳斯鲁拉没法正确发出字母r的读音，所以大家都笑了……”

“马文！”

他猛地闭上了下巴。这是菲丽宾娜第一次叫出他的名字。他觉得自己心里像是有一个小男孩在快乐地吹着纸风车。“什么，哈比提？”他的声音有点颤抖。

“我们该怎么办？我……”

我们？马文内心既害怕又兴奋，他几乎要在达耶的中心爆炸了。

“现在别担心这个问题。我会找到办法的！我给你读那些信的时候……”

他就跟哈姆扎医生一个样儿。这是一件好事，是一件勇敢的事。还好，他今天穿了鞋子而不是人字拖。他现在成了一个真正的男人，一个英雄。菲丽宾娜把她的包夹到腋下，一副准备好要走的

样子。

“看，这些公寓都是新的。伊朗送来了钱，他们就盖起了越来越多的楼房。哈里里的支持者有沙特人帮忙，看，我们有伊朗人。我说‘我们’的意思是……”

当他们的车堵在达耶的大街上时，从瑟坦妮可甩上的士车门时尖叫着“就这样了，雅呢，够了！”的样子来看，的士司机一定没有按常规收费，而是要价15, 000镑。他们在建筑工地旁边的热浪里争吵得太久了，于是她把多要的5000镑纸币甩到司机脸上，大踏步走开了，迫不及待地想要远离这里的灰尘和喧嚣。在她四周张望，想要弄清楚接下来要去什么地方的时候，她注意到了建筑工地旁边围起来的金属围栏上的那些海报。她大笑起来。达耶的中心地带，被大家公认为真主党中心的地方，展示着这里完工以后的画面：每隔一个围栏，都是同一个金发碧眼的女人，穿着一条超短裙，在一条闪亮的崭新街道上遛狗的图画。背景里是孩子们手牵手走着的画面；画面完全是欧洲的风格。她笑得更厉害了，正在这时，她在一栋掉漆的大楼顶层看到了自己一直在寻找的那个黄绿色的标志牌——真主党中央新闻办公室。

她顺着摇摇晃晃的楼梯走上二楼。走进办公室的时候，两个男人用真主党人特有的安静严肃的神态跟她问好，他们的迷彩裤裤腿和袖子都卷了起来，正要去洗澡。他们都穿着人字拖，但脸上的神情却都显得很警觉。

“有什么能帮到您？”

“我想见阿卜杜拉医生。我已经预约了。”

“请到里面等一下。”

瑟坦妮可坐到其中一张带花朵图案、镀成金色的扶手椅上。这个房间已经很旧了，但布置得异常豪华。地板上铺着一张纳斯鲁拉和霍梅尼[①]的海报，一张八十年代风格的镶饰咖啡桌上放着真主党和黎巴嫩的旗帜。

“进来吧。阿卜杜拉医生已经准备好见你了。”

一个从头到脚都包裹着黑色衣服的女人把瑟坦妮可带了进去，她微笑着，像是在强忍着不大笑出来似的。年轻的阿卜杜拉医生身着一套精致的套装，把手放到自己胸上向瑟坦妮可问好。只要是同不跟自己握手的男人讲话，瑟坦妮可就会结巴。这一次，她没有出声。她还是不习惯不跟别人握手。这样远距离的问好之后，总会有一阵令人不舒服的安静，显得很愚蠢。阿卜杜拉医生从自己的位置

① 译注：伊朗精神领袖。

上站起来，在她对面的一张人造革扶手椅上坐了下来。他头顶上方挂着一幅画，纳斯鲁拉被玫瑰花包围住的脸正盯着她看。

加过方糖的茶一送上来，瑟坦妮可就开口进入了主题。

“……我已经说过了，我们一直以来都想这么做。如果贵党觉得合适的话，我希望我们可以跟真主党配合完成一次演出。实际上，我还有一些别的想法，但是……”阿卜杜拉医生斟酌地微笑了一下，打断了她紧张的笑声，于是她别无选择，只能硬着头皮说下去，“雅呢，我其实是想知道，我可以成为贵党的成员吗？”

阿卜杜拉先生把身子往后靠。他扬起眉毛，低头看着自己用手指拨弄的念珠。房间里极为安静，最后他开口说道：“你应该知道的，瑟坦妮可小姐，只有什叶派……”

“我知道，雅呢，但我觉得也许外来的人会……”

阿卜杜拉医生用他特有的微笑终止了这个话题。

“那你觉得关于小丑的那个提议怎么样呢？”她问道。

那念珠像是永远也数不完似的。

“当然，我要看一看。你要知道，这些问题……”

在他慢悠悠地自说自话的时候，瑟坦妮可的思绪又飘回了建筑工地周围那些金发碧眼的遛狗的女人，她想到了那些“反抗军”真正梦想的世界。为什么中东人这么喜爱他们领袖的照片呢？为什么他们会把领袖们的画像放在自己的钱包里，放在那些最贴身的地方

呢？仿佛那些领袖是自己的情人一样。如果不是那些遛狗的金发碧眼的女人的图画，达耶会展示出什么别的图像呢？除了他们的领袖之外，他们还会用谁的照片？阿卜杜拉继续安静地、没完没了地拨弄着念珠，因为它们知道这些问题的答案。

“来，我要给你看些东西！瞧！”

马文像是在告诉一条美人鱼，海里那些只被他发现的各种鱼的名字似的。礼品店对于成人来说就像是一个玩具店；卖的是各种各样的真主党小装饰品：彩虹色的布料、音乐钟表、带着黄绿色卡拉什尼科夫冲锋枪形状标记的温度计，那支枪还会随着温度的变化上下滑动，还有项链、手链，以及各种纳斯鲁拉图案的小玩意儿……菲丽宾娜的包还夹在腋窝底下，她在那些物品之间迂回前进，然后走向了卖书的地方。她意识到自己又一次把书看反了，于是她把书翻过来，试图从图画上看懂书上在说些什么。最后她接受了自己只能看懂图画书这个事实，走向了卖儿童杂志的地方。

这些图片的意思已经很明白了。一个十一岁男孩的父亲被一个炸弹炸死了。那个孩子去找真主党年长的男孩子们。他接受了教育。突然，他穿着卡其布的迷彩衣，手里举着一个炸弹。那个孩子

跑着，炸弹爆炸了。菲丽宾娜吓坏了，丢下了那本杂志。

马文靠近她的肩膀，说："他们出版这本是为了赶在阿舒拉节前给孩子们看的。"

菲丽宾娜突然冒起了怒火。"但那个男孩死了！"她把图片指给他看。

马文扯着自己胡须根。他要怎么解释呢？"不管怎样，到最后，那个男孩都是要死的，菲丽宾娜。"

菲丽宾娜更加生气了。

"我知道你不能理解，但将来你会懂的。总有一天你会明白的。也许你又会生气，但你会明白的。"

阿伊莎在她外甥女位于达耶的公寓大楼里，正重重地踏着脚步走下楼梯，边走边把蕾丝袖口的褶边从外套下面往外拉，这是她那天早上买回来的第一样东西。她烦躁无比。她一流汗就心烦，而当她心烦的时候就会流更多的汗。罗娜最近声称自己加入了"基地"组织，她现在谈恋爱了。她将要结婚生子了。阿伊莎早就知道会这样！她来到达耶也是徒劳。还有这地狱般的高温。她的新蕾丝袖边是她唯一的慰藉，她又一次把袖边往下拉，以盖住她的手指关节。

在这种高温天气，只有想到那蕾丝花边在自己手上看起来多么美丽动人，她才能忍受身上的头巾和外套。而那个疯狂的女孩还贴起了一张奥萨马[①]的画像！

“把那个人渣从墙上撕下来！”

“怎么了，姨妈？他很帅的！”

阿伊莎怀疑这女孩儿这么做就是为了让她更加烦躁。“你疯了吗，我的女孩？你在说什么，帅？那个人是个杀人犯！他就是为钱而做的杀手！”

“哦，别这样！我的未婚夫也喜欢他。”

“你什么时候订了婚了，罗娜小姐？”

“你不会明白的，姨妈。”

听到这句话，阿伊莎再也不想在这里逗留，连咖啡都没喝就离开了。她不知道到底哪一件事更让她烦躁：是她的笨蛋外甥女要加入“基地”组织的计划，还是她一夜之间作出的要结婚的决定，是那张可笑的画像，还是……还是阿伊莎她自己不想加入“基地”组织的决定！她的袖边又藏到了大衣袖子里面。人们不再渴望一个更美好的新世界；他们只渴望不要死。阿伊莎不再理解这个世界，这个世界的人们只想要活着，对于要付出生命代价的事，他们一晚上

① 译注：奥萨马·本·拉登。

就能改变心意！她又把袖边往外拉，让蕾丝盖住自己的指关节。

“这些是什么人？”

菲丽宾娜指向街道中间那些电线杆上的照片；年轻男人的一张张脸透过尘土、噪声和阳光凝视着他们。有一些照片已经有些年头了，那些男孩子留着已经过时的发型，还有一些照片里，他们的头发都光滑地向后梳着。有一些照片看起来像是男孩子们的女朋友曾经收藏的，还有些是学校的证件照。很显然，这些照片都不是为了这些电线杆而照的。

“真主党的烈士。”

菲丽宾娜看着这些排列在整条街道上的照片，还有旁边小的巷子里那些更旧、褪色得更厉害的照片。她明白了一些东西——但是什么呢？

“为什么都是这些死去的人的照片？为什么这里死了这么多人？”

他们经过两个女孩身边，她们戴着头巾，穿着紧身牛仔裤，踩着紫红色高跟鞋。她们那布满铆钉的裙子上用英语写着“我可以全盘接受”，还有“再给我一些”。

“为了纪念……哦，我的上帝啊！那不是哈迪吗？”

看到那些伊朗国旗，哈迪心想：也许伊朗已经入侵了这个地方。就像贝鲁特东部的人在自己阳台上挂上意大利、法国、德国和巴西国旗一样，为了表示自己的政治倾向，达耶的居民在世界杯期间就挂起了伊朗的国旗，而伊朗输掉世界杯比赛之后，他们也没有去把那些旗子收起来。但电线杆上的这些年轻人是谁呢？是阿里吗？那个是阿里吗？那边那个是阿里吗？阿里！全都是阿里。哈迪大叫起来：“我的儿子！”他抱住了其中一根电线杆，几个真主党交通警察走过来把他带到阴凉处坐了下来。哈迪想要跟他们解释。他们不得不把阿里的照片都取下来。“他是在号召孩子们，”他说，“他们是在号召孩子们加入他们！”他指的是另外一个世界。

阿巴斯的腿在贝卡谷地的某地跳动着。他想告诉那个老人已经太晚了，他要告诉他那些男孩子们都已经离开人世了，他们都已经被召唤走了。他们把哈迪送上一部的士，叫司机把他送到警察局去。

在美国捐给贝鲁特警局那让人胆战心惊的吉普车上，哈迪问战争是不是结束了。要不是立体声音响里正放着范露兹唱的《我问你，哈比比》，他本可以看他的手就能猜出时间了。

“没关系的，他们把哈迪带回家了……你知道吗，你可以通过人们开的车来判断一个人属于什么党派。比如真主党的人开的是梅赛德斯和沃尔沃，黎巴嫩伊斯兰教什叶派武装组织的人开宝马。叙利亚穆卡巴拉经常开标志554s。黎巴嫩特工处的人开雷诺。德鲁兹人开丰田和尼桑，但你要对他们小心一点，德鲁兹派穆斯林人开车就像疯子一样，他们根本不知道怎么慢下来开车。”

“马文！”

这一次，他心中的小男孩吹起了蒲公英。

“什么，哈比提？”

“我们找个地方坐下来吧。那些信……我饿了。”

“但我们才刚刚到。”

两个戴着头巾、穿着凉鞋的年轻女人从那小面包店走出来的时候，把手里的钥匙摇得丁零当啷响。“老师，”她们叫道，“我们要在一小时后回来拿我们的曼欧式面包吗？到时候应该就做好了吧？”

"印沙安拉[①]，哈比提！"

阿布·侯赛因是个大块头的男人。他的身子勉强挤进这个蛋糕店。他是马文最喜欢的人，是他父亲最亲密的朋友。这就是他把菲丽宾娜带过来的原因；也为了店里的曼欧式面包，他想得到他的祝福。

"噢，马文！"

菲丽宾娜站在角落里，她的包夹在胳膊下面。她问洗手间在哪里，然后去了。阿布·侯赛因问那个女孩是谁。菲丽宾娜从洗手间出来的时候，她的包不见了，她穿着一条黑色的裤子和一件黄色的毛衣。那条裤子很宽松。毛衣的一边手臂太长，另一边又太短。

看到她这一身打扮，马文感觉喉咙后面像是涌上来一阵湍流。"米歇尔！我是说，菲丽宾娜！也许我们……"

阿布·侯赛因因为马文的傻气大笑起来。马文也哈哈大笑，但他笑的是自己陷入的奇怪的《卡萨布兰卡》的故事。尽管马文并不知道什么《卡萨布兰卡》。他的眼睛很大，好像可以装进整个世界。他们坐在这间面包店唯一的一张桌子旁。马文拿出了那些信。揉面机在阿布·侯赛因的双臂之间运转起来。

每转一圈，那台揉面机都要卡一下，但它还是继续在揉面。阿

① 译注：印沙安拉（Inshallah），在阿拉伯语中，意为"如果真主意欲"。

布·侯赛因来了又走开，去检查面团的稠度，用他的眼睛判断做出来的曼欧式面包味道如何，他在这边加一点面粉进去，又在那边加一点水进去。阿布·侯赛因的双手拥有面包师的魔力，大家都还没有看清楚，他就可以用自己的指尖和好面。随后，他向柜台走去。不管他走到哪里，那双满是面粉的手就跟着他走到哪里。那些面粉就像带有魔法的粉末一样撒遍整个房间，就像一件神圣的礼物。它飞上了他那参加了真主党自卫队并死掉的儿子唯一的照片，几乎要蒙住了那个男孩的脸颊。油渍飞溅到日历上，顺着上面的日期扩散开来。他儿子照片的旁边挂着一张纳斯鲁拉的相片，他的微笑被掩盖在面粉下面。面粉还弄脏了那二十世纪七十年代的玻璃门冰箱；粉末布满了工业煤气罐的金属开关；它还染白了收银机的抽屉……就是这样，面粉覆盖着石头、金属，以及死亡。

不再有死亡，不再流血；这一切都埋藏在了面粉下面。是面粉让达耶运转起来。转动磨刀石的不是死亡，而是面粉。只有阿布·侯赛因才知道面包古老的治愈能力，但他没有对此吹嘘，甚至没有把这件事告诉任何人。如果整个面包店都是受伤的人，阿布·侯赛因手上也有足够多的面粉来包扎所有的伤口。即使整个达耶的人都受了伤……他走到哪里，那凉爽纯净的面粉味就跟到哪里。

马文把那些信的内容告诉了她，一封一封地说给她听。菲丽宾

娜哭了。她为那些信的内容而哭，一封信一封信地哭；按照顺序，从最开始哭起——为了她的母亲。她把鼻涕擦到自己的袖子上，把领子拉到脸颊上来，用自己的双手搓着她母亲的双腿，从她穿上那条黑裤子的那一刻起，她就像感受到了母亲的双腿。

阿布·侯赛因此刻正站在菲丽宾娜跟前。他递给她一块夹着融化了的奶酪的柔软热乎的曼欧式面包。现在他的双手可以带着那些面粉进入菲丽宾娜身体里了；从她的胃开始，他的双手可会包裹整个达耶、贝鲁特，甚至是阿巴斯留在贝卡谷地的那条已经萎缩的腿。不久之后一切都会好起来的。现在，菲丽宾娜可以小口小口地吞下她正哭着拿着的曼欧式面包了。然后是大口一点的。这样，她就会强壮起来。因为阿布·侯赛因就是一位用面包找到沉沦的人们并让他们振作起来的男巫师。他烹调出神圣的食物，并用面包最完美的魔力来和死神作战。菲丽宾娜吃完了曼欧式面包，感觉体内有一股温暖的养分蔓延开来。曼欧式面包在她体内安静地睡去。

马文点燃了一支又一支的烟。他感到害怕，直到菲丽宾娜问他香蕉是不是真的能发出声音。

于是，阿布·侯赛因拥抱了马文，扫了一眼菲丽宾娜，说道："有什么问题的话，你知道到哪里找我。"

马文得到了他的祝福。"你需要什么东西吗"他问阿布·侯

赛因。

阿布·侯赛因什么也不想要。

他们离开了。他们在小型公共汽车里手牵着手。他们往家里走去，像其他所有人一样。但与其他人不同的是，他们已经有了答案。答案就在他们的手上。

尾声

如果故事发生在世界上合情合理的地方，那么一个男人在亲吻一个女人之前会先接近她，一座城市在倒下之前会先嘎吱作响，一支枪在开火之前会先被人看见。但这里不是那样的城市、那样的故事、那样的爱情。如果是的话就好了……

如果是的话，菲丽宾娜和马文就不会在今晚如此慢吞吞地攀爬盖特维医院旁边这座阿什拉菲赫最陡峭的山坡。但这不是那样的城市、那样的故事、那样的爱情。在这里，人们什么也不必知道。如果这是发生在一座合乎情理的城市里的一个合乎情理的故事的话，菲丽宾娜和马文就会知道他们抵达那座公寓的时候该怎么办了。他们马上就要到达那座公寓了，在那里，泽娜卜身旁围着哈迪以及整座楼里住着的人。她的脸看起来像是烧起了一团看不见的火，她要向警方供出他们……

“但是女士，这不是我们的职责所在。我们不照看菲律宾人。如果你想要投诉的话……”

那些穿着长靴的年轻警察想要让泽娜卜平静下来。他们向她说明她能做些什么，语速很慢，像跟小孩子讲话一样把每个字都说得很清晰，就像平时年轻人跟老人讲话时那样。

“发生了什么事？”菲丽宾娜问道。

马文抓住了她的手臂；他显然已经是个没有什么可失去的男人了。“保持冷静。别害怕。”

于是菲丽宾娜不再害怕。她在夏日的高温里穿着她那件黄色的毛衣，而她现在已经知道的一个故事正舒适地蜷伏在她的裤子口袋里。

“看！看她紧紧抓着马文胳膊的样儿！”

这些住户会为了一个菲律宾女孩而牺牲泽娜卜吗，在她这么多年的……的什么后？他们没有时间去想这个问题了，因为泽娜卜刺耳的叫喊声已经快要把声带给撕裂了。这条街第一次听到这个声音。每个人都为泽娜卜感到窘迫，大家都不去看她，除了菲丽宾娜。

“我不是送你去上阿拉伯语课的吗？我这么做是为了让你能跟着马文去四处流浪吗，是吗？”一开始泽娜卜想不到下一句该说什么，但她一想到，就用让她又惊讶又厌恶的声音尖叫起来，不管怎么说，她没有让这句话溜走，因为她担心如果不赶紧说出来，她不

知道会发生什么。“你的制服呢，哪里去了？”

此时，马文安静了下来。他在静静地等着两个女人之间即将爆发的口水战，男人在这个时候总是这样。

菲丽宾娜向前走了一步，从他紧抓的手里抽出手。她是这个星球上微不足道的小东西，她所拥有的一切就是她的黄色毛衣和那条让她汗涔涔的黑裤子。“我的护照在哪里？”

“又是你的护照？我跟你们说了，她想要逃走。把她抓起来！”

这时大家感觉更加窘迫了。

那些警察不想再跟这个老巫婆纠缠下去，他们把哈迪扔下之后就离开了。

让他们走，让泽娜卜自己一个人叫嚷去吧。她确实这样了，因此她要带着自己的叫嚷声回她的城堡里去。她开始爬楼梯，对着她身后的住户大声叫喊。“她的护照！她想要逃走，我早就跟你们说过了！说不定她还偷了我的钱！有可能！”

纳赛尔和阿伊莎互换了一下眼神。纳赛尔正扶着泽娜卜爬楼梯，因此阿伊莎生气了。偷钱？不，这太过分了。对着警察大喊要把那个女孩抓起来，等等……

纳赛尔耸了耸肩。他能做什么呢，要丢下这个老女人独自一人吗？他牵着她爬上楼梯，同时用饱含歉意的眼神看了一眼马文。

泽娜卜竖起的头发叫得更加大声："她才刚到这里来！而且她早上还起得那么晚！对！她总是睡懒觉！"

她的眼神扫过楼梯间，希望能碰上其他人的眼神，但所有人都低着头看脚下的台阶。除了贾恩。他们全都在一起爬楼梯。

"我的护照在哪里？"菲丽宾娜喊道。

"你的制服去哪里了，你知道买那个东西我花了多少钱吗？"泽娜卜向下看着瑟坦妮可，她是自己最后的希望。"我给她买了一套白色的。是店里最好看的一套。穿起来跟护士一样。"

瑟坦妮可咬着下唇。维萨姆扶着她的手臂。

所有人都联合起来对付泽娜卜吗？这些全都是忘恩负义的人吗？

泽娜卜的声音就像指甲擦过黑板上一样让他们头皮发麻。"人们总是对菲律宾佣人拳打脚踢，把他们关在房间里，剪掉他们的头发。我做过这些事中的任何一种吗？做了吗？你们全都在这里，你们告诉我！"

菲丽宾娜每走一步就变得越加疯狂。她不再祈求拿回她的护照，她要求要拿到它："把我的护照给我！把我的护照给我，泽娜卜小姐！"

但马文要去哪里呢？我们假设他们拿到了护照。他会把那个女孩带到哪里去呢？他们再也不能待在这里了。他有钱吗？他有，有一点。但去哪里呢？他看着纳赛尔。

纳赛尔觉得这一切都会过去，他觉得明天早上他们又会往面包树上挂袋子了。他朝马文眨了眨眼睛，像是在说：“算了吧。”马文用眼神回应他：“这不是我们说算了就算了的事。是的，我也要跟着一起走。”纳赛尔继续用眼神回应，“真的这么严重吗？”马文的眼神说：“是的，老师。而且你要帮助我。”纳赛尔眨眼回答：“好。”他还在扶着泽娜卜的胳膊，但已经不再抓得那么紧了。

哈迪在人群后面，像幽灵一样向上飘。他看着那个尖叫的女人，心里想着她到底是谁。他不是忘记了，他只是不认识她。贾恩扶着他的胳膊，但实际上哈迪是靠自己的力量在爬楼梯。贾恩只是故意走在最后面，来好好享受这整个场面。

阿伊莎认得菲丽宾娜脸上的表情。这是她之前见过的表情，就在她自己脸上看见过。在那一刻，菲丽宾娜变成了一个女人，一个她了解的女人，变成她过去了解的那种女人，是她曾经爱过也害怕过的同伴，因为她们一无所有，可以放手一搏了。她解开自己的头巾，感觉自己好像要窒息了。

“那么，你想要拿到自己的护照。我会把你送进监狱的，我的女孩！你就在那里拿到你那宝贝护照吧。我不知道现在你能跟马文睡在哪里！”

马文正要开口说话，却听见背后传来笑声。贾恩正扶着哈迪的手臂在笑。马文脸上的表情像是在说："我会杀了你的，你这个同性恋！"贾恩站在一级台阶上，用咯咯的笑声回应道："你就等着瞧吧。"那笑声落在了上面一级台阶上。

"泽娜卜……"马文开口了，却记不起来自己要说什么。大家全都看着他。他的声音颤抖得厉害。要是他能稳住声音该有多好。"够了。"

"你敢说话了吗，马文？在你勾引这个贱人之前就应该想到这种情况。"

绳索"啪"地断了。就像提线木偶被剪断了线，或是一艘船起航时被解开了缆绳，或是一只小型飞船被发射上了天空……马文开始肆无忌惮，因为他的绳索已经被剪断了。"你嘴巴放干净点，泽娜卜！"

"我说的本来就是实话，马文！所以现在变成这样！"

他们为什么都一起往上爬楼梯？因为泽娜卜打算把菲丽宾娜的护照拿给她。不管怎样，她可是泽娜卜。虽然对这个可怜的女孩说了这么多难听的话，泽娜卜还是没打算藏着她的护照不还。不，她没有那么坏。这就是他们都在这样往上爬楼梯的原因。

"你可没这么容易从我这里拿到你的护照！哈！"

此时他们全都站在泽娜卜的房间门口。哈迪像什么事都没有发

生一样飘进来，仿佛他是从另一个国度被暂时送到这个混乱的场面中的，他走进卧室，打开电视，坐了下来。

“你哪里也别想去！我才是给你们两个付工资的人，不是吗？哈。我要让你们寸步难行。”

马文走上前来，他要来救菲丽宾娜。他比原本的自己更强大了，至少他自己是这么认为的。他觉得自己强大了这么多，绝不会再次畏缩，绳索已经割断了，他即将起航，已经没有别处可去了。他的航行马上就要开始了……

“别担心，泽娜卜，”贾恩厉声说道，他的双手插在口袋里，尽情享受着自己的插嘴带来的沉默和他马上就要拿来填补这种沉默的话，“不管怎样，一旦这个女孩发现他是个同性恋，她就会跑回来的。”

马文的桅杆轰然倒下。他成了一个无名小卒。他不知道自己在做什么，他也不需要知道。他不知道自己是不是冲向了贾恩，他们是不是一起摔下了楼梯，没错，他们现在全都到了楼下，他们一层楼一层楼地滚了下来，此时已经到了地下室，来到马文的房间前面……他们在里面四处踩踏……马文的头发飞到了贾恩的脸上，他把口水吐到了贾恩的嘴里。

贾恩很开心。他总算被马文碰了，不管是以哪一种方式。在他看来，他们如此靠近，甚至可以亲热一番了。马文的肌肤碰触着

他的……他感到害怕，又充满情欲，就像被插入之前那一刻的感受……他看到马文的胸脯在衬衫下面起伏着，就像那一次……现在他们到了马文的床上，他被翻转过去腹部朝下，他的脸被埋进床里面，接着又被压到墙上，这时候他喷射了出来……他无力反抗，当马文这样碰触他的时候，他就任由自己被摆弄。马文对着他的脖子咆哮，贾恩感觉到一个金属的东西从自己的头发中推了进去……

楼上，正看着电视的哈迪说道："飞机！战斗机！以色列！"

大家都听见了他的声音，但因为他是哈迪，他们没有听到剩下的话。他们侧耳倾听楼下传来的声音。接着，那些飞机从电视屏幕中飞了出来，从西边飞来，来到了阿什拉菲赫正上空。每一架飞机飞出荧屏的时候，都像一把剃刀一样划破天际，飞过盖特维医院的上空。那些飞机离开了荧屏，聚集在贝鲁特上空。纳赛尔是第一个走到阳台外面的，接着瑟坦妮可和维萨姆一起冲了出来；阿伊莎站在阳台的门口，将头巾在下巴处打结；泽娜卜跑了出来；哈迪正盯着屏幕看。

"那些飞机，"他说道，"它们回来了！又飞回了机场！"

"机场，"纳赛尔叫道，"被炸掉了！战争！战争！战争！战争！"他说话的时候扫视着他们的一张张脸。

战争在每个人脸上一个个地显现出来。一颗炸弹从其中一架飞

机上无声地掉落下来，它如此小，几乎要凝固在空中，如此安静，像是要飘到远处去。接着……声响像波浪一样传到他们耳朵里，回荡在他们的肺里、肠子里、腹股沟里。又一颗炸弹从其中一架飞机上无声坠落，它如此小，几乎要凝固在空中，如此安静，像是要飘到远处去……每一次，一个小小的、安静的、渺茫的、短暂的希望都在他们心中迸发。接着……一团烟雾静静地从机场升起……然后再一次、又一次……

“嘭！”楼下突然传来轰然巨响。

又一个炸弹落了下来，就像要凝固似的……要飘远一样……

“嘭！”楼下又是一声巨响……

每一次，他们都默默地念一遍简短的祷告……

楼下两声嘭嘭的干响直达他们的后颈。但没有人转过身去，因为黑烟正从机场上升起。因为贝鲁特又一次爆发了战争。他们已经厌倦了。这种故事只有对菲丽宾娜来说才是新鲜的。所以她是唯一一个望向那个房间门口的人。只有她注意到了每个人都背对着的那两声炸弹的声响。

脚步声传到了他们后颈处，然后在那里停住了，接着就传来汽笛的哀嚎。有人在他们身后气喘吁吁，但他们都没有往后看站在门口的马文。不论菲丽宾娜看到了什么，她都没有在那一刻去感受

它。她把它收起来，不去想它，把它留给遥远未来的某一天。在他开口说话之前，没有人想知道他为什么那么上气不接下气。

“纳赛尔！”

一些血红的东西从马文的腹部一直蔓延到他的胸口。“嘭！嘭！”那两声干响在他的衬衫上留下了一块湿湿的鲜红印记。

当马文又叫了一遍他的名字时，纳赛尔意识到是时候来偿还旧债了。

“纳赛尔！”

马文转向菲丽宾娜，抓住她的双臂，他有太多的话想要说，但他没有说出口，没有时间了，他只说了一句：“你要跟我一起走吗？”

菲丽宾娜想要问他要去哪里，但她没有问出口。因为马文几乎就要哭出来了。因为不论她要不要问，这都不可能再是她的故事了。

纳赛尔转向了泽娜卜，抓起她的双臂，他有太多话想要说，但他没有说出口，他只问了一句：“泽娜卜，她的护照在哪里？”

泽娜卜想要大喊，但没有时间这么做了。这世上已经没剩下多少时间了，战争已经开始了。又一次……一个人的一生能经历多少次战争？多少次？

马文必须说出来，不然这就将成为别人的故事。“去找香蕉的声音！”

没有人哭喊，没有时间这么做。接下来的一切都如同碎片，发生得那么奇怪，像是全部都计划好似的。

泽娜卜瘫倒在地上。她想要死去，她希望每个人都死去。她想要结束这一切。又一场战争……她现在已经到了另一个国度，在另一个从来不会爆发战争的城市。她把自己丢到了另一个地方。爆炸声吞没了纳赛尔的声音，她只能看到他的那一张脸。

“泽娜卜，把那个女孩的护照给她。”在泽娜卜还没有从她去往的那个城市回来的时候，他大声叫道，“该死的护照……”

阿伊莎在泽娜卜旁边瘫倒下来，就在泽娜卜去往的城市边上。“泽娜卜，”她说，“战争开始了。”她握着泽娜卜的手，就像一起洗过尸体的女人握住对方的手那样。

她们隔着一个遥远的城市，互相对视了一会儿。她们就待在那里，都不想回来。但这里是贝鲁特，又一个炸弹掉落下来，泽娜卜的眼睛瞥向那个锁住的柜子。

菲丽宾娜此时就像一片划过水面的叶子。她穿过喧嚣，滑向那个柜子。这不像是她能做出来的事情，也许是那件黄色毛衣的作用，或者是那条黑色的裤子在支配着她。她砸开锁，像一片在水面上漂浮的叶子一样在无声掉落的炸弹之间掠过。她抓起护照。为什么她还要关上柜子门呢？因为她是一片在水上滑行的叶子……

纳赛尔站了起来。他用眼神告诉马文："这是我们偿还旧债的方式。"马文看着他，用眼神感谢他。

菲丽宾娜做完了她要做的事情。她已经没有精力去做、去看其他任何事情。她没有看到这种眼神的交流——不过她也没法去看。他们穿梭在炸弹轰炸的烟雾之间，听到几声短促的钥匙碰撞的叮当声——是那辆绿色的梅赛德斯的车钥匙。

当马文的手碰到那几把钥匙的时候，纳赛尔的双手在问他："有人看见了吗？"

"……"

"马文！你上来的时候有人看见你了吗？"

"一个……"

他剩下的话被其他声响吞没了：孩子们在贝鲁特街区开始学习新炸弹名称的声音；男人们讨论那些从屏幕中飞出的、盘旋在他们头顶上的飞机型号的声音；女人们在唤回战争状态的自我时大口吸气的声音；那些决定马上前往叙利亚的人们发动引擎的声音；达耶的居民在炸弹从他们头顶丢下时祈祷的声音；电视机一台一台被打开的声音；每一次都有更多飞机飞来，每一次都有更多炸弹掉落下来……马文说的话就渗进了所有这些声响的缝隙里。

她把钥匙插进一扇蓝色木门的锁孔里，然后走进了房间，这时候墙壁晃动起来。一定是有人在附近哪里燃放烟花，丹妮丝这样想着，一边走进这栋一整天她都找得不顺利的房子。

她笑了，由于她不会读盖特维这个词，她在外面奔波了一整天。到某个时刻，她放弃了，在城市里四处游荡，直到天色渐暗，最终她遇见了一位会说英文的司机，把她带到了这里。

我的上帝啊，烟花好像越来越近了……

就在她转身去锁上背后的门时……

“谁看见你了，马文？”

他们俩都握着钥匙，不是因为纳赛尔不肯把梅赛德斯给他，而是因为他想知道谁看见了。

“一个女孩，”马文说道，“一个外国人。”

纳赛尔松开手把钥匙丢进马文手中。马文要拥抱一个人——纳赛尔。瑟坦妮可在阳台地板上抱着泽娜卜，在她雾蒙蒙的眼睛里搜索着那另一座城市。阿伊莎扶着菲丽宾娜的手臂，一点也不像其他人扶住

一个菲律宾人手臂的样子。她摘下自己的头巾，她要在菲丽宾娜离开之前给她留下一点东西，因为菲丽宾娜竟是以这种方式离开的，就像是去赴死一般。她把自己的头巾披到菲丽宾娜的肩膀上。

他们离开了。在这座城市里，随着每一声爆炸，每一个人都变得有点像个无名之辈，他们比任何人都更清楚，成为无名之辈是什么感受。又一个炸弹扔向了达耶，他们向一个故事奔去，就像血液涌向伤口一样……

她看到了眼前的景象，害怕地关上了门，而在门的另一边，有两个人正往楼下跑去。丹妮丝听到了动静，这时她的内耳已经听出来了，并不是烟花让墙壁晃动、让她的肺部震动。她走到门口的时候，脚步声已经远去了。她打开门。墙壁又晃动起来。她慢慢地爬上了楼梯，向那些声响走去……墙壁又晃动了一下。

她并不觉得害怕。她惊讶自己竟然不感到畏惧。她走进一个房间，走向房间里的人声传来的地方。她看到阳台上有三个女人，一个年纪大的，还有两个男人。贝鲁特的全景在他们身后展开。她一点也不感到害怕。她为什么要害怕呢？她此刻已经身处故事之中……独自

一人……就像本应的那样。没有人理会她，包括她自己。

贝鲁特-拉菲克·哈里里国际机场已经关闭了，并且取消了所有航班，阻止所有困在巴黎的作家前来……也阻止了一个穿着黄色毛衣、黑色裤子的女人，和一个穿着满是血渍衬衫的男人登上飞机，走进一个他们所不认识的人写的故事里……哧哧——哧哧——哧哧……走进香蕉的低语里。又一个炸弹落了下来，贝鲁特把耳朵贴近胸口，在某个遥远的地方，在另一座城市里，在荧幕前……哧哧——哧哧——哧哧……一个故事的窗户已然打开，风带着变幻无常的手涌入了房间。一个故事的叶子在风中翻飞……哧哧——哧哧——哧哧……在一个木盒里，写着人们宿命的鹅卵石在贝鲁特的手里翻滚。此刻，合乎情理的故事正在合乎情理的城市里书写。但香蕉的低语声，那些将每个人都变成无名之辈的嘈杂声，还在继续……哧哧——哧哧——哧哧……就在伤口里。

后 记

香蕉的低语，以及我如何说谎

伊切·泰玛尔库兰

作家为什么写作？当你出于某些理由开始编造极度复杂的谎言——也就是我们所说的“小说”——时，这个问题便不再乏味。作家只有出于一个足够好的理由，才能去制造说谎这种“伦理罪行”。我的理由，我猜，可能属于最荒诞的那一类。

那是2006年。当时我还是一名战地记者。我必须说，那次经历更像一场冒险：没有调解员的陪同，不会当地语言，我就直接去了战争地带。我也有点慢半拍，因为在我的记者生涯中，那些让我脊背发凉的害怕时刻，往往是在我回到家，回想自己都经历了些什么的时候。在以色列袭击黎巴嫩南部真主党地区后的第二天就去以黎边境，就是这一类事。我的摄影记者朋友和我在车窗上用灰泥抹出“TV”的字样，以为这样就能够保护自己，尤其是防止沥青路上的

炸弹被引爆。路上，我看到了一些疯狂的事，比如红十字会的人在掩埋尸体，并在15分钟的休息时间里跳舞、开派对。他们还在派对上宣称，如果不那样的话，他们会疯掉，或是在医院的那些真主党将军会在我们的头上炸出大洞。然而，最让我印象深刻的，是香蕉种植园。大轰炸已经让路变得难以辨认，人们受惊，检查站充满不确定的气氛，军队的车辆横冲直撞。尽管战争如此疯狂，路边的香蕉园还是如此安静。每一棵香蕉树上的香蕉都由蓝色尼龙袋包裹，保护它们不受疯癫现实的伤害。在周遭的现实里，它们不动声色的画面几乎是不真实的。

有人相信腥风血雨的战争将一直存在于人的记忆中，直到那个人死去。那并不完全正确。战争的记忆会伴随着你，但那只是像一场噩梦，一场无法完全记清楚的噩梦。随着时间的流逝，某些无关紧要但看上去荒谬的细节却会越来越清晰、具体。香蕉园于我而言，就是如此。大约一年后，我得知香蕉在生长的时候会发出声音，“哧哧——哧哧——”它们在八月的夜里生长，犹如一只紧紧握住的手慢慢张开，手指相互分离。它们就在此时发出声音。那个人不仅告诉我香蕉的声音——这一完全无用的信息，还告诉我：一个人只能在没有其他声音的干扰下，才能听见香蕉的低语。

诗性的，或是其他！那里有一种声音，但是我们听不到，仅仅是因为人类是一种如此吵闹的生物。想象一下，生长着香蕉的中

东——这颗星球上最吵闹的地方，一代代的人都没有听到过香蕉的低语。要是这片不幸运的土地能够足够安静，让世界倾听到香蕉的低语，那会怎样？这个问题萦绕着我。或许是因为，我希望在我吵闹的故土，某些安静的声音也能够被听到。或许也是因为，我想要理解为什么这个地方存在着一种关于战争、鲜血的爱，永恒而隐秘。他们被命运安排在战争中，但是希望听到也能够听到香蕉的低语，他们身上都发生了什么样的故事？在誓言注定无法得到兑现的地方，一个人如何去爱？在其他人都大喊的时候，一个人如何向另外一个人低声许下承诺？如果战争完完全全是恶的，人类无法从中获得肮脏的快感的话，人还会挑起它吗？人还会忽视战争抹去的声音吗？想象一下，所有那些我们听不到的对话。以及，为什么那些香蕉下定决心要用自己的语言低诉，尽管没有人愿意去听？

你可以想象，当我回到贝鲁特，在政治冲突的间隙中问起香蕉的声音时，没人把它当回事的场景。为了写这本小说，我问很多人他们在战争中都听到了什么，他们是否爱战争，或如何恨。但每一次访谈都以同一个问题结尾："你听过香蕉的声音吗？"

没有人知道。每个人都大笑。在面对最严肃的事情时，人会有这种奇怪的举动——嘲笑它。他们认为，这样做更合适。最后，有一天，在香蕉园，我向种香蕉的人问起这个问题。我觉得我需要至少一个人来确认我对生活的幻想和我对香蕉的信念。他模仿了那种

声音：“哧哧——哧哧——”

你能想象我想拥抱他时，他那种惊讶的表情吗？你会拥抱一个陌生人的，如果他们确信你小说中最重要的隐喻的的确确存在。

很难讲，到底是现实中哪一个小片段对你讲了一个真相。香蕉的低语是我从生活、纷乱、噪声和尘土中，从无限多样的现实中摘取出的一个现实片段。一旦我确信香蕉的低语的确存在，故事和故事的角色就不断成型。于是有了菲丽宾娜、哈姆扎医生，以及其他人。更不用说，我对他们无比真实的感觉了，我几乎能闻到他们，看到他们——甚至他们没穿衣服的时候，也能尝到他们嘴里所尝到的味道。很奇怪，我知道。

为了确保小说历史背景正确无误，不违背那个地区脆弱的现实，我阅读了从1960年到2006年的每一份新闻报纸，包括报上的小广告。因此，小说中一些奇怪的细节是真实的，尤其是那些看上去不太可能的；而那些让人信服的东西，则是我自己编造出来的。当然，如果想要创造古怪的情节，谁都比不上中东自身的能力。何况，在讲故事这件事上，谁也比不过中东。在那片土壤上，人们因为矛盾而相互残杀；讽刺的是，也正是在这片土地上，故事从来没有被好好地记下来过。在那片土地上，现实不断地超越虚构故事，而虚构故事则被认为是真实的。这也就是为什么香蕉的低语是一个关于现实和真相的大谜团。这是我未完成的尝试，尝试在永恒的现

实之尘中看见一点点真相。因为只有让现实之尘遮蔽你的眼睛，你才能看见真相；因为只有让世界的吵闹声充斥你的耳朵，你才能听见香蕉的低语。这就是我的猜测。这就是我的谎言。如果你也有坚定的信仰，请你告诉我。

马上扫描卖书狂魔熊猫君二维码，

并回复“香蕉的低语”，

就可以读到本书作者伊切·泰玛尔库兰的独家访谈，

了解更多故事背后的秘密。

图书在版编目（CIP）数据

香蕉的低语 / (土) 伊切・泰玛尔库兰著；李娟译.
-- 北京：北京联合出版公司, 2016.8
（读客全球顶级畅销小说文库）
ISBN 978-7-5502-8333-6
Ⅰ. ①香… Ⅱ. ①伊… ②李… Ⅲ. ①长篇小说－土耳其－现代 Ⅳ. ①I374.45
中国版本图书馆CIP数据核字(2016)第191817号

Copyright © 2013 by Ece Temelkuran
Published in agreement with Kalem Agency through The Grayhawk Agency

中文版权 © 2016 上海读客图书有限公司
经授权，上海读客图书有限公司拥有本书的中文（简体）版权
著作版权合同登记号：01-2016-3413

香蕉的低语
作者：[土]伊切・泰玛尔库兰
译者：李娟
责任编辑：李征
选题策划：读客图书　021-33608311
特约编辑：夏文彦　朱亦红
封面设计：刘倩
版式设计：陈宇婕
责任校对：曹振民　绳刚

北京联合出版公司出版
（北京市西城区德外大街83号楼9层　100088）
三河市龙大印装有限公司印刷　新华书店经销
2016年10月第1版　2017年1月第2次印刷
字数 215千字　890毫米 × 1270毫米　1/32　11.5印张
ISBN 978-7-5502-8333-6
定价：39.90元

如有印刷、装订质量问题，
请致电010-85866447（免费更换，邮寄到付）

第十二章
给我时间

我只是关心你……想留在你身边。
可我究竟应该怎么对待你呢？你也是我的家人。

被前夫暗搓搓地告了个白，棠宁蒙了一会儿，摸摸下巴，老实说，没觉得心动，但是真的……有、有点儿爽？

她安安静静地缩在那儿，看着徐旻枫从另一边乘电梯走了。蒋林野不肯收她的玫瑰，她好像习惯了对方的冷漠，离开时，干脆将花放在地上。

蒋林野看也不看，“砰”的一声关上了门。

棠宁干脆又在原地站了一小会儿，看看时间差不多了，才掐着点，装出刚刚上楼的样子，凑过去敲前夫的门。

病房门被打开，蒋林野这次打开门终于看到了想见的人，企图靠不自然的低咳掩盖自己的开心。

“进来吧！”

棠宁两手空空，背着熊猫背包走进来，问道：“你有没有吃点儿东西？”

“没有……”

蒋林野看看她，又不动声色地看看她身后，来回确认了好几遍，才肯定了一个事实：她没给他带吃的。

天哪！

他心里凶巴巴的小人第一次流露出茫然的神色，愣了一会儿，原地坐下开始打滚，不管不顾地哇哇大哭。

怎么能这样……

蒋林野快饿死了。

他有点儿失望，就算没有生日蛋糕或者长寿面，她上来时给他带个汤不算过分吧……何况这都中午了，怎么能连个水果都不拿呢？

蒋林野有一点点儿委屈，但转念又立马安慰自己，没关系，她失忆了，可能不记得自己的生日。

虽然如果没失忆，她更不可能给自己过生日。

蒋林野完成这一系列漫长的心理建设，重新平静下来：“你刚刚上楼？”

棠宁：“嗯。”

“有没有看到什么人？”

棠宁知道他想说的是徐旻枫，摇头道：“没有。”

蒋林野清清淡淡地颔首：“嗯。”

棠宁莫名哽了一下，就一个“嗯”？

他就不能说点儿别的？比如“我刚刚遇到徐旻枫了，她来给我送生日礼物，可是我把她给说走了，我告诉她我喜欢你，要再追你个十年八年”……

而且，刚刚当着徐旻枫的面不是很能说吗，怎么对着她就又熄火了啊？

棠宁有点儿费解，但蒋林野的心思她永远猜不到。

走到桌前放下自己毛茸茸的熊猫小背包，棠宁决定先进行今天最重要的环节：“小蒋同学。”

刚刚凄惨地坐回办公桌前的小蒋，闻声立马回过头：“嗯？”

“你今年二十六岁啦！”

“嗯。”

“生日快乐呀！”棠宁眉眼弯弯，猝不及防地凑到他眼前。距离这样近，她的眼睛明亮极了，好像落着冬天的星星。

蒋林野一愣，坐在原地，半天没反应过来。

“昨天你做笔录写身份证号的时候，我也看到了，所以我给你买了礼物。”毕竟也算是偷窥别人的隐私，棠宁有些不好意思，还有点儿心虚，“虽然不知道以前我是怎么给你庆生的……这次的礼物，就当作是谢谢你昨天救我吧！”

蒋林野愣了好久好久，终于回过神。

他没有立刻开口，非常缓慢地眯了眯眼。

看来有礼物。虽然不是吃的，但棠宁能记得他的生日，还愿意为他过……

蒋林野觉得，也许不需要十年八年，他就能追上这只狐狸。

“不知道你究竟喜欢哪种类型，”棠宁见他并不说话，拉开背包，一个一个地往外拿，“我给你挑了好几个，你可以每天戴不一样的。”

蒋林野听她这么说，起初还以为是领带。

可等他凑过来，却发现盒子很小。

蒋林野陡然沉默了，不知怎么，看到盒子上的T家标志，他生出一种微妙的不祥的预感。

“棠宁，你该不会是……”

他话都没说完，棠宁已经从背包里拿出了最后一个小盒子，将十个盒子放在桌上摆成一排。他瞬间猜到她买的东西是什么了，心累之余，蒋林野心头浮起一丝难以解释的小惆怅。

“不多不少，刚好十枚戒指。”然而棠宁还挺开心，她诚恳极了，真心以为蒋林野会喜欢这玩意儿，“答应过你的，棠总从不食言。”

蒋林野：“我……”他张张嘴，还想说什么，突然眼前一黑。

下一秒，他朝着棠宁，直挺挺地倒下去。

棠宁感觉余光一花，一个巨大的黑影朝自己扑过来。

她下意识想往旁边躲，结果没躲开，被对方撞得一个趔趄接连朝后退了好几步，踉踉跄跄地摔在床上。

棠宁沉默片刻，戳戳这个埋在她颈窝里一动不动的高大男人：“喂。”

蒋林野没有反应。

“你不是吧？高兴成这样？”这家伙着陆的角度未免太过精准，不往后倒，直挺挺地朝前扑。

棠宁以为他在装死，有点儿不高兴地戳了戳他：“蒋林野，起来。”

蒋林野还是没有动静。

前夫像一只脆弱又异常沉重的大金毛。病房里安静了一会儿，棠宁不确定地清了清喉咙：“蒋林野？”

没动静。

她小声道：“你被我气死了？”

病房里安安静静，蒋林野还是没动静。

棠宁心里一突，赶紧伸手去按床头的召唤铃，呼叫医生。

蒋林野脑袋向下，整张脸埋在她的颈窝里，一只手攥着她的外衣边缘。棠宁今天穿的是件套头卫衣，她试着扯了扯，发现……扯、扯不下来。

不至于吧，她也没干什么啊……棠宁心里打鼓，她给他买了礼物，就算不喜欢，也不至于被气得昏过去吧？

她小声道："你心眼真小。"

房间里静默半晌，蒋林野仍然没有反应，抓她衣角的力度倒一点儿也没放松。棠宁没办法，只能靠坐在床上，将他放在自己怀里。

好在医生很快赶过来了。

他给蒋林野做了简单的检查，然后沉着地得出结论："低血糖，饿的。"

棠宁手一顿，请问这个世界上，还比蒋林野更会卖惨的人吗？

——没有了。

"我给他打一支葡萄糖吧！"医生说，"没事，他很快就能醒过来。"

"但是，我怎么办？他一直抓着我，我扯都扯不开。"棠宁指了指他拽着自己衣角的手，求知若渴地问，"人睡着了真的能揪得这么死吗？他会不会是装的？"

医生："……你跟他之间怎么连人类基本的信任都没有？"

棠宁眨眨眼。

"既然这样，不如你留下来陪他一会儿吧！"医生试着掰了掰，发现连他也掰不开，"葡萄糖输到一半他就会醒，应该很快，要不了多少时间。"

医生抬起头问："你是他太太？"

棠宁摇头："我是他前妻。"

医生默了默，认真地指出："那我收回刚刚那句话，你还愿意来看他，说明你们感情已经很好了。友谊地久天长，祝福你们。"

棠宁："噫……"

医生离开之后，病房内重新恢复安静。

棠宁给蒋林野翻了个身，让他朝左侧卧，可他一只手还揪着自己，她没办法离开太远，只能搬个小凳子，坐在他左手边，然后一动不动，定定地盯着他。

坦白说，直到现在，棠宁还觉得蒋林野长着一张好看到惊天动地的脸。归功于无法回头的岁月，他面庞中少年时代的青涩退去很多，现在过于冷淡，情绪内敛，偶尔让她感到遥远，或是阴晴不定。

棠宁撑着下巴，叹息道：“可惜了这张脸。”

怎么就长在一个这样的人身上。

偏偏这个人现在听不见她说话，也不会跳起来跟她对骂。

她撑着下巴发了会儿呆，闲着没事干，把那十个戒指拿过来，小心地抬起蒋林野正在打点滴的右手，帮他把所有戒指都戴在同一只手上。

“别说。”她很欣赏，“还挺合适。”

棠宁左看右看，忍不住拿出手机拍照，编辑朋友圈：

“之前不小心把朋友的戒指弄丢了，趁他过生日，赶紧又送了他十个。结果他狂喜得昏过去了……唉。”

棠宁微信加的人不多，但父母、同学、小姐妹们都在。

发出去没两分钟，她觉得有点儿不太妥当，又删了。

可盛星来还是看见了，她打电话问：“你怎么还在医院？今天不上班？”

盛星来也知道 TJ 最近在往省外开拓线下实体店的事情，没少陪着她选址。

棠总财大气粗地说道：“总裁为什么要坐班？”

“随你的便吧，‘嘤嘤怪’还在我这儿，你今晚要来我家住吗？”

棠宁想了想，摇头说：“蒋林野昏过去了，不知道什么时候才能醒，他不醒，我就没办法离开医院。”

“哟，干吗对前夫这么好，还要等他醒过来？”

“不是，他拽着我不让我走。”

盛星来感到难以评价。

“噫。”她顿了一下，“对了，你昨晚有个文件落在我这儿了，我等会儿正好要路过医院。你一直在吗？我直接给你送去？”

“你能顺便再给我带点儿吃的吗？”棠宁舔舔唇，“蒋林野是被饿昏的，我觉得我再不吃东西，也要饿昏过去了。”

这到底是对什么夫妇？但小闺密张了张嘴，还是好脾气地答应了下来。

棠宁百无聊赖地坐在床前，刷了会儿微博，用手指头弹着蒋林野的睫毛玩了一会儿，他还是没醒。就在她觉得自己也被饿得需要输葡萄糖的时候，外卖

来了。

不是盛星来，而是棠宁之前订的生日蛋糕——按照小闺密的说法，棠宁真的给蒋林野订了个三层蛋糕，远远望去巨大一个，被外卖小哥用小车推着进来。

“你看看，你看看。”棠宁戳了戳蒋林野，“你怎么对待我的，我怎么对待你的？”

前夫没有反应。

“唉。”棠宁顾影自怜，自言自语，“我真是个善良的好人。”

蒋林野眉头微动。

她有点儿饿了，没注意到，继续自顾自地说着：“你介意我先吃两口吗？”

棠宁伸手把外面的包装拆开，纸盒子很容易取下来，外卖小哥给她搭了把手，三层蛋糕的全貌显现在眼前。

蛋糕造型很简单，棠宁不喜欢复杂的颜色和设计，这款蛋糕的主题是“水”，白色的奶油如同瀑布，从最上面一层层滚下来，在最底层卷出漂亮又不显繁复的花边。

蒋林野还是没有反应，她蠢蠢欲动，拿起小金属叉。可是刚刚举起叉子，她就看到蛋糕上那行字：

“蒋林野 26 岁大寿，福如东海，寿比南山。”

棠宁停顿了一下，有点儿恶趣味地想，还是算了，不管怎么样，一定要让蒋林野完整地看到这行字。

也不知道盛星来什么时候过来……棠宁哼哼唧唧地放下金属叉，翻着外卖软件，想先给自己点份吃的。结果下一刻，又有人敲门进来：“请问蒋林野先生在吗？”

棠宁抬起头，先看到发光的警徽，才认出这是昨晚来过的警察时川。

“在的，在的。”她没办法起身，隔着大半间屋子招呼他，“你进来吧，他在里面躺着。”

时川关上门走进来，见蒋林野面色惨白地躺在床上，微微一怔，问道：“他怎么了？”

“不好好吃饭，饿的。”棠宁解释，“没事，不是什么大问题，医生说很快就会醒，你要不要坐下来等等他？”

时川思考片刻，问：“‘长青’养老院出事那天，你也在？”

棠宁：“对。”

“那问你也是一样的。”时川拿起纸笔，坐到她身边，“别紧张，放轻松，是一些很简单的问题。”

棠宁点点头，TJ 每年要进行各方面的例行检查，也没少跟公检部门打交道，老实说，她不怎么害怕对方。

但她觉得这人有点儿眼熟。

时川也是寡淡系的男人，身上气息很干净，但从进门到坐下来，他都只有一个表情，不管她说了什么，他都是语气不轻不重的：“嗯，我在听，你继续说。”虽然很有礼貌又照顾了说话人的情绪，但总让她感到疏离，拒人于千里之外。

所以这段对话也没有进行太久。

棠宁必须得有人配合她才能不停地说话，但时川只问自己想知道的事，其余的一概不关心，也不接茬。

谈话进行到尾声，棠宁终于忍不住了：“你好。”

时川抬起头望过去，发出很轻的鼻音：“嗯？”

棠宁犹豫了一下，鼓起勇气问道：“我们是不是在哪儿见过？”

她话音刚落，突然感觉拽住自己衣角的力气好像变大了。

棠宁正想低头检查一下蒋林野这家伙是不是醒了，就听时川低声道：“应该没有。”微顿，他补充，“我过去几年不在北城，你应该没见过我。人民警察都长得差不多，你大概是认错人了。”

“不啊，你这长相挺难认错的。”棠宁脑子一热，话不过脑子就脱口而出，“你长得比绝大多数警察好看。”

说完这句，那股拽她的力气更大了。棠宁几乎生出错觉，蒋林野是在咬牙切齿地死死拽着她的衣角，想把她的衣服拽下来或者撕开。

时川问完所有的问题，站起身，说道：“那我先走了，感谢配合，棠女士。”

“你没问题要问蒋林野了吗？”

时川探头看了一眼躺在床上一动不动但眉头皱得死紧的蒋林野，抿唇摇头道：“我晚一些再跟蒋先生约时间吧，如果他醒了，请第一时间告诉我。”反正最重要的几个点都已经问过了，之后打电话跟蒋林野确认细节也可以。

“你……你还是等一下吧！”棠宁叫住他，“我感觉他要醒了。”

时川疑惑地看了看床上的蒋先生，再看了看满脸自信的棠女士。

下一秒，棠女士很认真地看着他，说：“你去帮我接杯热水，我往他脸上倒一点儿，你就知道他醒没醒了。”

蒋林野赶紧悠悠转醒。

那瓶葡萄糖已经快见底了，可是按照医生之前的说法，明明只要半瓶，他就会醒过来的。棠宁在心里小声嘟囔，又骗她。

“棠宁，”然而刚刚转醒的蒋先生非常脆弱，声音低哑，脸上流露出茫然的神色，“你怎么还在这儿？”

我怎么在这儿你心里没数吗？棠宁没搭理他，有点儿气鼓鼓，抬头叫时川：“你快问他问题，快！”

时川略一停顿，凑到蒋林野面前，试着问：“蒋先生，你现在的精神状态怎么样？头脑清醒吗？”

蒋林野微微皱眉，顿了好一阵，才哑着嗓子摇头：“我可以再歇一会儿吗？”

时川：“没问题。”

蒋林野说完，又转头看棠宁，低声请求：“我想吃东西。”

屋子里摆着那么大一个蛋糕，就放在病床旁边，蒋林野醒过来当然能看见。他觉得，再不找个由头赶紧给小狐狸喂点儿东西，她就要跳起来挠花自己英俊帅气的脸了。

可是棠宁不喜欢别人骗她，哪怕就这么点儿小事。

“醒都醒了，你自己起来切。”

蒋林野眉头稍稍动了一下，没有说话，有些费劲地爬起来。

棠宁叫了护士过来帮他拔针。输完葡萄糖，他觉得自己精神好了不少，昨晚那种被重击的恶心感也散去了。

然而蒋林野坐起身，拿着金属小刀，面对着这个“福如东海，寿比南山”的祝福语，有些不知道从何下手……他仿佛不是在过二十六岁的生日，而是在过六十二岁的生日。

蒋林野无语片刻，低咳一声：“你先来吧！”

“这是你的生日蛋糕。”

“给你切第一块。”

棠宁一时哽住，忍不住转过去看他。

她这人从小吃软不吃硬，见他垂着眼一副纯良无害的样子，心头又浮起一丝丝愧疚。好歹是个病人，怎么能对他那么凶呢？

她想了想，拆开甜品店的赠品盒：“那还是先点蜡烛好了。”

蒋林野心里的小人喜极而泣，过去五年别说生日蛋糕和蜡烛了，他过个生日，连棠宁的人影都见不到。

他在很小的时候就知道，母亲和母亲的家人都不喜欢他，不欢迎他的出生和到来。唯一疼爱他的父亲在他很小的时候就去世了，后来他一个人，在亲戚的冷眼里生活了很多年，才在另一个人眼里，再一次看到他期待了很多年、等待到近乎绝望的，浓烈的喜欢与爱慕。

可他把一切都搞砸了。

后来许多年，他眼睁睁地看着她眼中的爱慕由浓转淡，渐渐消失，直至她亲口说出“我觉得你很恶心”。

蒋林野有些出神，下一秒，被头上轻盈的重量唤回神。

棠宁从赠品盒中取出蓝色的生日帽，帮他扣在头上：“来许个愿吧！”

蒋林野感动得快要哭起来，坐在蛋糕前，内心感慨万千，打了一万字腹稿：“我希望……”

他刚开了个头，蜡烛火苗飘忽两下，倏地灭了。

蒋林野默默闭上嘴。

“可能是你离蛋糕太近了。”棠宁重新拿起打火机，“要再点一次吗？”

“算了，你先吃蛋糕吧！”

许愿什么时候不能许？可把棠宁饿坏了，他追狐狸的年限又要被拉长。

果不其然，棠宁听到这句话之后很开心，她给时川也切了很大一块蛋糕。

时川礼貌地道谢，经过蒋林野身边，犹豫了一下，还是没忍住。

“蒋先生。”

蒋林野：“嗯？”

“我能问问你，为什么把那么多戒指戴在同一只手上吗？”他数了数，整整十个。而且如果他没认错，那好像还都是 T 家的经典款婚戒。

蒋林野低头看看自己的手，沉默半晌，很平静地告诉对方：“我喜欢炫耀。”

时川在心里缓缓打出一个问号。

“戴这么多戒指，走在街上，”蒋林野停顿一下，盯住正专心地吃蛋糕、根本没心情跟他对视的棠宁，波澜不惊地说，“别人都会觉得，我有十个老婆。那多热闹啊，你说是不是？”

病房里静默三秒，时川无言以对。

他知道蒋林野已经离异，且刚离婚不久。年纪轻轻离个婚就疯了，这一代年轻人的心理素质真的不行。

把最后几个该问的问题问完，时川站起身，打算向两个人道别：“谢谢两位的配合，也谢谢你们的蛋糕。”

“应该的呀！”谈话的工夫，棠宁已经把肚子都吃圆了。

但三个人总共也只吃掉了一层，她忍不住发消息给盛星来：“你怎么还不过来？我们都把蛋糕吃掉一层了。”

盛星来：“蒋林野醒了？我刚出电梯，马上就到了。”

说曹操曹操到，棠宁刚刚放下手机，小闺密就笑盈盈地推开了病房的门。

“听说这儿有好吃的？你们有没有把草莓夹心的那一层留给我？”

三层蛋糕有三种夹心，棠宁早就替她准备好餐具了，赶紧招呼：“快来，剩下的全是你的。”

盛星来笑了笑，一边放下给她带的便当，一边朝里走。

时川收起自己的东西，也刚好站起身。

两个人在卧室与会客厅的交界地带相遇，盛星来微微低着头看手机，余光之外出现一双修长的腿，起初她没在意，等对方从自己身边走过去了，脑海中突然闪现什么，才蓦地顿住身形。

电光石火，灵光一现，说的可能就是这一刻。

盛星来的脑子嗡嗡响，里面一片混沌，几乎瞬间红了眼眶。

“时川？”

她转过去，声音带点儿不确定和自己都没有察觉到的轻微的颤抖。

时川刚刚走到门口，听见这道声音，身形短暂地停顿了一下，可是没有应声也没有回头，继续向前走。

但就这一个停顿的动作，盛星来立刻确定了这人是谁。

“时川……”心跳突然快起来，她扔掉手包踩着高跟鞋就开始朝外狂奔，预想过无数种情形，没想到在这种地方重逢，“时川！”

可对方始终没有回头。

盛星来刚进来没两分钟，就又“嗒嗒”地跑走了。

她跑出去老远，蒋林野坐在病床上，还能听到她的喊声，孤独寂寞冷地在走廊上久久地飘荡——

最开始是“时川”，后来变成“川川”，然后是“叔叔你走慢点儿啊”。

称呼这么丰富，蒋林野有些没看懂：“她怎么了？”

棠宁嘿嘿嘿，露出不怀好意的狞笑：“我说什么来着？百因必有果，等着看吧，她的报应来了。”

今天的天气不是很好。

北城的天气在入冬的边缘试探了好几次，终于正式进入冬季。早晨明明出了会儿太阳，到了午后反而阴云蔽日，一丝光也透不下来。

盛星来踩着高跟鞋跑到医院门口，已是气喘吁吁。

人来人往，面前的街道车水马龙，那套警服却不见了踪影。

“时川！”明知道他不会回头，盛星来还是忍不住环顾四周，无用地叫他的名字，“时川？”

他走得太快了，一出住院部就几乎消失在了人群中。

明明穿着那么显眼的制服，她就是找不到他。像很多年前一样，他说消失就消失，连个招呼都不打。

想着想着，盛星来突然觉得很委屈，她生发出一种像偶像剧一样站在医院门口大吼“时川，我喜欢你”的冲动，但这里人太多了，很可能还有认识她的人，她丢不起这个人。

更何况，这么冲动地跟着他跑出来之后……盛星来忽然意识到，既然时川现在穿的是民警制服，那他刚刚出现在病房里，八成是在工作。如果真是这样，那蒋林野绝对有他的联系方式。

她回去找蒋林野要就是了，干吗像个神经病一样在路上边跑边叫。

想通这一点，盛星来立马释然了，正打算转身往回走，视线内突然出现一身警服，那人背对着她，身形高大，立在路口，似乎正要过马路。

她一颗心瞬间又提到嗓子眼儿。

这次不能再叫了，初恋是只兔子，她叫得越大声，他只会跑得越快。

盛星来咽了咽口水，小心地闭上嘴，小心翼翼地朝他靠近——生怕一不留神他又原地消失了。

然而她还没走到路口，红灯变绿灯，那个人开始过马路。

盛星来不自觉地加快速度，从走变成小跑，眼见对方又要消失，她忍不住叫出声：“时川！”

下一秒，天旋地转，她被人一把拽住，用力往回拖。盛星来打了一个趔趄差点儿撞在他身上，几乎是同一时间，背后传来尖锐刺耳的刹车声。

她短暂地愣了一下，心脏漏跳一拍，一垂眼，就看到熟悉的警服。

耳畔的嘈杂声如流水般退去，她突然什么都听不见了，只有刚刚的货车司机气急败坏地喊道：“大马路上你跑什么！赶着去投胎吗？！”

盛星来揪住时川的衣服，一点儿都不觉得生气。

跟重新投了一次胎也差不多了……所谓人生第二春，在医院里重逢时川，她觉得自己又活了。

然而下一刻，头顶传来男人冷淡的声音：“你抓够了没有？放开。”

盛星来眨眨眼，做作地小声说道："叔叔，我害怕。"

"害怕？可我看你胆子挺大的啊。"男人背脊挺得笔直，声音清冷，听不出情绪，"敢横穿马路，追着货车跑。"

"我那还不是因为……"

盛星来打了一个激灵，突然反应过来，她刚刚认错了人。她把另一位穿警服的同志的背影，认成了时川。这么一想又有点儿心虚，大小姐嚣张的气焰瞬间弱了，道："那还不是因为找不到你。"

"你找我干什么？"时川不冷不热，"要报警？"

"没……"盛星来突然语塞，"我就是想见见你。"

自从四年前她睡完就跑，对时川同学进行了惨无人道的"始乱终弃"后，这家伙在她家门口等了几天没等到她，就一声不吭地消失了。他那时候还不在基层做民警，盛星来之后打听过他的去向，每个人的说法都不太一样。

她猜，他应该是躲起来了。他那时候的工作本就有一部分涉及机密，要让她找不到，是轻而易举的事。

但是过了这么些年，盛星来跟他重逢，除了在心里唾弃自己连这么好看的前男友都说甩就甩，竟然还有一丝丝隐秘的小兴奋。

这么好看的男人，被她"糟蹋"过……想想就开心。

盛星来舔舔唇，问："你这些年，过得好吗？"

时川别开眼，说："还行。"

"我一直想知道你的去处。"他还跟四年前一样对什么都不冷不热，盛星来话茬儿接不下去了，有些无措，"但是、但是问了很多人，都没有人知道你去哪儿……"

"盛星来，"他突然打断她，"我去哪里，跟你有什么关系呢？"

盛星来呼吸一滞。

他转过来，看着她，眼睛深不见底，声音很低："你四年前就不要我了，不是吗？"

"这么说吧，盛星来呢，有个比她大几岁的青梅竹马，要什么给什么，摘

星星摘月亮，说一不二。不过我们不同年级，我就只见过那个人几次，所以印象不算特别深。

“我只记得那家伙从小就特别照顾她，初中时，时川跟我们同校，他在高中部，我们在初中部。他们俩家住得近，但放学时间经常撞不上，可只要是同路回家，哪怕盛星来在书包里装一麻袋石头，他都会面不改色地帮她背回去。

“我们读初中的时候，没人敢招惹盛星来。因为一旦她出了问题，时川一定会揍人。

“我记忆里，他们一直都没有在一起，可两个人又一直都是单身，没有跟别的人恋爱……时川高中毕业去读了警校，我也不知道盛星来读大学之后，他俩还有没有联系。”

…………

说起这段往事，棠宁很兴奋。

蒋林野坐在病床上，一动不动，安静地听。

“总之，”她说了半天，终于开始收尾，亢奋地总结，“不管星星刚刚看到时川时那么兴奋是因为什么，从她的眼神来看，值得肯定的是，我们接下来可以围观她遭受爱情的毒打了。”

棠宁的眼睛明亮干净，笑起来时眼角弯弯，元气满满。

他们很久没有这么心平气和地谈话了。

蒋林野想笑，但又觉得自己太不矜持，不就一个蛋糕和聊聊八卦吗？心里的小人从中午笑到黄昏，笑得快要变成一只打鸣鸡了。

所以他还是选择了高贵冷艳的寡淡语气：“圣诞节去哪儿过，决定了吗？”

棠宁瞅了他一眼，问：“你想去哪儿？”

她一个人做不了最终决策，必须得和蒋林野一起拍案。

“游乐园吧！”你不是一直想去？蒋林野想想自己以前还从没跟棠宁去过游乐园，思索片刻，他把后半句话吞回去，又换成，“游乐园不错，不够的钱我来出。”

“我怎么会没钱！”

“嗯，能买得起十枚婚戒的女孩怎么也不会穷。”蒋林野平静地抬起头，

“我纠正一下我刚刚的意思，我是想说，游乐园不错，我也想去。但我毕竟也是 TJ 的联合创始人，希望你能给我这个机会，让我为你赞助一些钱。”

这话听起来就顺耳了很多。

在外出差的简薇明天就回来了，棠宁给她打电话，吩咐她先把修改圣诞节方案的事情通知下去——

我们预算充足，可以重新做预案。

简薇收到老板的指令，确认了几条信息，这才看到她早上的短信。

“美人奶奶？”简薇问，“您说的是夏夫人吗？”

“我不知道她姓什么，那天她穿着旗袍，很有气质，也很能说。”

“那就是她了，她是夏教授的奶奶，姓林。”简薇说，“您以前在社交场合是见过她的，不过她出现的次数非常少，跟您的交集也不算多。就算您不向她透露失忆的事，应该也不会露馅。”

“这样啊……”棠宁突然开始纠结，“她邀请我去她家里做客……我本来不打算去的，但是你说她是夏方觉的奶奶，那我……我要不还是去一趟？”

棠宁的想法很简单，如果是不认识的人，拒绝也没关系，但如果是朋友的长辈，这样盛情邀请，她还拒绝，就有些失礼了。

“这个看您吧……”简薇思考了一下，说，“您决定了之后，我帮您修改行程表。”

棠宁张了张嘴，正想说好，背后突然传来一句清冷的警告：“不准去。”

她站在小阳台上打电话，不知道蒋林野什么时候起来了，正站在她身后。他没有穿外衣，唇色有些发白，嗓音低哑，表情固执：“不准去找夏方觉。”

“啥？”棠宁觉得他有点儿莫名其妙，“为什么？”

“我……”蒋林野突然哽住，然后肉眼可见地，他脸上浮现出茫然。

如果放在以前，他还有理由不准她和别的男人在一起。可现在两个人离婚了，按理说她要跟谁在一起，是她的自由。

可是，可是……

蒋林野的手背冒出青筋，攥紧拳头，又松开。他像一只无助的大金毛，垂

着眼想了很久，久到棠宁以为他不会开口了，突然听他低声道：“棠棠。”

见棠宁表情不对，蒋林野微微皱眉，又试着换了个称呼：“宝宝？”

棠宁的表情更惊悚了，她甚至被吓得退后了一步。

还是不对？蒋林野有些急了：“棠宝？宁宝？”

他也不知道该怎么办了，把所有能尝试的称呼试了个遍，最后还是以近乎乞求的姿态，将问题落回原点：“你别跟夏方觉在一起，好不好？”

棠宁被吓得不轻，以一种防备的姿态，盯着他看了很久很久，才一脸警惕地问：“我什么时候跟夏方觉在一起了？”

“不是……”蒋林野立马意识到自己说错了话，赶紧纠正，“我的意思是，你能不能减少和夏方觉的见面次数？”

“为什么？”棠宁没太明白他的意图，“你不觉得提这种要求，有点儿无理取闹吗？”

“哪里无理取闹？我是你——”蒋林野心里突然蹿起一把小火苗，憋屈地盈盈摇摆，然而他语气加重，调子高高扬起，尴尬地停在这里。

是你的什么？

什么都不是。

可棠宁该死的回忆又被这句话给唤醒了，她觉得自己现在的记忆好像没什么触发机制，某个人无意间提到某个点，就会像打开了潘多拉魔盒一样，那些碎片疯狂地飞出来，然后洋洋洒洒地将她包裹。

她被笼罩其中，难以挣脱。

她愣愣地想起很久之前，他也说过类似的话。

那应该是 TJ 创立不久，她从零开始，发觉无论创办还是管理一个企业，其实都很困难。她在饭局上推杯换盏喝了一些酒，回家时已经是深夜。

她推开家门才发现客厅亮着灯，蒋林野坐在沙发上，表情冷得吓人。

她没力气应付他，换了鞋就想上楼。然而还没走到沙发，她就被他冷漠地叫住：“站住，为什么不接电话？”

棠宁脑子有点儿不清楚，耳根微红，看着他愣了一会儿，才表情茫然地老

实交代："在跟一个客户谈合作……我没有听到。"

蒋林野冷笑着说："你有多少合作要谈？我这个星期就只见了你两面。"

"可……"棠宁站在那儿，认真地思考了一阵，提醒他，"今天才星期三。"

蒋林野哽了一下，胸中这股奇怪的郁气更加难以纾解。但是没关系，反正他从来也不是讲道理的人。抬眼看了看墙上的挂钟，他硬邦邦地道："晚上九点之前必须回家，不然就别回来了。"

"蒋林野，你是小学生吗？"棠宁在沙发旁站了一会儿，哭笑不得，"你不觉得你特别无理取闹吗？"

"我无理取闹？"蒋林野轻易被激怒，火气蹿得有五尺高，反而笑了起来，"你跟一群男的喝酒喝到凌晨两点，还不准我闹？棠宁，你到底把我当什么？"

棠宁叹了口气，觉得身心俱疲。

她不想跟他说话了，转身打算上楼。走出去两步，她就被蒋林野用力拽住。

他压低声音，盛满风雨欲来的怒气："说话。"

"你不要拽着我……"棠宁小声说，"我力气很小的，挣脱不了你。"

"你最近做什么忙成这样？"蒋林野声音里藏着怒气，手上的力道却放松了不少，"我一整天都看不到你的人影。"

"有一个项目……"

"什么项目要每天半夜回来？"

"就……"棠宁默了默，想跟他讲道理，又觉得没必要，"你非得用这种语气跟我说话？"

"那你希望我用什么语气跟你说话？"

棠宁的火气终于被激起来："我几点钟在哪儿，这关你什么事？我是跟你结婚了，又不是卖身给你。"

蒋林野火气更盛，按住她的肩膀说："我是你的男人，你三更半夜不跟我在一起，还想跟谁在一起？"

时隔四年，棠宁重新记起这段回忆，仍然被茫然无措的感觉包裹着。

蒋林野还在原地纠结刚刚那个戛然而止的话头，他不知道该怎么解释，心

里的小人好像突然裂变了，一个头顶天使光环，一个头戴小恶魔角，为“你到底是她的什么”而争论不休。

棠宁愣愣地站在那儿，突然笑了一下：“蒋林野。”

蒋林野噌地抬起头。

“你下一句话是不是要说，你是我的男人？”

蒋林野微怔，脸色骤变。

“可我是一个人，又不是你的什么东西。”棠宁有些无力，苦笑，“为什么要这样呢？”

为什么要这样呢？为什么不能跟我好好说话呢？

“宁宁……”蒋林野站在原地，很想走过去抱抱她或者捏捏她的手，可他难以行动，同样舌根发苦，“我……”

“对不起，我能想起来的事情还是很有限。”棠宁垂下眼，轻声打断他，“但是我觉得照我们两个现在的关系，谁都没有权利干涉对方的生活。”

蒋林野脊背笔直地站着，唇色苍白，眼神也显得清淡。可听见这句话，他愣了一下，突然急了：“我没有别的意思……”

我只是关心你……想留在你身边。

可我究竟应该怎么对待你呢？你也是我的家人。

他百口莫辩，不知道该怎么解释：“我……四年前没有，现在也是。”

他语无伦次，棠宁突然有点儿累：“可你四年后还在跟我说一样的话。”

“我可以改的。”蒋林野不假思索，脱口而出。

这句话说出口，他自己也愣了一下。过去在心里预想过很多遍，如果有朝一日他向人低头，是什么样子……没想到这么顺遂。

棠宁脑子有些乱，一时间想不到要说什么。

她觉得不能这样下去，要么彻底想起来，要么永远别想起来了。这样时不时被突如其来的回忆杀闪袭，她觉得自己都快精神分裂了。

可蒋林野误会了她的表情，棠宁的神情看起来很纠结，他以为她又难过地在心里偷偷哭泣。

情绪互相感染，他心里的小人也跟着难过起来，他难受极了。

“宁宁……”

棠宁没有说话。

她微微垂着头像是在思考，细碎的额发垂落，鸦羽般的睫毛覆盖下来。

而他声音发哑，低低的，以恳求的姿态，几乎跪进尘埃里：“你再给我一点儿时间，好不好？”

（第一册正文完）

番外一 天上月

高二蒋林野刚转学过来时，棠宁担心他不习惯。无论做什么事，她都习惯性地提前问他一句。

因而一到课间，盛星来就会听到：

“你要不要去买饮料呀？教学楼五楼的国际部走廊上就有自动贩卖机，不用去食堂。”

“我要去拿月考的答题卡。你还记得办公室怎么走吗？要不要我再带你走一遍？”

“马上就要运动会了，你有没有想报名的项目？你还不认识我们班的体育委员吧！我认识，我带你去啊！”

…………

喋喋不休，没完没了。

盛星来用笔扔她：“你烦不烦，我听着都烦。”

大多数时候，蒋林野只是一言不发地听着，偶尔点点头，或者回一句“嗯”，并不作太多回应，但也没表现出其他情绪。

棠宁就理所当然地说：“他都没有嫌弃。”

盛星来心想，这小闺密怎么一点儿都不懂事：“等他烦了，就来不及了。”

这俩人对话时，一点儿也没避着蒋林野。

高中生的课间大多都用来补觉了，教室里并不吵闹，蒋林野安安静静地靠着窗，修长的手指间松松地握着一支中性笔，脸上没什么表情，垂着眼看物理课本上的题目，看起来不怎么专心，有点儿慵懒，但也不像是在听她们说话。

就他这表情，分明是对什么都不在乎。

于是，棠宁畅所欲言：“不过，说到运动会……”她转过去对着盛星来，窸窸窣窣地，像只小耗子，“我们中午是不是可以溜出去？我想吃火锅，超辣的那种。”

盛星来眼睛一亮：“可以啊！叫上时川他们几个，下午也不用回来，吃完火锅就去玩别的。不过……时川那家伙可能会偷偷告诉老师，算了，还是不要叫他了。”

蒋林野手指微顿，放下笔。

他站起身，低声道："可以让我过一下吗？"

十七岁的少年，身形高大，一站起来就挡住了窗外的阳光。他的嗓音低沉清澈，如同瓷器轻轻相撞，清脆悦耳。

棠宁微怔，抬起头，一边乖乖挪开椅子，一边睁圆眼，问："你去哪儿？"

她眼睛本来就大，睁圆了，更像某种无辜的小动物。

蒋林野失笑，语调温和，云淡风轻："去跟老师告状。"

棠宁心里缓缓升起一个大大的问号。

她看着他迈开长腿，走到体育委员身边，微微俯身，跟对方说了什么。体育委员笑了笑，从抽屉里拿出文件夹记录了一下，蒋林野低声道谢，又转身走了回来。

棠宁像一个闸机，乖乖地让他进到里面靠窗的位置，然后转头问："你报了运动会项目？是什么？"

蒋林野睨了她一眼，低声回道："长跑。"

棠宁肃然起敬："一千五百米？"

蒋林野重新拿起笔："五千米。"

棠宁震惊："你体力这么好的吗？"

这项目往年也没几个人能跑下来，蒋林野云淡风轻地又睨了她一眼，没有说话。棠宁当即决定："我不吃火锅了，我要留下来看比赛。"

盛星来只听见了前半句话，用手指戳她，说："你有事吗？"

"五千米！蒋林野报了五千米！"棠宁小声尖叫，"要是他中途晕倒了怎么办？不是，我的意思是，我要给他加油！"

蒋林野几乎忍不住，放下笔，在她看不见的地方，捂脸轻笑出声。

盛星来纳闷，不懂她哪里来的自信："你以为你的加油能起多大作用？"

"不是啊，蒋林野肯定也希望我来看他比赛，不信你问他。"棠宁转过来，像煞有介事，"对不对？"

她语气笃定，仿佛信心十足。但这种信心像一只没有束口的气球，甚至不需要他开口，只要他沉默，气球就会飞快地漏气瘪掉，击碎少女的自尊心。

蒋林野心里有些好笑。

他跟她离得太近，她的紧张情绪也传达给了他，他停顿了一会儿，轻声道："嗯。"

棠宁立刻转回去："你看吧，我就说。"

盛星来戳破她："你只是想看着他而已。"

棠宁不服地说："我哪有？"

两个人一旦闹起来就没个头，蒋林野没再搭话，安静地垂眼做题。

这个课间似乎格外漫长，阳光从窗台游移到桌面上，余光外的绿萝叶片轻盈舒展，他的思绪不知不觉飘出去很远。

棠宁这家伙……跟他以前见过的所有人，都不一样。

她明亮，温柔，蓬勃。

他好像深夜独行了很远的路，偶尔一抬头，望见天边，明月高悬。一瞬间，生命中灰暗、阴郁的部分，都被照亮，被短暂地忘记了。

行至此时，竟然还能得到月亮的眷顾。

他生出错觉，仿佛命中又有好运降临。

不是——或者说，不止是她想看着他。

他也每天都想看着她。

十七岁的蒋林野完全不敢想自己未来还能跟她产生羁绊，只默不作声地在心里想。

如果今后，能一直与她同行……

那应该是他生命中，最幸运的事情了。

番外二

时光机

运动会当日，晴空万里，彩旗飘摇。

棠宁坐在观众席，将背包、纸盒都放在身边，认认真真，如临大敌，又把用小玻璃瓶装的葡萄糖一瓶一瓶地打开，倒进蒋林野的水杯中。

盛星来走过来看见，深感无语，道：“你怎么想的，买这种小瓶，就为了让蒋林野看到你在这里努力吗？”

棠宁手上没停，嘴里解释：“不是，是因为没买到大瓶。”

盛星来单手拎着背包走过来，在她身旁坐下，拉开包，撕开一小袋糖渍梅子，塞进小闺密嘴里，问道：“大热天的，你就不能先给自己喂点儿吃的，再去管蒋林野？”

“我吃过早饭才过来的。”棠宁咬住，含糊不清，“可能就是因为吃了早饭，来迟了，才没买到大瓶的葡萄糖……怪了，附近药店都卖完了，有这么紧俏吗？”

盛星来没说话，转头，望向坐在看台最底下的蒋林野。

她们坐在高处，跟他拉开了一段距离，但并不算太远。

五千米长跑四十分钟后开始，还没轮到他检录。他提前换好了衣服坐在那儿等，背对这边，穿着最简单的白色短袖和黑色短裤，旁边放着一件外套，头发修理成板寸，背脊拉成漂亮的弓。

今日是个大晴天，秋高气爽，天空蓝得出奇，微凉的风带着点儿夏末的燥迎面扑来。

盛星来眯眼：“你看见没？他旁边放着的那一排，全是女孩子们送的水、功能饮料，以及葡萄糖。”

棠宁并不在意，头也不抬地“哦”了一声，说：“有什么用，他又不用塑料瓶喝水。”

说完，她将最后一小瓶葡萄糖也倒进他的水杯，合上盖子放到一旁，低头给他发消息：“我在你水杯里放了葡萄糖，你什么时候来喝？”

盛星来眼皮一跳，看到坐在看台下的蒋林野掏出手机，回头往这边看了一眼。他脸上没什么表情，停顿了一下，又将手机装回外套口袋。

他没回消息，放下外套，转身走向检录处。

棠宁不明所以地问：“他特地回头看了我一眼，那他是喝还是不喝？”

没得到答案，棠宁干脆抱着水杯，在看台上看完了整场长跑比赛。

中考一结束，娇气的棠宁就立刻停止了一切锻炼，超过两百米的奔跑，对她来说都是长跑。因而蒋林野能在五千米赛跑里得第一，她十分震惊：“他是永动机吗？”

“永动机”蒋林野冲过终点线，立刻有一票人跑过来给他送水，他胸腔起伏，仍然摇头道：“不用。”

棠宁慢吞吞地走下看台，有点儿茫然，这里好像不需要她。她远远站着，下一秒，就见喘息不定的蒋林野眯着眼转过来，目光穿过人群，直直地投到她身上。

周遭嘈杂，她没听清他说的话，但看懂了他的唇形：“你手里拿的什么？”

棠宁如梦初醒，小跑到他面前：“你的水杯。”

蒋林野看了她一眼，没说话。

天空中流云奔走，风从两人之间涌过。少年一言不发地拿过水杯，修长的手指扣住杯盖，拧开杯子。

他刚跑完步，黑发有些潮湿，汗珠凝在额角。他抬头喝水时，喉结滚动，脖颈处皮肤被衬得异常白皙。棠宁情不自禁，跟着屏住呼吸。

蒋林野一口气喝完了杯中的葡萄糖水。他合上盖子，再看棠宁时，微微皱眉，表情有点儿怪。

她忍不住问：“甜吗？”

蒋林野看她的表情，更怪了。

他没说话，指指颁奖台，示意她跟着自己过去。

棠宁一头雾水地跟着蒋林野，看着他完成了领奖仪式。

第一名的奖品除了有奖牌和证书，还有一个某文具品牌赞助的手提书包以及一个巨大的抱枕。蒋林野在一票跟他画风不太相符的抱枕里皱着眉随便一指，选了只毛绒狐狸。

棠宁还没完全回过神，怀里就突然被塞进一个巨大又柔软的东西。

她被撞得后退了小半步，探出头：“这是你的奖品？”

蒋林野转身往场外走，声音低低地道：“嗯。”

他的嗓音不知怎么的，有点儿哑，问：“可爱吗？”

棠宁点头：“可爱。”

蒋林野又问：“想要吗？”

棠宁愣了一下，为难地说：“啊？这，这不好吧……”

蒋林野轻“嗯”了一声，云淡风轻地道：“没说要给你，就让你摸摸。”

棠宁真的有点儿无语。

她默了默，快几步跟上他：“我给你准备了葡萄糖，你还喝了，但你对我一如既往的冷漠。”

蒋林野脚步微顿，欲言又止。

往前走了几步，忍不住似的，他转过来，提醒她：“葡萄糖的瓶子，没处理干净。我水杯里，有沉淀的玻璃碴儿。”

棠宁愣了愣，赶紧追上去：“那你还喝！”

蒋林野缓过来了，觉得也还好：“没事，就一点点。”

棠宁慌慌张张，语无伦次地说道：“怎么会没事……我不是故意的，你去洗个胃吧！”

蒋林野往前走，哭笑不得：“我没有那么娇气。”

棠宁追上前，一边妄图把狐狸抱枕塞到他怀里，一边说：“你拿着，我给你打个急救电话。”

“真的不用。”蒋林野怕抱枕被碰掉，伸手扶了一把，嗓音清越，“我不要抱枕，你抱紧。”

秋日里阳光温暖，连风也是绵长的。

两个人一前一后，走廊上没有别人，秋天的阳光在屋檐外垂落一地，麻雀啁啾，啄食着草籽，红墙边爬满青藤。

打破寂静的，只有两个人逐渐飘远的对话声。

很多年以后，蒋林野在异国他乡独自求学，钱包里，始终放着一枚薄荷色

的兔耳朵发圈。他偶尔做梦，也梦到过这一天。

梦里他还很年轻，意气风发，可以在塑胶跑道上一口气跑完五千米，穿着白色的短袖在秋风里撞破终点线，一回头，就能在人潮中，捕捉到少女专注的目光。

她总是穿着校服，小小一只，话很多，但并不吵闹，喜欢嘀嘀咕咕，爱埋着脑袋碎碎念。

每次他一看她，她就做贼心虚似的，移开目光。

如果有时光机，他最想回到的，应该就是那个时刻。

可更多的时候，一觉醒来，梦境之外漆黑空旷，图书馆关了门，还是只有他一人。

再也回不到十七岁。

他时刻准备着为一个人披荆斩棘，却连再见她一面都没有机会。

当初……哪怕，她多看他一眼呢？

——你不要移开目光。

——就会知道，青春年少时，我有多喜欢你。

如果，如果。

（第一册全文完）

U0874796

魅丽文化 花火工作室